CW00596984

COLLECTION FOLIO

Camille Laurens

# Ni toi ni moi

P.O.L

Camille Laurens est née en 1957 à Dijon. Agrégée de lettres modernes, elle a enseigné en Normandie, puis au Maroc où elle a passé douze ans. Aujourd'hui, elle vit à Paris.

Elle a reçu le prix Femina 2000 pour son roman *Dans ces bras-là*.

*« — Qu'est-ce qu'un homme pour une femme ?*
*— Son ravage. »*

JACQUES LACAN

*« Ce que vous dites est si juste que le contraire est parfaitement vrai. »*

BENJAMIN CONSTANT

*Marianne. — Tu crois que nous vivons dans une confusion totale ?*

*Johan. — Toi et moi ?*

*Marianne. — Non, nous tous.*

INGMAR BERGMAN,
Scènes de la vie conjugale

## NOTE DE L'AUTEUR

Le texte qui suit a pour origine une correspondance par courrier électronique avec un jeune réalisateur français vivant à l'étranger, en vue d'adapter à l'écran l'un de mes livres. Si celui-ci approuve entièrement la publication de ce *work in progress* qu'il a d'ailleurs lui-même suggérée, il n'a pas souhaité que son nom ni, à une exception près, ses messages y apparaissent. Dans l'espoir de faciliter au lecteur la compréhension de cet échange à voix unique qui n'est pourtant pas un monologue, il m'a donc fallu quelquefois modifier un peu le texte original de mes e-mails. J'ai essayé de supprimer les redites sans ôter les hésitations, les erreurs sans gommer les contradictions, de resserrer la trame tout en y laissant les ajours et les trous. J'ai aussi délimité des sortes de chapitres ou de séquences pour marquer les étapes de cette collaboration, et ses ruptures — quelques jours ou plusieurs semaines. J'ai laissé au texte sa chronologie bouleversée, son découpage très éloigné des règles de l'art. Cependant, je n'ai pas cru devoir montrer les différents états du scénario proprement dit, ni préciser la part de chacun de nous deux : il arrivait qu'une scène proposée par lui ou par moi soit retouchée plusieurs fois dans une même journée, par l'un ou par l'autre, et la lecture en serait, je crois, répétitive et fastidieuse. Du reste, on prendra mieux la mesure de notre collaboration en voyant le film qui, je l'espère, en résultera un jour. Par ailleurs, j'ai conservé dans cette correspondance toutes les pièces jointes — brouillons de roman, fragments, notes sans suite, propositions de plans… — mais également celles que je n'ai pas envoyées, et qui figurent ici sous la mention « corbeille ». Tout cela fait du présent livre une sorte de chantier mental, avec son désordre, ses rebuts et ses doutes. Mais y a-t-il une autre manière d'approcher le réel que de suivre sans les canaliser les flux dont nous sommes traversés, charroi de mots et d'images où le chaos, malgré tout, prend forme — forme humaine —, et où l'on peut, dans un reflet incertain et dépoli, quelquefois, comme en d'autres yeux, s'apercevoir de soi ?

# I

Intérieur nuit. Un appartement, une fête. Du bruit, du monde. Les gens boivent, fument, parlent ou dansent. On voit d'abord son visage à lui, en gros plan, de face. C'est la première image : son visage, beau, dessiné, viril. Les sourcils sont très fournis, très noirs, le nez est droit, la bouche ourlée, le teint mat. Les cinéphiles présents dans la pièce pourraient penser à Marcello Mastroianni dans *Le Bel Antonio*, Mauro Bolognini, 1960 — ce rapprochement serait pertinent à plus d'un titre, d'autant qu'ils ont exactement le même âge, trente-six ans, si l'on veut bien oublier que l'acteur, ce soir de janvier 2003, est mort depuis sept ans d'un cancer du pancréas. Un léger travelling avant, repoussant sur les bords du cadre la foule enfumée, s'approche encore de cet homme que personne ne vient masquer même un instant — le monde fait de la figuration dans un magma sonore.

Ce qui trouble, c'est son regard, parce qu'on se demande ce qu'il regarde. Comme il est de face, normalement c'est vous, spectateur, témoin, opérateur — mais vous ne pouvez pas croire cela : vous savez bien, dans l'ombre où vous vous tenez, qu'il ne vous voit pas, et que d'ailleurs vous ne sauriez susciter à première vue un regard d'une telle intensité — qui êtes-vous, anonyme, pour être à ce point désiré ? Car ce qui frappe dans ce regard, ce qui sidère, c'est qu'il est comblé, totalement et mystérieusement ravi par une chose invisible à vos yeux, et, d'une certaine manière, aux siens : tourné vers vous, il fait face à l'espace vide laissé entre lui et vous, l'ombre de vous. Il n'y a donc pas d'objet dans le champ de son regard, c'est un regard comblé de quelque chose qu'il regarde sans le voir, d'une chose absente.

Et pourtant non, c'est impossible : l'absence ne peut donner vie à un tel regard. Il faut qu'une forme nécessairement l'explique, qu'une image splendide en justifie l'extase. La caméra a beau se rapprocher, le gros plan ne saisit rien dans cet œil enchanté, rien que le point jaune d'une lampe au loin sur un meuble — lumière sans quoi la scène resterait invisible — ou, plus vague encore, la tache argentée d'une glace accrochée au mur. Qu'a-t-il surpris dans ce miroir, quel reflet auquel il sourit ? On l'ignore. Mais c'est ainsi que ça commence, en bravant toutes les lois optiques, c'est ainsi que vous entrez dans l'image : ni par un trou de serrure, ni par un rideau qui s'ouvre, ni par un grimoire dont les pages soudain s'animent dans le vacarme d'une soirée, non : par un miroir dont vous seriez, en arrière-plan, les hôtes flous — par un miroir sans tain dont vous êtes les yeux.

Sincèrement je ne crois pas que ce soit une bonne idée, je ne sais même pas si c'est possible. Puisque vous m'avez entendue lire à la radio *L'Homme de ma mort*, vous savez qu'il s'agit d'un récit très bref, quelques pages, vingt minutes à peine. Peu de mots, donc, encore moins d'images : deux, je crois qu'il n'y en a que deux, deux plans fixes qui feraient peut-être un beau court métrage, après tout, mais sûrement pas le film dont vous avez le projet. Vous connaissez ces images, et vous les voyez sans doute, sinon vous ne m'auriez pas écrit. Je comprends d'ailleurs que ce texte vous intéresse, vous cinéaste, parce qu'au fond il ne fait que décrire des images, juxtaposer des plans : le premier et le dernier regard d'un homme sur une femme, la rencontre et la rupture.

Je veux bien reprendre ces photographies, elles sont dans un tiroir dérobé de ma mémoire, jamais fermé, elles débordent toujours, elles dépassent. Je les prends et je les pose l'une à côté de l'autre — je le fais pour vous, d'habitude j'évite. C'est un peu comme si je confrontais les photos d'un homme enfant, puis vieillard : tout à fait le même et tout à fait un autre.

Entre les deux quelque chose s'est retiré, ou, plus exactement, quelque chose a été retiré, ce n'est pas volontaire, pas une vocation. D'un cliché à l'autre, quelque chose a été effacé, ça n'est plus là, ça a disparu, ça manque, c'est tout ce qu'on peut dire.

La seule raison que j'aurais de faire ce film avec vous, si j'y réfléchis bien comme vous m'y invitez, ne réside dans aucune de ces deux images. Leur description telle quelle ne m'intéresse plus, elles ont presque épuisé leur puissance d'émotion. Il y a même en elles quelque chose qui me glace, qui me gèle la langue. Oh ! Je ne doute pas qu'un acteur jouerait ça très bien, qu'il ramènerait cette douleur poignante si particulière au visage humain lorsqu'il s'impose et visse en nous à double tour l'existence d'autrui. Vous-même, loin où vous êtes, vous avez sûrement des idées, vous ne m'en parlez pas, c'est trop tôt, mais vous avez sûrement quelqu'un en tête, un beau visage qui prenne aussi bien l'ombre que la lumière. Pourtant moi, vous savez ce que je voudrais ? C'est voir non pas ces images, mais le passage de l'une à l'autre, comment s'opère le passage, le saut de page, repérer le tournant, la sortie de route, voir comment ça tourne, ça tourne rond, ça tourne vinaigre, qu'est-ce qui se passe entre deux, qu'est-ce qui passe, comment ça se passe quand ça passe ? Vous trouvez normal, vous, que l'amour passe ? Qu'il ne fasse que passer ? Il est là, puis il n'y est plus : vous avez une explication ? Vous avez quelque chose à montrer au bord de l'image heureuse, sur le liseré du cadre, dans l'interstice, à la frontière du hors-champ ? Parce qu'il ne suffit pas de constater — une vague ellipse, un fondu au noir, c'est trop facile. Je veux voir comment, mais je veux aussi savoir pourquoi. La cause des choses, le sens qu'elles ont et le sens qu'elles prennent, pourquoi ça bifurque, pourquoi ça dérape, qu'est-ce que j'ai fait, pourquoi tu dis ça, qu'est-ce que je t'ai fait, pourquoi tu ne m'aimes plus ? Parfois les mots peuvent en rendre compte, l'absence, ça les connaît. Mais les images ! Il n'y a rien à développer, vous comprenez, rien à déployer. Le cinéma cherche des histoires d'amour qui se déroulent dans le temps, qui miment les expériences les plus courantes : la rencontre, l'euphorie, puis la déception ou l'usure, la trahison, jusqu'à la rupture. Mais là il n'y a rien de tout ça : pas de mouvement décelable, pas de *cinéma*, si vous préférez. Cela ferait un film contre nature, un film pétrifié. Deux plans fixes — visage a, visage a' — et deux phrases figées — je t'aime, je ne t'aime plus. C'est là qu'il faudrait planter la caméra, au changement de plan, pile à l'endroit du « Coupez ! », en équilibre sur la virgule où se ménage sans transition l'inversion du sens, son retournement, le noir du blanc, le rien du tout, le commencement de la fin. Comment voulez-vous filmer ça ? C'est juste une bascule, peut-être moins encore un changement de plan que le passage infinitésimal d'un photogramme à l'autre, ça dure à peine le temps de cligner des yeux. Il n'y a pas d'érosion, il n'y a pas de travelling, ce n'est pas l'histoire d'un couple qui se défait pendant vingt ans, j'ai déjà donné, remarquez, vous n'avez qu'à adapter mes autres romans. Là c'est différent, on n'a pas le temps de voir, il n'y a rien à voir : pas vingt ans, non, vingt-quatre images/seconde. Quand vous êtes debout campé sur vos deux jambes, est-ce que vous sentez la rotation de la planète ? Non. Eh bien, c'est pareil : pas de catastrophe. Une révolution silencieuse. Permanente et pourtant insensible, même pour l'œil nu ou le pied marin : le jour, la nuit. Une volte-face invisible. *Eppure si muove*. Silence, on tourne. Pensez aussi à cet homme qui boit un verre avec des amis. Soudain il disparaît dans son bureau et se tire une balle en pleine tête. Son geste n'a aucun sens, même s'il en avait un pour lui, il ne l'a pas livré, en tout cas ça n'en a pas pour les autres. « Il était très gai, disent-ils alors. On n'a rien vu », disent-ils à l'unisson. Et vous, vous allez filmer ça : « Il n'y a rien à voir » ? Écran blanc, écran noir ? Vous voulez que les spectateurs deviennent fous ? Allons donc ! Il n'y a rien à voir : circulez !

D'ailleurs je ne suis pas honnête avec vous. La réalité est pire encore, et elle empêche alors tout récit, tout développement narratif, fût-ce par ellipses : c'est qu'il n'y a pas deux images, il n'y a pas deux phrases, il n'y en a qu'une. Il ne s'agit donc pas d'une juxtaposition, mais d'une superposition, si bien qu'on ne peut passer de l'une à l'autre, mais seulement creuser l'une pour voir l'autre dessous, essayer de voir, en un jeu épuisant d'arrière-plans et d'arrière-pensées, de filigrane et de transparence. Le masque du vieillard floute les traits précis de l'enfant, la haine déforme l'amour, et sous les toiles peintes des musées se déploient d'autres scènes, cachées mais pas effacées, ébauche d'un bras tendu sous le bras replié ou d'un chat sous un chien. *Le contraire est toujours vrai*, voilà l'aphorisme qui affole le cinéma (pas la littérature, non, les mots sont au courant de leur double jeu, tandis qu'une image ! En général, on croit ce qu'on voit). Le contraire est toujours vrai — pas *plus tard*, ce serait trop beau, mais *simultanément*. Tout a lieu dans un seul temps et un seul espace, tout est toujours déjà là, déjà fait, déjà nié, déjà fini. Les deux phrases ne sont pas : je t'aime, je ne t'aime plus, qui supposent une durée, mais, en palimpseste : je t'aime, je ne t'aime pas, ce qui vous complique beaucoup la tâche ! Si vous persistez dans ce projet, il faudra faire un film où chaque image contienne son négatif, chaque visage son masque, chaque décor son envers, chaque plan son brouillard. Il faudra mettre au point un jeu de calques. Il y a toujours quelqu'un qui est caché derrière, une image invisible, une ombre au tableau. Il faudra filmer les fantasmes et les fantômes, donner sens à ce qui n'en a pas et forme à ce qui n'en a plus.

En êtes-vous capable ? C'est la première question. Envoyez-moi les cassettes de vos précédents films, oui, bien sûr. Vous m'écrivez que vous voudriez mieux connaître l'homme de ma mort, savoir toute l'histoire que vous devinez vraie pour ensuite *l'imaginer*. La seule chose que je veuille vous révéler pour l'instant, parce qu'elle explique à la fois mon hésitation et ma tentation, c'est qu'il était cinéaste, comme vous : les images une fois de plus se superposent, elles s'aimantent, vous, lui, je ne peux pas empêcher ça — comme si vous veniez me demander de vous dire ce qu'il n'a pas voulu savoir afin de montrer ce qu'il n'a pas voulu voir. De même quand j'écris, les identités se mêlent : je, elle ou moi, lui, toi ou vous, tous les pronoms sont imaginaires. Vous-même, vous dites m'avoir entendue lire ce texte très tard, une nuit dans un hôtel perdu. Quel mirage ma voix a-t-elle formé en vous ? À qui avez-vous pensé ? De qui suis-je l'ombre confidente ? Dans le miroir face à l'homme de ma mort, y a-t-il la femme de votre vie ? Ne sont-ce pas toujours des fantômes qui se rencontrent ?

Ai-je envie de retourner avec vous dans mon château hanté, de vous en faire la visite guidée, oubliettes comprises ? Et puis, est-ce que j'ai envie d'aller dans le vôtre ? Faut-il laisser revenir les revenants ? C'est l'autre question. Laissez-moi réfléchir. Je vais voir — il faut que je voie.

Je descends l'escalier, j'ai encore à la main le papier où tu as écrit ton nom et ton adresse, tu me plais, je te plais, on va se revoir, toi et moi.

Ça pourrait commencer là, dans l'escalier, sitôt la porte refermée — on entendrait les bruits de la fête qu'elle vient de quitter, sa rumeur qui décroît. Ou bien un peu plus tard, quand elle ouvre le porche en bas et que le froid du dehors la saisit — moue d'inconfort, cou rentré dans les épaules, main serrant le col de son manteau —, elle marche d'un pas rapide, on voit sur la façade, dans le cadre des fenêtres, des ombres qui s'agitent. On la suivrait rue des Archives — plaque bleu dur, bordure glacée —, d'abord de dos, croisant quelques passants, surtout des hommes, des couples d'hommes — haleine vaporeuse comme des paroles gelées, larmes aux yeux. Puis de profil : elle relit le papier, l'air surprise — écriture neutre, en lettres script —, quel étonnement, l'irruption d'un nom dans la vie ! Elle le replie et le met dans son gant — plan du trésor.

Ensuite, c'est plus difficile. L'amour est là, mais

comment le montrer, juste le montrer, qu'on le voie ? Ou alors il faut tout changer. Ce serait le printemps, l'été, un autre quartier, une rue en perspective infinie — la rue Saint-Jacques, par exemple, vue depuis le Petit-Pont : c'est une rue, si vous la remontez un jour de soleil, qui ouvre quelque chose en vous, qui fait de la place, on dirait qu'on va vers la mer — ça pourrait convenir, ça pourrait traduire cet état d'apesanteur, vous savez, quand l'air qu'on respire est à lui seul une jouissance et que la lumière répandue soudain sur le monde semble en expliquer le mystère, oui, la rue Saint-Jacques, un rayon frappant les murs de la Sorbonne ou bien ce dôme qu'on voit d'en bas (le Val-de-Grâce peut-être ?), ça pourrait suffire. Elle marcherait légère et glorieuse au milieu des autres — sirènes d'ambulances fonçant vers Cochin, crissements de freins, voitures de police — et de derrière le grillage du fourgon qui les ramène du palais de Justice à la prison de la Santé, des hommes l'appellent et la sifflent, et lorsqu'elle tourne la tête vers eux sans les voir, son visage un instant délivre en eux un sentiment captif ou condamné, cette supériorité sur tout ce qui nous entoure, cette gaieté folâtre, ce détachement de tous les soucis ordinaires, cette certitude que désormais le monde ne peut plus nous atteindre où nous vivons, cette puissance indulgente qu'elle porte et qu'elle emporte, loin déjà dans sa robe claire, légère et dansante, pomme chapardée à l'étalage d'un épicier bonhomme, entrechat pour éviter le facteur et sa sacoche, pas de deux avec un livreur de fleurs ou un touriste japonais — l'amour sera toujours l'amour.

Mais ce n'est pas ça — ça ne commence pas comme ça, ce n'est pas la première scène, en tout cas.

J'ai fait deux pas sur le trottoir, l'air était sec et glacial, j'avais du mal à respirer. J'ai remonté la rue des Archives en me redisant le nom qu'il m'avait donné, il me plaisait, son nom me plaisait, j'avais envie d'y retourner, de sentir ses yeux sur moi comme des mains.

Alors pourquoi, à peine ouverte la porte en bas, à peine couverte par les bruits de la ville la musique de la fête où il est resté, pourquoi cette douleur dans ma poitrine, comme si l'air de la nuit en abrasait d'un coup l'intérieur, pourquoi ce spasme entre mes côtes, cette boule dans ma gorge, ce nœud de peur sans cause, comme un poing crispé sur rien ?

Ça a commencé comme ça, voilà ce qu'il faut montrer : le début de l'amour, comment c'est — la peur que c'est. Il faut le montrer parce qu'ensuite on l'oublie, il y a une ellipse, un blanc pareil au trou de mémoire creusé dans le début de la vie : on passe tout de suite aux photos de famille et aux goûters d'anniversaire, maman, ses bras et l'ours en peluche. On oublie la naissance, on oublie qu'on a eu froid, qu'on a eu mal, qu'on a eu peur, on ne veut pas le savoir. L'angoisse est pourtant le signe initial de l'amour, comme elle en signe aussi la fin, c'est même une chose étrange, cette symétrie : l'amour commence comme il finira, il finit comme il a commencé, par cet effroi qui serre le cœur autour d'un vide, cet appel d'air entravé qui coupe le souffle comme un appel à l'aide, ce mouvement d'accordéon intime qui inspire et expire, diastole et systole, chaud-froid, pompe affolée. Voilà ce qui lui arrive, rue des Archives, cet événement heureux et malheureux : elle vient au monde, elle subit la naissance de l'amour, cette naissance qu'est l'amour. L'amour commence comme on vient au monde, c'est âpre, ça râpe et ça fait mal, l'air déchire et manque à la fois, on voudrait crier au secours, on est faible et nu, à découvert, on a peur, on est innocent : on naît la mort dans l'âme.

On naît la mort dans l'âme parce qu'on sait tout, on doit bien le savoir, on n'aurait pas peur, sinon. Ça s'est déjà passé autrefois, la rencontre a déjà eu lieu, on s'est déjà vus quelque part. On naît à l'amour en se souvenant du passé, même quand on a quinze ans et que c'est la première fois — ce n'est *jamais* la première fois : dans les battements du cœur en alerte, on n'est pas de la dernière averse, on sait comment il vient, on se souvient de ce qu'il devient, on connaît l'avenir aussi. L'angoisse d'amour est comme la science infuse d'une promesse non tenue, le serrement de cœur est la mémoire convulsive d'un serment trahi. Il y eut une foi jurée qu'un instant de clarté a cruellement abjurée sans en détruire la mémoire. Tomber amoureux, c'est naître en se souvenant d'être né, aucune naissance n'est naïve, c'est vieux comme le monde. Quelque chose se rejoue, qui fait trembler, on a déjà marché dans cette jungle, aux aguets, menacé, mais quand, mais où, la peur ne dit pas tout, la peur a ses secrets — on enrage, on s'émeut, on perd courage : on n'a pas demandé à naître.

Je l'ai vu pour la première fois le 20 janvier 2003 chez une amie commune dont c'était l'anniversaire. J'étais en train de parler à quelqu'un quand j'ai eu brusquement la sensation physique de me découper dans l'espace, d'être éclairée comme par la lumière d'un flash. J'ai tourné la tête, il me regardait dans la glace au-dessus de la cheminée, nous étions seuls lui et moi au milieu d'un cadre doré, les autres formaient une masse mouvante et mate, c'est dans ce miroir que nous nous sommes rencontrés. Il y avait un tel éclat dans ses yeux que j'ai cru d'abord impossible d'en être la cause. Puis il est venu vers moi, « je me présente, a-t-il dit, parce que sinon personne ne le fera », j'ai marqué un temps d'hésitation parce que je ne savais pas quel nom lui donner en réponse — j'en ai plusieurs et l'enjeu de ce choix me semblait grave, soudain : lequel était le vrai, lequel était pour lui ? Alors il a avancé la main vers moi comme pour m'apaiser et il m'a dit : « Je sais qui vous êtes. »

Nous avons parlé en buvant du champagne, j'avais la même robe qu'Audrey Hepburn dans *Vacances romaines*, non, je ne l'avais pas fait exprès, nous avons échangé des impressions sur la musique, la littérature, le cinéma, je ne connaissais pas ses films, il n'avait lu aucun de mes livres, il m'avait vue à la télévision un an auparavant et reconnue à peine arrivé dans la fête, à mon port de tête — il a souri comme à un souvenir —, « vous faites de la danse ? » — il avait oublié l'interview, il se rappelait juste qu'à la fin de cette émission j'avais dit : « J'espère que la Mort est un homme. » À un moment, quelqu'un a mis à fond « Alexandrie, Alexandra » et j'ai eu très envie de danser mais je ne l'ai pas fait parce qu'il était en train de m'expliquer sa passion pour Gustav Mahler. Vers minuit, j'ai dit que je devais partir, non, ce n'était pas une histoire de citrouille, simplement ma baby-sitter voulait attraper le dernier métro. « Vous avez des enfants ? » a-t-il demandé. Il m'a accompagnée jusque dans le couloir en se reprochant d'avoir trop parlé, il espérait que malgré tout on allait se revoir ? « En attendant, j'ai hâte de vous lire, est-ce que je pourrai vous écrire ? » J'ai noté mon adresse sur une feuille, il l'a déchirée en deux et il a écrit ses coordonnées sur l'autre moitié, j'ai entendu corps donnés. Nous nous sommes quittés sur le palier, en haut de l'escalier, je me suis vue sourire dans ses yeux — et quels yeux ! J'ai commencé à descendre les marches sans me retourner — « je sais qui vous êtes, me disait sa voix, je sais qui vous êtes » — et si c'était vrai, quelqu'un qui sache ?

(Corbeille)

Vous avez raison : j'avais commencé un roman, en effet, autour de cette histoire. J'ai des dizaines de feuillets, fragments dépareillés, notes à moitié rédigées sur le vif, bouts de journal, citations, pensées diverses. Mais je ne crois pas qu'il y ait grand-chose à en tirer — après tout, c'est juste l'histoire d'une illusion ! Un homme qui ne m'a pas aimée — la belle affaire ! Nouveau genre littéraire : le roman de haine ! Ce dossier de paperasses est un cadavre auquel je n'ai pas trouvé de sépulture, et ce n'est pas un film qui va me débarrasser du corps ! J'aimerais bien, pourtant : ne plus être penchée sur mon passé comme un légiste sur son cadavre, ne plus faire un livre comme le charpentier une bière, ne plus creuser la langue comme un fossoyeur le trou où jeter le mort et l'ensevelir sous le même terreau. J'en ai assez de ces mots qu'on balance à la pelle sur les visages aimés, c'est trop dur à la fin, surtout quand on n'est pas décidée à lancer des fleurs par-dessus, à tresser des couronnes. Et puis on meurt soi-même, on a toujours un peu de terre dans la bouche, un goût de charogne, c'est ignoble, tous ces livres écrits du mourant de l'auteur, ces écrivains qui ont un pied dans la tombe et s'y sentent comme chez eux, la mort est leur moulin, on visite leur agonie — donnez-vous la peine d'entrer, aujourd'hui roman fosse ouverte.

Je n'ai pas pu continuer ce livre parce que j'en avais assez de tenir la rubrique nécrologique, de fouiller l'humus afin d'y chercher le mot de la fin. Écrire pour la radio le petit récit que vous avez entendu avait suffi à m'épuiser, j'étais un puits à sec. Consigner la passion, c'est tenir le registre des décès : le deuil finit par vous dévorer. Certains jours, je m'asseyais à mon bureau comme si je m'allongeais dans mon cercueil. Et j'avais froid, j'avais froid ! Ce n'est plus de l'autofiction, à ce stade, c'est de l'autopsie ! La littérature s'écrit post mortem — post mortem, post coïtum, forcément, et même poste restante, souvent ! Et c'est là qu'il faudrait vivre — et c'est là ce qui nous ferait vivre ? Sommes-nous ces vautours sur le corps mort de l'amour ?

Vous savez ce que j'ai fait, après cette rupture, pour m'extraire de la fosse ? Je n'arrivais plus à lire, au début, mais je suis allée au théâtre, souvent, aussi souvent que j'ai pu. J'ai vu surtout de la danse, beaucoup de danse contemporaine — tout ce qu'on appelle si justement le spectacle vivant : je voulais me passer de la parole, qu'il n'y ait plus que des corps en mouvement. J'essayais toujours d'être devant, pour voir de près ceux dont la présence donnait un sens à l'absence — les mains qui s'étreignent, les yeux qui pleurent ou scintillent, les jambes qui tremblent, la poitrine haletante, la peau humide, je voulais être aux premières loges de la vie, n'en rien perdre, voir et revoir en vie avant métamorphose la matière première de la mort.

Mais le cinéma, non. J'y vais très peu depuis deux ans. Le cinéma, c'est mort aussi, et d'entrée de jeu : un écran de suaire, un linceul où ne se lisent que les traces du corps disparu.

De toute façon, je ne peux plus raconter d'histoires, je vous le dis tout net, je sais trop où elles mènent, quand on les raconte c'est qu'elles sont finies, on essaie de faire une parole vivante d'une histoire morte, inutile de se le cacher, non, inutile de vous raconter des histoires : je ne peux plus me raconter d'histoires. Dans ce roman, je voulais saisir l'âme d'un homme, excusez le mot « âme », il incarne à lui seul toute l'impuissance dont je parle, l'âme d'un homme tout enlacée à la mienne et pourtant seule, éloignée, séparée, l'âme d'un homme on ne peut plus seul, éloigné, séparé de tout et de moi. Depuis deux ans je n'écris plus parce que ça ne sert à rien. Écrire ne ramène pas l'amour, ni l'âme. Écrire ne crée rien non plus, ni l'animation des corps ni leur aimantation animale. Écrire ne mène à rien. Pavese dit qu'on cesse d'être jeune quand on comprend qu'il ne sert à rien de dire une douleur. Je le vois rentrer dans une chambre d'hôtel à Turin, c'est le 27 août 1950, jour de sa mort, ôter sa veste et la poser sur le dossier d'une chaise, je le vois, chaque fois que je prends un stylo c'est ce que je vois, cette image envahit la page comme elle le ferait d'un écran, je devrais peut-être passer moi-même derrière la caméra, en fin de compte, filmer un type mettre sa veste bien dans ses plis avant d'avaler ses comprimés, filmer un homme jouer ça, ou même en jouir — mettre des images à la place des mots, laisser aux visages le soin des sentiments, choisir une musique à pleurer, une messe de Bach ou un air d'accordéon, *e la nave va*, c'est ce que vous faites, non ? Mais je ne crois pas que j'y arriverais, je ne pourrais pas le voir sept ou huit fois de suite mettre une veste dans ses plis d'un air pénétré, faire semblant ne sert à rien non plus — « ça ne sert à rien » : c'est peut-être pour ça que je n'y arrive pas, c'est peut-être seulement cette histoire-là que je ne peux pas raconter, parce que c'est une histoire d'impuissance, justement. Je n'y arrive pas parce que je sais ce qui va arriver, je n'arrive à rien parce que j'en vois le bout, justement, c'est le contraire : j'arrive à rien — je sais très bien où je vais et je m'y refuse, à un moment dans la jungle haletante, les bêtes vous mangent — la carcasse sait où on la mène.

Non, je n'arrive pas à raconter cette histoire, je n'y arrive pas parce que je ne veux pas y arriver, je ne veux pas que ça arrive, comment j'en suis arrivée là, c'est irracontable, et surtout, surtout, comme disait mon grand-père dressé sur son lit de mort à ma grand-mère en pleurs, ça arrive à tout le monde — il parlait de la mort comme des chagrins d'amour —, ça arrive à tout le monde, tu ne vas tout de même pas en faire une histoire ?

Mais si je ne raconte plus d'histoires, alors quoi ? Je suis comme une enveloppe qu'on aurait envoyée sans adresse ni timbre. Je n'ai ni destination, ni destinataire. Je ne sais pas ce que je fais là, à quoi je pourrais bien me destiner. Il y a plus de deux ans que je traîne ainsi. Je me sens comme une chose posée dans un coin. Je suis la chaise de l'hôtel Roma, je suis la veste, je suis l'enveloppe. Je suis sans destin.

Il faudrait que je sorte de mon trou, que je cesse d'être vieille, et peut-être les mots reviendraient, la confiance en eux pour dire l'inutile. Depuis deux ans, j'essaie en vain : cet homme m'a laissée sans voix. Il m'a lésée de tous les mots comme en un divorce inique. Je n'habite plus dans la langue. Je vis sous la loi du silence. J'écris vingt lignes, puis les bras m'en tombent : je n'arrive pas à dépasser le cadre, à tourner la page. Je souffre de cette maladie, du mal à dire son malheur. Suffirait-il que quelqu'un m'écoute ? Cela cesse-t-il d'être absurde quand ça ne tombe pas dans l'oreille d'un sourd ? Est-ce votre nom, sur cette enveloppe ? Votre nom pour remplacer le sien, tel que je l'ai lu et relu sur un bout de papier déchiré, une nuit d'hiver ? Puis-je écrire votre nom, vous écrire ? Puis-je m'adresser à vous ? Le dois-je ? Êtes-vous un signe dans ce ciel d'encre ?

Cela ne ferait jamais qu'un roman, de toute façon. Ne rêvez pas. L'égoïsme des écrivains est infini. Vous essayez de faire un film, et moi je m'efforce d'inventer en vous un lecteur. Ne comptez pas sur moi pour l'écrire, votre scénario. C'est tellement plat, ces dialogues vaguement reliés par quelques indications scéniques ou psychologiques ! Je ne pourrai jamais m'y résoudre. Les images sont encore tellement au-dessous des mots, on a beau dire : moi, au moins, parfois, je peux décrire l'invisible, alors que vous, est-ce que vous pouvez montrer l'indicible ? Savez-vous à quoi ressemble une âme ? Son chambardement, sa chambre ardente ? Et un fantôme ?

P.-S. : Je viens de me relire. Mon correcteur orthographique me suggère de remplacer *e la nave va* par *et le navet va.* J'ai raison, vous voyez, et vous êtes prévenu : ça se présente mal.

Déjà, puisque vous insistez, il y a une chose dont vous ne pouvez absolument pas vous dispenser — article 1 dans le cahier des charges —, c'est de lire Benjamin Constant. Arrangez-vous comme vous voulez, mais il faudra qu'il soit dans le film : c'est lui le personnage principal, dès que l'aurez lu, vous comprendrez, c'est le rôle-titre — l'homme de ma mort, c'est lui. Comme j'imagine que peut-être, de l'autre côté des mers, comme vous dites, on ne connaît pas bien les écrivains français du XVIIIe siècle (d'ailleurs ici non plus), je vous envoie aujourd'hui quelques-uns de ses livres, ainsi vous aurez une idée du pitch !

Il est né en 1767 à Lausanne, sa mère est morte quelques jours plus tard. Il a beaucoup écrit, mais on le connaît pour un seul livre, intitulé *Adolphe*. C'est l'histoire d'un homme qui désire ardemment conquérir une femme, nommée Ellénore, mais qui, une fois son but atteint, ne parvient pas à éprouver de l'amour pour elle. Il la séduit vite, au-delà de tous ses espoirs, puis ses stratégies de rupture occupent presque tout le roman, hésitations, regrets, dégoûts, remords ne voilant jamais le vrai sujet du livre, qui est l'impossibilité d'aimer. Ellénore finit par en mourir, comme font les femmes dans les romans de cette époque.

J'avais lu *Adolphe* au lycée. Si je l'ai relu il y a trois ans, c'est à cause de cet homme que je venais de rencontrer et qui m'en a parlé presque tout de suite, dès notre premier rendez-vous, je crois. Appelons-le Arnaud, puisqu'il faut bien lui inventer un prénom et que plus personne aujourd'hui ne peut porter celui d'Adolphe — mais si ce prénom ne vous plaît pas, vous pouvez le changer ! C'est un roman autobiographique, et depuis, j'ai lu aussi le journal intime de Benjamin Constant, et une partie de sa correspondance avec ses amis ou ses maîtresses. À un moment, je me suis tellement immergée dans ces lectures qu'assez vite Arnaud, Benjamin et Adolphe n'ont plus fait qu'un seul homme. Encore maintenant, quand je lis : « Oh ! Je voudrais aimer », je me sens indiscrète comme s'il venait de l'écrire dans son carnet secret, et malheureuse comme s'il s'agissait de nous, de lui et moi. Les exégètes se sont interrogés sur l'identité d'Ellénore dans la vie réelle : certains y reconnaissent sans hésiter Mme de Staël, qui a été le plus grand amour de Constant, en tout cas sa plus grande passion — je veux dire : sa douleur la plus longue. D'autres pensent à Anna Lindsay, dont la biographie ressemble beaucoup à celle d'Ellénore. Ou encore à Charlotte, sa seconde femme. Mais ces enquêtes ne servent à rien. Elles réduisent l'histoire à une expérience unique, isolée dans l'espace et le temps. Or, Ellénore n'est pas une femme précise de la vie de Benjamin, elle est toutes ses femmes, et même, elle est toutes les femmes. Quand Ellénore meurt à la fin d'*Adolphe*, délaissée par un homme qui ne l'aime pas, ce sont toutes les femmes qui meurent, dans tous les temps. Et lorsqu'il écrit : « Je suis si fatigué d'être toujours nécessaire et jamais suffisant », n'est-il pas tous les hommes ?

Vous êtes drôle ! Vous me demandez qui seront les personnages de *notre* film, alors que je ne vous ai pas encore dit oui. Vous allez un peu vite, non ?

Bon. Je peux toujours vous parler des personnages de *mon* roman, tels que je les vois : après tout, écrire, c'est d'abord se faire un film !

En dehors de lui et moi, enfin je veux dire, en dehors d'Arnaud et d'Ellénore (qu'on devrait peut-être appeler Hélène, histoire de la moderniser un peu, elle aussi, et de la différencier du personnage en robe Empire), il y a Lise, sa fille, qui vit avec elle (elle est divorcée). Arnaud, lui, n'a pas d'enfants, il a eu quelques liaisons ces dernières années, jamais très longues, il a un mode de vie encore assez proche de l'adolescence, un studio, des habitudes de célibataire, il est fils unique, ses parents lui téléphonent le dimanche (ses parents sont des personnages du film, sa mère surtout, mais j'y reviendrai). Il est cinéaste, donc — je pense que vous serez d'accord pour ne pas changer ce point du scénario. Il a trente-six ans, il est plus jeune qu'elle, pas beaucoup plus mais il faut que ça se voie, surtout au début — ensuite il s'assèche, les traits se durcissent, les cheveux ont l'air plus gris, le corps plus maigre, l'éclat a disparu : ce doit être discret, mais visible, simple question d'éclairage, peut-être ? Toutes les femmes de la vie de Constant étaient plus âgées que lui, entre un et vingt-huit ans de plus. Et dans le roman, Adolphe a dix ans de moins qu'Ellénore.

Ellénore/Hélène a une sœur, dans le film. Elle s'appelle Claude parce que leur père voulait absolument un garçon. Elle est comédienne et collectionneuse d'hommes — elle a aimé quelques femmes, aussi. Elle s'est mariée cinq fois, sans compter les intermèdes, indénombrables. Ça ne marche jamais : l'amour comme ratage continuel, voilà ce qu'elle incarne. Il faut une actrice qui ait de l'abattage et du désespoir : pas difficile à trouver (à moins que ma sœur — ma sœur dans la vie — ne joue son propre rôle ? C'est une excellente comédienne, je vous la recommande. Comptez-vous tourner *notre* film en France ?).

Et puis il y a l'amant d'Hélène, Jacques (pour ce prénom, vous n'avez pas le choix, j'y tiens beaucoup). C'est une sorte de compagnon occulte, d'amant au long cours comme certaines femmes en ont, plus qu'on ne croit. Pas vraiment un ex — car il n'est jamais complètement sorti du champ —, plutôt, comment dire : un *off*. Une marge, sachant que la marge appartient à la page. Il a son âge, il est marié, il a une ribambelle d'enfants, des pensions alimentaires, des horaires compliqués, enfin vous voyez le profil, s'il vous faut un dessin, je vous le ferai plus tard. Jacques serait psychanalyste — un psychanalyste pas clair, pas clair du tout même, mais capable néanmoins de fournir un autre éclairage à l'histoire : je vous l'ai dit, je n'ai pas vraiment envie de revoir ou de rejouer ; ce que je veux, c'est donner un sens — comprendre.

La difficulté que nous allons avoir, vous et moi, je le crains, c'est que ce qui m'intéresse, moi, c'est Ellénore — c'est Hélène, c'est Elle. Vous verrez, quand vous lirez *Adolphe*, que tout est raconté à la première personne, de son point de vue à Lui, masculin singulier : comment il la rencontre, comment il la séduit, comment ses sentiments pour elle se défont, il tire le fil qui détricote à toute allure le texte de l'amour qu'il avait écrit à sa seule vue ; certes il note les expressions de douleur qu'il provoque en elle, qu'il voit sur son visage et entend dans ses paroles, mais il n'entre jamais, sinon par éclairs déchirés, dans sa réalité propre, dans son âme si ce mot a encore un sens — l'âme, ce serait ce qu'il faut deviner derrière le corps, ou ce qui reste en rade à l'arrière des phrases : l'âme, c'est le secret du corps et de la langue —, il n'épouse pas son mouvement, il ne l'épouse pas, il ne la pénètre pas, voilà : elle lui demeure impénétrable. Et pour cause : tout leur drame est là, c'est comme un décor de théâtre : de hauts murs avec de toutes petites fenêtres, et pas de portes. Il ne peut pas sortir de lui-même pour aller vers elle, et il ne veut pas la laisser entrer. Les sexes sont effroyablement séparés. Et quand par hasard ils s'échappent de la forteresse, ils ne se retrouvent que dans la cour des adieux. C'est un cauchemar, en somme.

J'aime Benjamin Constant, je l'aime d'amour ; j'ai pour Adolphe une passion malheureuse, je pense que vous l'avez compris. « J'avais pris en horreur l'empire des femmes. Ellénore ne m'inspirait plus qu'une pitié mêlée de fatigue », dit-il dès le chapitre 4, déjà lassé, désabusé. Je le lis, je le relis, je lis et je relis ce qu'il dit de moi, de lui et moi, et je voudrais le saisir tout entier, l'exprimer comme on exprime le jus d'un fruit : quelle est cette pitié ? Pourquoi cette fatigue ? Qu'est-ce qui l'épuise, qu'est-ce qui s'épuise — si tôt, si vite ? La cause est-elle en moi, vraiment ? Qu'est-ce qu'un homme méprise, dans une femme ? Pourquoi en meurt-elle ? Je voudrais être, deux siècles après, le regard d'Ellénore, son souffle — dire par sa voix ce qui la blesse, voir par ses yeux ce qui la tue. En son nom, je demande un droit de réponse. En termes techniques, j'envisage donc une caméra subjective. Je serais l'œil et la main, c'est moi qui tiendrais le manche, le crachoir, les rênes. Bref, ce serait le film d'une femme. Le problème, c'est que vous êtes un homme. C'est le seul vrai problème, en fin de compte. Mais ça tombe bien, puisque c'est aussi le seul vrai sujet.

Nous avions rendez-vous au Café Français. Tu étais déjà là quand je suis arrivée, je t'ai aperçu la première, tu lisais *Le Monde*, j'ai marché vers toi, ton visage immobile était à demi éclairé par une bougie posée sur la table, non, tu ne lis pas, tu fais semblant, je m'avance, la douleur me saute à la poitrine comme un chien qu'on retrouve ; tu lèves la tête, tu souris un peu sans sortir de l'ombre, je souris aussi, nos yeux se rencontrent, on se revoit.

Il n'y avait personne dans le café, c'était bizarre, à la Bastille un samedi — on aurait dit d'un lieu volontairement évacué pour le tournage d'une scène de film. En réalité, Columbia venait d'exploser en vol à son entrée dans l'atmosphère, on n'avait pas envie de s'amuser, les noctambules étaient restés chez eux pour une veillée funèbre, d'habitude tout le monde s'en fout, des gens qui meurent, il y en a des milliers tous les jours, ça n'a jamais empêché de boire un verre, mais la fusée, ce n'est pas pareil, ça se fracasse en nous, décoller, s'envoler, décrocher la lune.

Intérieur nuit. Un grand café. Peu de consommateurs. Il est assis à une table dans un renfoncement, il lit *Le Monde*. Elle arrive, il se lève et serre la main qu'elle lui tend, ils s'asseyent. Plan muet, peut-être filmé à travers la vitre. Le garçon prend la commande, au comptoir un habitué fait remarquer qu'il n'y a pas foule, « c'est désert, ce soir, dites donc ! », le patron mime une explosion avec les mains, « c'est la navette ». Lent panoramique dans la salle presque vide, jusqu'à eux.

— Qu'est-ce que vous faites en ce moment ? Vous avez un projet ? demande-t-il dès que le garçon leur a apporté leurs verres.

(Ce que je fais en ce moment ? Je te regarde, mon corps s'ébroue discrètement dans la joie de te voir. Tu es mon seul projet.)

— Euh, oui. Enfin, je viens de finir un travail sur la répétition, ça devrait paraître en mars. Et vous ?

— La répétition ? Quel genre de répétition ? Théâtrale ? Musicale ?

— Tout. Toutes les répétitions, en fait, celles dont on souffre et celles dont on jouit, c'est-à-dire les répétitions névrotiques et les répétitions artistiques, pour aller vite.

— Celles dont on souffre, vous voulez dire celles qu'on ne choisit pas, qui s'imposent à nous malgré nous — c'est ça ?

— Oui. L'idée de ce livre m'est venue il y a longtemps déjà, après la mort de mon béb…

— Oui, je sais, j'ai lu ce livre-là, excusez-moi si je, je ne voudrais pas…

— Non, ça ne me gêne pas d'en parler. Le projet sur

la répétition est venu de là : quand j'ai buté sur le constat qu'avant moi ma mère avait elle-même perdu un enfant à la naissance, une troisième fille, la dernière (j'ai aussi une sœur aînée, elle est comédienne, elle s'appelle Claude). Je me suis dit qu'il n'y avait pas de hasard dans les familles, seulement les mêmes cadavres dans des placards jumeaux, qu'on se refile de génération en génération comme les maladies et les secrets. Et vous ?

— Moi ? Si j'ai des cadavres ?

— Non (elle rit). Et vous, qu'est-ce que vous faites ?

— Oh ! Comme je vous l'expliquais l'autre soir, je termine un film, on en est au mixage ; ce n'est pas la partie que je préfère, disons qu'à cette étape du travail, la technique prend le dessus.

— Ça s'appelle comment ?

— Je ne suis pas encore sûr du titre. Peut-être : *Mon corps sous tes mains*, je vais voir…

Elle baisse la tête, remue la cuillère dans son cocktail. Déplacement sur un couple assis à leur droite, ils s'embrassent à pleine bouche par-dessus la table. Un verre de lait est posé entre eux.

— Vous n'avez pas d'enfants ? (Pas de femme, pas de chat, pas de chien, pas de liens — rien qu'à moi ?)

— Non. Moue de désintérêt aussitôt réprimée. Vous, vous avez donc une petite fille ?

— Oui. Lise. Elle a huit ans. Vous avez des frères et sœurs ?

— Non, je suis fils unique. Mes parents habitent Carvin, dans le Pas-de-Calais, mon père était mineur.

— Vous n'avez pas souffert d'être enfant unique ? Je vous demande ça parce que Lise, parfois…, enfin, elle s'ennuie, elle aimerait bien…

— Non, si, je ne sais pas. J'ai été élevé surtout par ma grand-mère, qui m'adorait, alors je…

— Tiens, moi aussi — c'est drôle.

— Ma mère est en dépression depuis très longtemps, c'est surtout ça qui a été difficile — ça l'est toujours, d'ailleurs…

— Pourquoi est-elle en dépression ?

— Je ne sais pas (ton irrité). Elle est maniaco-dépressive — elle souffre de mélancolie, elle a tout essayé, tous les traitements…

C'était la première fois que j'entendais le mot mélancolie comme un nom de maladie, je croyais que c'était un sentiment — un sentiment familier. Je n'ai rien dit.

— Mais parlons d'autre chose.

— Oui.

Tu me demandes si j'ai faim. Mais non, je n'ai pas faim, je me nourris de toi, je te mange des yeux en essayant de cacher ma voracité, je me repais de ta beauté. De face, ton visage est viril et ardent, il crève l'écran, on dirait Marcello Mastroianni dans *La dolce vita* ; quand tu tournes la tête, ton profil ramène une enfance qui gêne le regard, une perspective fuyante de garçon apeuré qui brise le charme, une photo bougée, le raccord est difficile à faire ; puis quelquefois, la lumière tombe droit sur tes tempes grises, sur une veine saillante ou un méplat, et le vieil homme se devine, on voit le mort que tu feras, le cœur se serre. Ton visage est un miroir où le passé réfléchit l'avenir, le temps diffracte et me tape dans l'œil.

Tu me parles de ton nouveau projet, auquel tu penses déjà, une adaptation d'*Adolphe*, de Benjamin

Constant. Je l'ai lu dans le temps, c'est l'histoire d'un type assez lâche, si je me souviens bien, avec un cœur sec comme un coup de trique. Un signal d'alarme retentit dans la rue. Je demande pourtant :

— Ça parle de quoi ?

— C'est l'histoire d'un homme qui n'aime pas la femme qu'il a cru aimer. Il voudrait s'en séparer, mais il a du mal. Mais vous savez, pour l'instant, ça ne parle pas beaucoup : le cinéma, en tout cas pour moi, c'est d'abord des images — et de la musique. Peut-être d'abord de la musique : je vois de la musique, en quelque sorte, d'abord.

Oui, je sais. Je sais que d'un film on ne retient que quelques images, parfois aucune ; un air de chanson, quelques répliques, parfois aucune : c'est décevant, cette fuite. Je tente, moi, de tout retenir, le dessin de ta bouche, la couleur de tes yeux, les larmes qui montent je ne sais pas pourquoi (la fusée, peut-être), et par-dessus tout la nuit, comme Johnny me l'intime à pleins poumons dans le vide sidéral du Café Français.

— Mais tout de même, qu'est-ce qui vous intéresse, dans ce roman ? Ce sera un autoportrait ?

Tu te rebelles aussitôt, tout ton corps se redresse — tu es très mince, tu as un corps d'adolescent.

— Mais non, pas du tout. Les films ne sont pas tous autobiographiques, vous savez. Pas plus que les romans. Absolument pas.

Difficile à croire. Pourquoi s'intéresserait-on à une histoire qui ne nous concerne en rien ? Je ne le dis pas.

— C'est comme si je pensais, après avoir lu *Carnet de bal*, que vous couchez avec le premier venu, ajoutes-tu.

J'esquisse une moue vague — tais-toi, ma grande, terrain miné. Un vers — de qui ? — me traverse la mémoire : « L'amour : être le premier venu ».

Tu ne dis plus rien. Tu es d'une grande pâleur. Je te contemple. La bougie tremblote sur la table comme une étoile dans le ciel, t'enveloppant d'ombres. Tu es à la fois inquiétant et séduisant, les deux infiniment, tu ressembles à Cary Grant quand il monte l'escalier avec le verre de lait dans *Soupçons*, et qu'on se demande s'il y a versé du poison. Je ne sais pas qui tu es. Ton visage est ce verre de lait, ce soir. J'ai envie de le boire sans savoir comment ça finit.

— Et comment fait-on pour écrire un scénario ? Il y a des règles spécifiques ?

— Oui, mais c'est assez simple. Tenez, si vous voulez, vous lisez *Adolphe*, et puis on y réfléchit ensemble, je vous apprendrai, c'est très facile, vous verrez.

— D'accord.

Nous ne parlons plus. Une indécision plane, une vapeur de peur. Il y a comme un effet de suspense sans énigme assignable, les miroirs du Café Français reflètent des airs de complot et des silhouettes de détectives. Nous sommes assis face à face dans la pénombre, en équilibre inquiet au bord de l'amour. Sur l'écran de la nuit tournent des morceaux de fusée désintégrée. Cary Grant arrive en haut de l'escalier avec son verre de lait.

— Il faudra évidemment le transposer à notre époque, ce sera plus intéressant. D'ailleurs, j'ai horreur des films en costumes. Et puis ça a déjà été fait. Qu'est-ce qu'il y a ?

— Rien.

(Tu as une très belle bouche. Je voudrais qu'elle soit à moi. Je voudrais que tu sois à moi. Je voudrais que le monde entier disparaisse, sauf toi et moi.)

— C'est drôle, vous savez — j'y ai pensé aussitôt quand vous m'avez donné rendez-vous dans ce café : figurez-vous que c'est ici que je situe une scène de rupture dans un de mes romans, où j'avais fait du personnage masculin un cinéaste, purement fictif bien sûr. Vous croyez aux prémonitions ?

— Non. D'ailleurs, ce n'est pas une rupture.

Je baisse les yeux.

— Non.

— C'est une rencontre. Ce n'est pas pareil.

— Non, c'est vrai, ce n'est pas pareil.

Je n'ose plus te regarder, je tiens les yeux baissés en mangeant des cacahouètes. Nos corps sont immobiles, presque figés. Ta main est posée sur la table, très près de la mienne, comme un objet — on pourrait la cadrer en nature morte. J'ai envie de te toucher, qu'est-ce qui pourrait m'en empêcher ? Je ne vois rien d'autre à faire maintenant que de créer ce mouvement de bascule, cette légère poussée dans l'amour, comme on se met en route, comme on s'engage dans un chemin, oui, voilà : je m'engage, je m'avance — c'est un mouvement, l'amour, je sens que tu ne le feras pas, alors je le fais — je fais les avances.

Ta main est sous la mienne, à la fois chaude et inerte, molle et crispée, on dirait un animal qui fait le mort. Les informations qui me parviennent sont indéchiffrables — main comme détachée du corps, doigts longs et fins comme dépourvus de terminaisons nerveuses, immobilité totale, main morte, sensibilité difficilement appréciable, érotisme rien à signaler, anesthésie locale, désir basse pression, tétanie, allô allô, est-ce que vous me recevez, vérifiez vos cadrans, loi d'attraction universelle, magnétisme terrestre, aimantation, compte à rebours, rectifiez la trajectoire, précisez votre position, attention, entrée dans l'amour, attention, attention.

Nous nous quittons sur le trottoir. Si tu filmes cette scène un jour, je vais te dire comment je la vois : nous sommes dans les bras l'un de l'autre, debout enlacés gravement, silhouettes sombres dans leur manteau noir, nous nous étreignons avec solennité, tu me dis au revoir, c'est la première fois que je l'entends (oui, au revoir, oh oui, te revoir), tu me murmures au revoir à l'oreille, on dirait adieu, on dirait des gens qui se séparent, on dirait des gens malheureux, près du tas de sable laissé par un chantier on cherche une tombe ouverte, on devine un caveau au bord du caniveau, après ce sera toujours comme ça avec toi, il y a toujours deux réalités, à tout instant quelque chose se superpose, le soupçon d'autre chose, main morte, main chaude — on vient de se rencontrer, c'est la deuxième fois qu'on se voit, je suis contre ta joue, tu ne m'embrasses pas, tu me serres fort dans tes bras, est-ce qu'on a perdu quelqu'un ?

Ensuite il faut la suivre, elle, qui rentre à pied comme l'autre fois. Elle longe la Seine, reflets sur l'eau, lumière, Paris est magnifique, mais pas de musique, non, juste la rumeur, les voitures, des sirènes d'ambulance, et puis des garçons qui shootent dans une canette de bière, sur les quais, d'autres à nouveau sur le parvis de Notre-Dame, elle lève les yeux vers les tours, les gargouilles, les suicides, le temps s'impose, montagne, elle accélère, le son métallique la poursuit longtemps dans sa marche, comme si toute la ville jouait avec des débris de fusée.

Oui, je suis d'accord avec vous, c'est un polar ! Filmer la rencontre amoureuse comme si on était dans un film d'Hitchcock, avec le même enjeu vital, la même angoisse, exactement ! Pas les feux de l'amour, plutôt les sueurs froides ! Il faudrait projeter *Soupçons* aux acteurs, si le film se faisait. Cary Grant, c'est exactement ce type d'homme : à la fois doux et noir, tendre et sombre. Ou Mastroianni : brun, visage régulier, beauté classique. Surtout, ne me prenez pas un blond aux yeux bleus. S'il vous plaît !

Vous vous souvenez qu'au départ Cary Grant devait être coupable ? Pendant presque tout le tournage, il a joué comme s'il projetait réellement de tuer sa femme. Puis les producteurs ont pris peur, ils ont craint que cela ne casse l'image de leur star, alors Hitchcock a modifié le scénario et innocenté Cary Grant. On le voit donc se comporter tout du long comme un assassin, alors qu'il ne l'est pas. La force du film est là : pour le spectateur, c'est indécidable ; les contraires coexistent, voilà le génie ! On ne sait pas s'il l'aime ou s'il la hait, s'il est pervers ou insouciant, s'il la protège ou s'il veut la liquider. Et au fond, il ne le sait pas lui-même. C'est le triomphe de l'ambivalence ! L'absence de sens clair ! Vous savez, il y a cette scène en voiture décapotable, il va très vite, elle est terrorisée, muette de frayeur, on a l'impression qu'il veut avoir un accident, qu'il la conduit à la mort dans une espèce de jouissance perverse : leurs visages sont ceux de deux fous, deux fous assis côte à côte, chacun dans sa folie, alors que c'est juste un homme qui s'enivre un instant de sa propre maîtrise et une femme qui ne se sent pas en sécurité. Mais peut-être est-ce notre folie à nous, littéralement : vouloir asseoir côte à côte dans le même cabriolet un homme qui craint de perdre le contrôle et une femme qui craint de perdre l'amour.

Ce qui me plaît surtout, dans le polar, ce qui m'a toujours plu, c'est l'investigation. Film ou roman, il œuvre comme un détective : il enquête sur un crime ou une disparition. Il pose des questions pratiques, fait des recoupements, relève des indices, analyse les traces, soupèse les mobiles, entend les témoins, confronte les récits, réfléchit au déroulement, à la chronologie, à l'enchaînement des événements, aux responsabilités : qui, quand, quoi, comment, pourquoi. Tout compte, chaque détail a son importance : un rêve, un souvenir, une intuition, une bribe de phrase…, tout peut être la pièce manquante, qui rendra compréhensible la mosaïque lacunaire des faits et permettra leur complète reconstitution : qu'est-ce qui s'est passé, au juste ? Voilà mon projet, d'une façon ou d'une autre : enquêter sur la disparition de l'amour.

J'ai pensé une chose : pour intégrer mon Benjamin à l'histoire, on pourrait faire comme dans mon projet de roman : Hélène monte une pièce sur lui — ou plutôt : elle a écrit une pièce à partir de ses textes (qui s'appellerait, par exemple, *Benjamin l'inconstant*) et Jacques la met en scène : il serait psychanalyste, mais avec le désir de se renouveler, de faire du théâtre pour mettre en jeu ce qu'il sait des hommes — il ne serait pas le premier… Dans ce cas, il n'y aurait qu'à changer un peu le dialogue dans le café de la Bastille : ce n'est pas Arnaud qui projette d'adapter *Adolphe*, c'est elle qui va créer une pièce inspirée de la vie de Constant. Non ? Et ma sœur Claude en jouerait le rôle féminin principal : Elle — un mélange de Germaine de Staël, d'Anna Lindsay, de Julie Talma et de Mme Récamier —, inutile de multiplier les comédiennes, leurs partitions sont presque interchangeables : pour Constant, toutes les femmes étaient les mêmes, je crois vous l'avoir déjà écrit — toutes les femmes étaient la même, toutes les femmes étaient La Femme. *Toutes les mêmes*, quoi ! ou *toutes les « m'aime »*, comme dirait Jacques.

Intérieur jour. L'appartement d'Hélène.

Elle tient une feuille à la main, qu'elle lit et relit longuement à mi-voix, on voit bouger ses lèvres qui la murmurent, on pourrait croire une actrice qui répète un rôle. Sur la table, il y a un gros bouquet de roses rouges encore enveloppées. Elle s'empare d'un objet, galet ou caillou que sa fille aura laissé traîner là — elle en fait la collection. Elle tourne et retourne le caillou entre ses doigts. Puis elle se lève et se regarde dans la glace au-dessus de la cheminée. Pendant tout le temps que dure ce plan, on entend *off* la voix d'Arnaud, qui doit être une voix très chaude, assez grave — une belle voix d'homme.

*Toute la journée j'ai attendu d'être libre pour pouvoir vous écrire. J'ai tenu avec maladresse des conversations étrangères à mon cœur. C'était des sons qui touchaient mon oreille sans me communiquer ni sens, ni pensée, ni sentiment. Tout sauf vous m'est étranger. Le monde ne m'est plus rien. Je vous aime, je vous admire. Je suis heureux de vous connaître. Je suis heureux d'avoir rencontré une femme telle que je l'avais imaginée, telle que j'avais renoncé à la trouver et sans laquelle j'errais en m'étourdissant avec effort. Avec vous dans mon cœur je vaux plus que moi-même. Vous êtes belle, vous êtes forte, vous êtes généreuse. Je voudrais prendre toutes vos peines et vous léguer tous mes jours heureux. Je vous aimerai toujours, jamais aucune autre pensée ne m'occupera. Je suis fait pour vous, vous êtes le seul être qui ré-*

*ponde à mon cœur et remplisse mon imagination. Tout ce qui est vous est noble, pur et beau. Oh ! Dites-moi que vous m'aimez, dites-moi que rien ne nous séparera. J'attends de vous revoir, et d'ici là je n'aurai qu'une pensée, je serai entouré d'une seule image.*

Intérieur jour. Un théâtre, peu de lumière sur le plateau. C'est une répétition de *Benjamin l'inconstant.*

Jacques à l'acteur qui joue Benjamin : Tu entres. Il n'y a personne sur le plateau, mais tu entres en jetant des regards et des sourires, en tournant la tête à droite et à gauche, en t'arrêtant quelquefois plus longuement pour mieux voir : bref, tu es dans une soirée et tu dragues — ou plutôt, tu cherches quelqu'un, tu ne sais pas encore qui, mais tu aspires à rencontrer quelqu'un.

L'acteur joue en suivant les indications.

Jacques : Non, pas aussi séducteur. Benjamin n'est pas Don Juan, je n'aurais pas dû employer le mot « draguer ». Il souffre, et il cherche à sortir de son malheur par l'amour (l'amour va le rendre encore plus malheureux, mais pour l'instant il l'ignore). En fait, tu joues cette phrase du roman : « Je veux être aimé, me disais-je, et je regardais autour de moi. » À toi.

L'acteur reprend depuis l'entrée.

Jacques : Oui, c'est ça. Et soudain, tu la vois, Elle. Elle ne sera pas sur le plateau, souviens-toi, tu seras seul. Mais on doit voir que tu la vois, on doit la voir dans tes yeux. Tu t'arrêtes sur elle, tu arrêtes ton choix sur elle : tu es captivé, mais en même temps tu le décides — elle n'existait pas il y a une seconde, et dans une seconde elle va être la seule — tu décides que c'est Elle — c'est elle qui va t'aimer. Car attention, tu cherches d'abord à *être aimé*, pas à aimer. La nuance est capitale : tu cherches plus un beau miroir qu'une femme réelle. « Offerte à mes regards dans un moment où mon cœur avait besoin d'amour et ma vanité de succès, Ellénore me parut une conquête digne de moi. » Oui, c'est bien, c'est très bien. Si tu pouvais encore ajouter quelque chose : c'est très subtil…, comment t'expliquer ? Voilà : il y a des raisons pour que ce soit elle, évidemment : tu la trouves belle, peut-être ressemble-t-elle à ta mère disparue, ou à une nourrice qui t'a élevé, ou à une petite fille dont tu as rêvé, enfant. Ou bien c'est le désir des autres hommes qui t'attire : tu la remarques parce qu'elle est entourée, admirée. Ou encore, on t'a dit quelque chose d'elle, tu sais quelque chose qui te plaît, qui te rend curieux. Bref, tu la choisis, mais en même temps non. Comment dire ? C'est Elle. Mais ç'aurait pu être une autre.

J'ai envie de vous raconter comment j'ai rencontré Jacques, même si ça n'intéresse pas directement le scénario, vous aurez une idée du personnage. C'est un rôle important, un contrepoint — l'homme de ma vie, qui sait ?

Il y a six ans, j'allais quitter une librairie où je venais de dédicacer mon dernier roman, quand une femme s'est approchée de moi pour que je signe son exemplaire. Pendant que j'écris quelques mots sur la page de titre, elle me dit : « Je voudrais vous offrir à mon psychanalyste. » Je lève le stylo de dessus le papier, je réponds : « Oui… », le oui le plus lacanien que ma mémoire me fournisse, mais je n'en pense pas moins — offrir un cadeau à son psy, est-ce bien catholique ? Alors elle ouvre de grands yeux ravis, elle joint les mains comme une petite fille — elle a dans les soixante ans, une barrette-coccinelle derrière chaque oreille — et elle s'écrie : « C'est vrai ? Vous voulez bien ? », je dis : « Mais, oui, euh, non…, enfin, vous faites comme bon vous semble. » Elle sort de son sac un morceau de papier, ses mains tremblent de joie, dirait-on, elle griffonne un nom et une adresse, me les tend : « Voilà. C'est son cabinet, mais il habite là aussi. Le mieux, c'est d'y aller un mardi ou un jeudi, il termine vers dix-neuf heures en général — vous attendrez peut-être un peu, mais pas longtemps, il n'est pas en retard, ce n'est pas son genre, non. Il sera ravi, j'en suis sûre. »

« Mais… je ne comprends pas. » Mon cœur bat plus vite, il y a un danger, mais où ? Dans cette tête un peu folle, au regard doux pourtant, ou en moi ? En moi, oui, le danger est en moi, je feins de ne pas le savoir. « Je ne comprends pas. Qu'est-ce que… » « Oh ! oui, reprend-elle — c'est comme les jeux d'enfants quand les histoires s'enchaînent par la seule surenchère de l'imagination —, oui : vous iriez le 13 novembre, oui oui oui, le jour de son anniversaire, ce serait merveilleux ! C'est un jeudi, d'ailleurs… » « Mais madame, je ne peux pas, je ne sais pas… » En même temps, je lis le papier qu'elle m'a remis, je lis Jacques, ce prénom est comme un signal pour moi, je ne vous dirai pas pourquoi, ce serait trop long, mais enfin j'ai le réflexe de Pavlov, Jacques, ça m'intéresse aussitôt. Le nom m'est inconnu, l'adresse est proche de chez moi, j'irais à pied si je devais y aller. « Oh mais si, je vous en prie, n'ayez pas peur : il est si gentil ! Je le connais depuis quinze ans, c'est mon analyste, mais c'est un ami aussi, vous voyez ? (Je vois.) Et il va mal en ce moment, je le sens, il va mal et ça me fait mal à moi aussi parce que…, parce que… Mais moi, je ne peux rien faire, je ne suis plus… Vous oui, vous, vous saurez. Il sera heureux, j'en suis sûre, vous, vous pouvez. Vous allez le faire, n'est-ce pas ? Vous le ferez ? Le 13 novembre. Vous voulez que je vous le marque ? »

Je dis « non, mais non, madame, enfin c'est impossible », mais je garde le papier, je le mets dans mon sac, pas pour lui laisser de l'espoir, mais parce que j'ai envie d'y aller. À l'époque, je croyais que l'avenir m'attendait, que le monde gagnait à être connu. Et puis j'étais intéressée : il n'y a plus guère que les psychanalystes pour s'inquiéter de l'amour. Ils n'en sont pas moins fous que les autres, mais plus vivants, sûrement.

Celui-là, pourtant, avait l'air assez malheureux, debout, interrogatif sur le pas de la porte qui menait à son bureau. Il était très petit, un mètre soixante-cinq maximum. J'étais affreusement déçue. À son invitation je suis entrée, je l'ai frôlé dans l'étroit passage, j'avais mis des chaussures à talons, je voyais entièrement le dessus de sa tête — de beaux cheveux encore très noirs, très épais, comme souvent les psychanalystes, si vous regardez bien — le complexe de Samson, probablement. Une belle chevelure, donc, mais bon. Je suis restée plantée au milieu de la pièce telle la géante de Baudelaire, tu l'as bien cherché, ma grande, il ne s'est pas assis, il a attendu que je parle.

Je lui dis pourquoi je suis là, j'ai mon livre à la main, bravache, je me présente, je suis votre cadeau d'anniversaire. Il rit franchement.

Il m'invite à dîner, nous sommes l'un à côté de l'autre sur la banquette du restaurant — de quoi parlons-nous ? je ne sais plus, mais j'aime sa parole, c'est une parole donnée, on sent qu'il ne cherchera pas à la reprendre — nous avons beaucoup bu, il m'embrasse, je l'embrasse, il me réembrasse, il faut que je vous dise quelque chose, me dit-il — il sourit, j'adore cet homme —, quelque chose d'important. Autour de nous, les serveurs empilent les chaises, passent le balai, éteignent les lumières : c'est que, moi, voyez-vous, je ne suis pas un cadeau.

N.-B. : dans le film, il faudrait trouver à Jacques une autre caractéristique que sa taille. Une tache de vin sur le visage, par exemple — c'est d'ailleurs plus visible, à l'écran — (mais pas trop laide, car il doit inspirer le désir). Ou alors il louchera… Le physique de l'acteur permettra en tout cas de dissocier la beauté de l'érotisme.

Intérieur jour. Chez Hélène. Arnaud vient de sonner (montrer son visage sombre, peut-être).

Il entre. C'est la première fois qu'il vient chez elle, qu'ils sont seuls ensemble. On voit sur la cheminée les roses qu'il lui a envoyées quelques jours plus tôt.

Il est au milieu de la pièce, il ne bouge pas, son visage est un masque, il reste là, fasciné, médusé par quoi tandis qu'elle papillonne autour de lui, ses fleurs sont magnifiques, sa fille passe toute la journée chez une copine, le quartier est bruyant ces temps-ci, il y a des moments où on ne s'entend plus — elle papillonne mais en se cognant contre la vitre, le ciel est immense, derrière.

Il ne l'attire pas d'une main contre lui, il ne prend pas son visage entre ses mains, il ne caresse pas ses cheveux, il n'effleure pas son cou du bout des lèvres, il ne respire pas son odeur, on n'entend pas le deuxième prélude de Chopin, leurs bouches ne se rencontrent pas, leurs yeux ne se ferment pas, leurs langues ne se mêlent pas, leurs dents ne s'entrechoquent pas, leur souffle ne s'accélère pas, leurs corps ne tombent pas sur le tapis, on ne voit pas leurs mains défaire les boutons, les attaches, on n'entend pas l'andante du premier sextuor de Brahms, il n'y a pas de fondu enchaîné, il n'y a pas de vêtements par terre, il n'y a pas de reflets sur leurs peaux dorées par la lumière d'une lampe tamisée, il n'y a pas de sueur sur leur dos ou leur torse, il n'y a pas de mains caressantes, il n'y a pas de coups de reins, pas de taille cambrée, pas de tête renversée en arrière, on n'entend pas l'*exultate jubilate* de Mozart, il n'y a pas de halètements, pas de chuchotements, pas de gémissements, pas de geignements, pas de frémissements, pas de grognements, il n'y a pas de murmures, pas de cris, pas de dialogue, il n'y a pas de mots.

L'espace entre eux, le parquet, les pieds dans les chaussures. La distance entre eux, plane et fixe. Aucune mobilité, aucun jeu. Pas de ressort, pas de volonté. Les corps sont raides, le fiasco est érigé. Quelque chose les arrête, les cloue. On dirait des totems.

Filmer la peur de l'amour. La peur incarnée.

Si si, ils font l'amour, ne vous inquiétez pas ! Et je veux bien vous le raconter. Simplement j'ai laissé passer deux mails sans vous répondre parce que je réfléchissais, je relisais des pages que j'ai écrites il y a plus d'un an. Une chose est sûre : c'est de l'anti-cinéma ! À mon avis, vous ne pourrez pas tourner cette scène sans la manquer, elle est physiquement impossible à jouer. Si elle était dialoguée, à la rigueur une diction à la Bresson fournirait l'équivalent sonore du décalage à l'œuvre dans les corps. Mais c'est muet, c'est farouchement muet. Quel acteur rendra donc palpable l'idée qui domine la scène : ce n'est pas naturel ; la sexualité n'est pas naturelle ? Elle n'est pas artificielle non plus, il ne s'agit pas de jouer la timidité, la gaucherie, le semblant, ce serait trop facile. Non : elle est surnaturelle. Il faut trouver le moyen — un érotisme fantastique, un *Alien* érotique — ou renoncer. Ça ne va pas de soi, un homme et une femme, même si ça va tout seul. Ils mettent en commun des corps séparés, différents. Les corps sont familiers mais étranges, humains mais inconnus : les corps sont des étrangers. Chacun lit celui de l'autre en tâtonnant, à l'aveuglette, mais le corps n'est pas écrit en braille, il ne suffit pas d'y poser les mains. C'est un métissage hasardeux, une rencontre interstellaire, un rapprochement galactique. C'est de la science-fiction, ce que je vous raconte.

Il est entré, il est resté debout au milieu de la chambre comme l'autre fois, sans sourire, sans bouger, hypnotisé. Je me suis avancée vers lui, je l'ai touché, j'ai eu la même sensation qu'au Café Français — son corps, main morte. Je l'ai mené jusqu'à mon lit, je l'ai déshabillé, il m'a laissée faire. J'ai ôté ma robe. Nous étions deux officiants dans un rituel obscur et lent, une cérémonie initiatique dont il semblait subir la nécessité irréversible. Je l'ai caressé, il restait immobile, pétrifié par quelle invisible Méduse, j'ai caressé ses cheveux, ses épaules, son cou. Son visage reflétait une attention douloureuse, il paraissait rappeler à lui des fragments de lui-même, des parties d'une unité perdue dans quelque désastre ignoré, il se concentrait, il ne se souvenait pas de lui — j'ai du mal à décrire ce qui se passait, le mystère absolu qu'était pour moi ce corps qui se rassemblait lentement dans mes bras, sa matérialisation bouleversante dont j'ai pourtant retrouvé depuis l'exacte expression dans un spectacle d'Emio Greco au Théâtre de la Ville, dans ces corps de danseurs comme articulés à du vide, dissociés d'eux-mêmes — tête séparée du tronc, main séparée du bras, pied séparé de la jambe par un intervalle impensable, écartèlement de solitude, « pour nous conduire, disait le programme, au bord d'une suffocation philosophique, à considérer non plus tant que nous avons un corps, mais bien plutôt qu'un corps nous est ». C'était exactement la même chose : son corps n'était pas au monde comme une présence concrète qui lui appartenait, mais comme une abstraction qui le tenait à part, une absence, un corps mental, si l'on veut, *cosa mentale*, qui demandait à s'incarner par amour et pour l'amour, comme l'idée d'une forme à quoi manquerait la glaise qui la fera statue. J'ai caressé ses bras, son torse, ses hanches, il a fermé les yeux, son corps tout entier s'est raidi, qu'est-ce qui luttait ? Il a commencé à bander, son sexe gonflait sous ma main, mais on aurait dit un arc sans archer. Quand il a posé sa main sur moi, sa caresse était douce mais absente : sa main, je crois, ne sentait pas ce qu'elle touchait. C'est difficile à comprendre, parce que le toucher est le seul des cinq sens qui soit réciproque : on peut voir sans être vu, on peut écouter sans être entendu, mais on ne peut pas toucher quelqu'un sans éprouver soi-même, en même temps, ce contact. C'était pourtant ainsi : sa caresse était insensible ; il me caressait, mais mon corps ne le touchait pas. Je le voyais, je le respirais, j'éprouvais sa chaleur, sa douceur, sa beauté, son odeur. C'était comme une belle maison sans rien dedans, où il avait été heureux et malheureux, où il pouvait l'être encore, mais que pour l'instant il n'habitait plus — un lieu désaffecté, voilà ce qu'était son corps, qu'il fallait ranimer comme on ouvre grand les fenêtres pour ramener l'air et la lumière. Il a fermé les yeux, brassant des sensations oubliées, des émotions exilées. J'étais sculpteur, je suivais ses contours avec mes mains, je le rappelais à lui et à moi, le sang revenait comme un souvenir, il se remettait. J'avais donc ce pouvoir : en en suivant les lignes, je donnais forme à son corps défendant, je l'informais de son existence, je la lui faisais physiquement éprouver. C'était ça, l'aimer, juste ça peut-être, à cet instant : être celle qui lui prouvait son corps, qui en témoignait, comme une empreinte sur un drap. Quelle puissance ! Mais quelle impuissance aussi — toute autre main n'eût-elle pas rempli cet office ?

Il y a des gens qui font l'amour pour se quitter, se perdre de vue, s'extraire ou s'évader d'eux-mêmes, atteindre littéralement l'extase, lui le faisait pour se retrouver, comme on retrouve un souvenir ou une patrie. « Va te chercher », me dit parfois Jacques au bord de la jouissance. Là, c'était lui qu'on allait retrouver. Le voyage commençait, une sorte d'ascension à flanc de montagne, pleine de vertige et de frayeur, empreinte d'un silence sacré. Je ne sais pas au juste ce qu'est ce lieu vers quoi nous progressons à mains nues, ce mystérieux donjon dont il faut ouvrir les portes, et pourtant je le connais, il m'est étrangement familier, oh oui, je sais, c'est le Palais des Glaces dans *La Reine des Neiges*, et nous sommes les deux enfants du conte, Gerda et Kay, qui mettent si longtemps à se rejoindre. Est-ce un lieu de naissance ou bien la frontière de la mort, je l'ignore — c'est la même chose. Je sais seulement que c'est un lieu du passé — non pas un passé circonscrit, un paysage précis délimité par des haies, non, pas le bocage de l'enfance : plutôt un passé débordant, sans cadre et sans limite, circulaire et froid, affreusement envahissant, impossible à embrasser, comme on voit l'univers quand on est petit, ou comme on ne parvient pas à le voir, justement. Un lieu du passé à la frontière de l'avenir, et c'est là que nous nous retrouvions, toi et moi, au point de jonction, cet ici et maintenant de l'amour toujours à reconquérir, toujours à soustraire à l'ailleurs et à l'autrefois, sur cette lisière effacée, sur cette ligne de faille qu'on appelle le présent, fracture où fleurit la présence, edelweiss, lieu rare où le temps s'incarne, où surgissait soudain ton corps amoureux, fleur de peau, et quelquefois mes larmes, la peur, la joie, leur eau de roche, viens, serre-moi dans tes bras, reviens-moi, reste avec moi, l'amour, c'est être là. Alors tu venais, tu revenais à moi, il y avait encore dans tes mains la même hésitation cotonneuse que dans le regard d'un amnésique foré lentement par la mémoire, je pleurais comme une mère qui voit son enfant émerger du coma, j'avais eu si peur, tu me revenais de si loin. Je me cachais dans tes cheveux, dans ton cou, je me cachais sous la douceur de tes mains, tu étais là, beau, tendre, ardent, te voilà, mon amour, tu es revenu, tu es là, qu'est-ce qui te retenait ? — on s'aimait à corps retrouvé.

Tu n'es pas là, pourtant, presque jamais complètement là. Ton corps, même rendu à la présence, garde la trace du voyage, le doute d'Ulysse. Un léger décalage subsiste entre ton corps et toi, toi et moi, un interstice. Nous sommes seuls ensemble. Mon désir nage dans l'angoisse. Même ton plaisir est ailleurs, c'est un à-côté. Tes gestes ne sont pas absolument tiens, ils ont quelque chose d'emprunté — emprunté à qui ? On dirait que le texte gestuel de l'amour, sa chanson de geste issue de la tradition, d'un fonds commun d'humanité, ne te correspondent pas tout à fait, tu connais tes classiques mais tu n'adhères pas totalement à cette grammaire, à ce phrasé ou à cette emphase, ils ne t'emportent pas tout entier même si tu n'en sais pas de plus beaux, un effort t'est nécessaire pour en restituer la justesse, être au plus près, comme un traducteur qui poursuivrait un rêve de fusion avec la langue originelle, tu n'as rien appris par cœur, tu ne récites pas l'esperanto du corps, pas encore, tu fermes les yeux, tu cherches un peu tes gestes, tu ne les sais pas sur le bout des doigts — tu fais l'amour de mémoire. Cela donne à tout ton corps une sorte d'hésitation adorable, un bégaiement infime qui relance toujours mon désir, parce que je ne sais pas si je jouis d'une vérité ou d'un mensonge, si c'est un amour de pure forme ou la forme pure de l'amour — je ne sais pas et personne ne sait, ni les acteurs ni les spectateurs, à ce moment de l'histoire ni peut-être jamais, si l'amour est une idée reçue ou une pensée neuve, un art ou un savoir-faire, si on le joue ou si on le vit, si on le mime ou si on le crée — si tu l'imites ou si tu l'inventes.

À la réflexion, je pense qu'il ne faut pas s'appesantir sur les difficultés initiales du couple Arnaud-Hélène. Il y en aura tellement après, c'est la trame même de l'histoire, qu'au début il faut un peu de bonheur, sinon on n'y comprendra rien. On peut garder le fiasco de la première fois parce qu'il signale la passion, ses effrois et ses empêchements, on peut les montrer ainsi, subjugués, lapins pris dans les phares, mais pas trop longtemps. Ensuite il y a un état de grâce, disons un mois, comme dans *Adolphe*, où ils sont heureux, ils en ont l'air, en tout cas. Je vais réfléchir à ce qui restituerait le mieux ce point d'équilibre, quelle scène d'idylle, mais en attendant je fais ce que vous m'avez demandé, je vous livre tout ce qui me vient, pour que vous y pensiez de votre côté. C'est une suite de signes amoureux, des panneaux indicateurs de l'amour qu'on pourrait parsemer dans les premières séquences, de manière assez visible ou même voyante, pour pouvoir les retirer ensuite, au fil de la déliquescence — montrer que ça s'inverse.

Par exemple, il lui offre des fleurs, il lui fait porter des roses, il lui téléphone quinze fois par jour, il prend un abonnement de portable rien que pour elle, elle est son numéro préféré, il lui laisse des poèmes sur son répondeur, il la présente à ses amis, il fait les boutiques avec elle, il lui achète une robe, il lui dit qu'elle est belle, il lui dit « je t'aime », il lui demande comment elle préfère qu'il s'habille, si elle trouve que le bleu lui va, si cette coupe de cheveux lui plaît, il lit ses romans, il envisage d'en adapter un à l'écran, il prend des notes à ce sujet, il a une photo d'elle dans son portefeuille et une autre au mur, face à son bureau, il l'invite à venir voir une séance de mixage et la cajole devant tous les techniciens, il l'admire, il est fier d'elle, il est jaloux de la terre entière, il a hâte de rencontrer sa fille, il joue avec sa fille, il dessine avec sa fille, il va la chercher à l'école, il a l'air malheureux quand il la quitte même une heure, il dort toutes les nuits chez elle, il la caresse, il la lèche, il la garde dans ses bras, il la berce, il veut vivre avec elle, il faudrait un appartement plus grand, il regarde les vitrines des agences immobilières, il squatte le café en bas de chez elle quand elle a besoin de travailler seule, il prépare le petit déjeuner, il lui offre des CD, du parfum, des premières à l'opéra, il se renseigne sur les week-ends à Venise, il lui dit : « N'achète pas ce livre, je l'ai », il fait des projets, elle est dans le champ tout le temps, elle sature les plans.

Extérieur jour. Le Jardin du Luxembourg.

Hélène et Lise sont assises à une terrasse de guinguette. Arnaud arrive, Hélène fait les présentations, ils s'embrassent. Le temps est splendide. Ils commandent à boire, Arnaud pose à Lise des questions sur l'école, les matières qu'elle préfère, ce qu'elle aime, dans la vie. Hélène fait sa discrète, feint de s'intéresser aux gens qui passent. Lise les regarde alternativement d'un air finaud, en se mordant les lèvres comme si elle retenait un secret ou un rire — les grandes personnes sont tellement coincées ! Elle prend Arnaud par la main pour qu'il l'accompagne, elle ne sait pas encore très bien faire du roller. Hélène les regarde s'éloigner le long des arbres, main dans la main.

— Est-ce que tu es amoureux de maman ?

— Oui. Comment le sais-tu ?

— Je le sais. Et tu penses qu'elle t'aime ?

— Je ne sais pas. Tu crois ?

Lise s'arrête, flageolante sur ses rollers, se tourne vers lui, grave :

— Elle t'aime aussi, maman. J'en suis sûre.

— Elle te l'a dit ?

— Non. Mais je le vois bien.

— À quoi tu le vois ?

— Ben, par exemple, quand elle te parle, elle n'a pas la même voix. Et puis dans ses yeux, comment elle te regarde… Tu n'as pas remarqué ?

— Si si, j'ai remarqué. Tu as peut-être raison.

— Alors tu es mon deuxième papa.

Elle lève la main, ils se font le salut des basketteurs américains.

— Ça marche, dit-il.

Plus tard ils rentrent chez Hélène tous les trois, elle prépare le goûter à la cuisine, Arnaud est avec Lise dans sa chambre, elle lui montre sa collection de fossiles, ils s'émerveillent de leur mystérieuse netteté. Puis ils construisent une cabane en carton avec du chatterton, il lui montre comment faire, l'aide, la guide. Il est d'une grande gentillesse, calme et souriant, plusieurs fois elle lui fait des bisous à l'improviste, elle rit, ils rient ensemble. Quand la cabane est finie, Lise appelle sa mère, ils tiennent à trois à l'intérieur, mais serrés, les genoux sous le menton, il y a une pancarte au-dessus de l'entrée : La meson du bonheur. — Il faut faire un serment, dit Lise. — Oui, tu as raison. — On est trois, on n'a qu'à faire celui des trois Mousquetaires ! — D'accord. Ils tendent la main vers le centre, un pour tous, tous pour un.

Ce que j'ai pu rire en recevant votre message ! Jaune, mais ça m'a fait du bien. « Mon projet n'est pas de réaliser un téléfilm pour la Première chaîne. » Vous êtes dur avec moi, vous êtes sans pitié ! Car vous savez pertinemment que cette scène a eu lieu, que je l'ai vécue, et que ma fille m'a rapporté le reste mot pour mot. Mais je ne vous en veux pas, au contraire : c'est pour ça que j'ai accepté de travailler avec vous, pour essayer de comprendre, pour me débarrasser de la douleur (ça n'en prend pas le chemin). Vous n'attendez pas la fin, vous m'obligez à visionner les rushes, à me voir. Il y a deux films superposés, celui où j'ai joué et celui que je regarde. Quelque chose nous échappe au moment de vivre, que le film (ou le tableau, ou le livre) nous renvoie et nous éclaire. À quoi ça sert, sinon ?

Je vois très bien ce qui vous gêne, la petite fille modèle et le nouveau papa, la quadragénaire divorcée, le jardin, les rollers, la guinguette, la cabane et le serment — il ne manquait plus que le mot « orangeade » et le script était parfait ! Pourtant, j'ai vécu entièrement à l'intérieur de cette scène, j'ai collé au scénario, je me suis fondue dans le personnage, j'y ai cru à fond. Les paroles ont de la sincérité, les gestes de la pureté, les cœurs de l'innocence. Alors, pourquoi est-ce du toc ? On joue juste, mais le texte est faux. Il n'a pas été écrit pour nous, mais pour tout le monde, pour que tout le monde s'y retrouve. Pourquoi rentre-t-on si bien dans le moule, avec une telle hâte, une telle satisfaction, un tel soulagement ? De quoi avons-nous si peur, à l'idée de sortir de la lucarne, d'aller voir ailleurs, de déborder du cadre ? Pourquoi acceptons-nous des rôles convenus et pas des sujets libres ? Sommes-nous condamnés à vivre dans des téléfilms ? Pourquoi ne savons-nous pas improviser l'amour ?

Intercaler un dialogue entre Arnaud et Hélène, au Luxembourg, pendant que Lise fait de la balançoire.

— Elle est adorable.

— Oui.

— Tiens (il sort un trousseau de sa poche), pendant que j'y pense, je te donne mes clefs.

— Merci (elle les prend). Mais on habite loin l'un de l'autre, je…

— Je sais, mais si un jour tu viens et que je ne suis pas encore arrivé…

— D'accord.

Il y a un petit silence. Elle reprend, un peu de gêne dans la voix :

— Moi je ne te donne pas les miennes, parce que je n'en ai que deux et que Lise en a besoin quand elle rentre toute seule de l'école…

(Ce n'est pas vrai. Lise ne rentre jamais seule de l'école, le boulevard est trop dangereux. Simplement, elle pense à Jacques, quand ils font l'amour l'après-midi. C'est l'une de ces pensées souterraines, mais mobiles, qui se communiquent mystérieusement à l'interlocuteur comme si elles étaient écrites dans une bulle au-dessus de la tête.)

— Oui, bien sûr… Il y a longtemps que tu es seule ?

— Je suis divorcée depuis trois ans.

— Et depuis ?

— Euh, je, j'ai, enfin j'ai eu un amant.

Il a un haut-le-corps comme un mari trompé dans un feuilleton égyptien.

— Mais c'est fini, maintenant, dit-elle précipitamment.

Il desserre ses sourcils, son visage reste grave.

— C'est très important pour moi. Je ne veux pas souffrir. Et je ne veux pas te partager.

— Et toi, tu es seul depuis longtemps ?

— Oh ! Des petites histoires par-ci par-là, dans le cinéma, tu sais, les tentations sont nombreuses. Avant, j'ai été assez longtemps avec une fille, une photographe, Gabrielle Lessé, ça te dit peut-être quelque chose, non ?

elle fait parfois des portraits d'écrivains. Mais bon, maintenant que je te connais, tout ça est quantité négligeable. Je t'attendais, je te cherchais, je t'ai trouvée, je te veux toute à moi. C'est très clair dans ma tête. Tout ce que je désire, c'est être heureux. Et tu es la femme de ma vie.

Tout ce texte est dit sans sourire, sans feu, sans joie, avec une solennité excessive. Elle sourit comme la fiancée dans un feuilleton saoudien.

Puis ils remontent vers la sortie avec Lise. On aura vu en arrière-plan, pendant le dialogue, un groupe de taï-chi exécutant des gestes lents sous la conduite d'un Chinois impassible. Or, plus ils avancent, plus le jardin se peuple d'individus isolés, en joggings mous, qui, sérieux comme des papes, dépliant dans l'air une jambe inexperte, miment passionnément un maître invisible.

Intérieur jour. Le plateau du théâtre. Claude dans le rôle d'Elle. Thomas, l'acteur qui joue Benjamin. Jacques dirige la mise en scène depuis la salle.

Benjamin marche sur la scène. Elle est assise ou allongée par terre, immobile comme un portrait peint :

« Je t'aime, je t'adore. Tu m'as rendu des sentiments, des sensations oubliés. Tu as créé pour moi une vie nouvelle, qui te sera consacrée tout entière. J'ai passé ce matin dans mon lit à faire des plans pour notre avenir, à calculer ce qu'il nous faudrait pour vivre, pour embellir notre habitation, pour avoir des livres, des chevaux, pour être tout entiers l'un à l'autre, libres des autres et perdus de bonheur. Il ne peut entrer dans ma pensée que tu en aimes un autre, ou que tu cesses un jour de m'aimer. Ton visage me charme, ton esprit m'enchante. Mes yeux ne voient que toi. Ton sourire, tes yeux, tes lèvres, ton sein sont le monde pour moi. Ton image est fixée dans mon âme. »

Jacques : Bien. Claude, à ce moment-là, le noir se fait sur toi et tu ne bouges pas jusqu'à la fin de la scène. O.K. ?

Claude : O.K. Mais là, est-ce que je peux bouger ? J'ai un rendez-vous à huit heures.

— D'accord, vas-y. À mercredi, 19 heures. Bon, nous, Thomas, on reprend Benjamin une dernière fois. Pense à ce que je t'ai dit : la *mobilité*, le mot est de lui. C'est plus général que l'inconstance, ça englobe le corps. Il bouge tout le temps — c'était un grand voyageur, n'oublie pas ça, il était sans cesse en déplacement, partout en Europe ; il arrivait, il repartait. Et là, c'est la même chose : il essaie de fixer dans les mots des sentiments qui ne tiennent pas en place. Il la paie de mots, en un sens — mais il se paie de même monnaie.

On suit Claude qui sort du théâtre — grande bringue avec une crinière de lion et des jambes de girafon, qui dégage en même temps une énergie presque virile. Elle croise Hélène sur les marches.

— Oh ! Lélé, comment ça va ? Tu venais me voir ?

— Oui…, non. Je voulais parler à Jacques.

— Ah ! *Si tes yeux un moment pouvaient me regarder*… En tout cas, merci pour le rôle, il me plaît beaucoup. Mon partenaire aussi, entre parenthèses. Son personnage, en revanche… Quelle plaie, ce Benjamin ! Et toi, ça va ?

— Oui, enfin non, justement…

— À la régie, ils l'ont surnommé Clarence — tu te souviens, le lion dans Daktari (elle mime le lion). Mais ne lui dis pas ! Allez, je file, on s'appelle.

Hélène entre dans la salle, s'assied sans bruit derrière Jacques. Sur le plateau, Benjamin :

« Ton visage me charme, ton esprit m'enchante. Mes yeux ne voient que toi. Ton sourire, tes yeux, tes lèvres, ton sein sont le monde pour moi. Ton image est fixée dans mon âme. »

Le comédien ralentit ses mouvements, s'approche sur l'avant-scène, lumière frontale aveuglante, il serre les paupières comme s'il ne pouvait fixer le soleil, et dit au public :

« Je sortis en achevant ces paroles. Mais qui m'expliquera par quelle mobilité le sentiment qui me les dictait s'éteignit avant même que j'eusse fini de les prononcer ? »

Plan suivant. Jacques et Hélène sont dans une loge, il l'attire contre lui, la prend dans ses bras, il ferait bien l'amour, là, sur l'unique fauteuil de la loge.

— Comment est Claude ? dit-elle en se dégageant.

— Bien. Très bonne. Mais je suis crevé. J'ai l'impression de ne pas quitter mon cabinet, avec Constant, d'être toujours en séance.

Ils font l'amour, ou ils ne le font pas. C'est à vous de voir. Elle garde les deux pendant plusieurs semaines, elle les voit parfois l'un après l'autre, elle aime les deux, la tromperie lui est nécessaire puis impossible, mais on n'est pas obligé de le montrer, dans le film.

Plus tard, ils iront dîner, Jacques et elle. Ils seront assis l'un en face de l'autre, ils liront le menu en silence, ils attendront leurs verres sans trop se regarder, ils trinqueront en se souriant, il boira lentement, il reposera son verre, il joindra les mains devant sa bouche, il prendra une profonde inspiration et dira d'un ton à peine interrogatif : « Vous avez rencontré quelqu'un ? » Elle dira oui, les larmes monteront dans ses yeux, comment le savez-vous ? Il fera un geste évasif, à votre corps, je le sais à votre corps, elle voudra prendre sa main, il la retirera, avant même de demander qui c'est il dira : « Je suppose que je ne suis pas en position de discuter », il aura un rictus d'amertume, elle refera un geste vers sa main, elle dira : « Jacques… », il la lui rendra.

Oui, il faut des scènes de joie, même fugitives, même bâclées, minées au-dedans ; il faut qu'on voie l'éclat de ses yeux, ce regard resplendissant de l'ouverture, il faut qu'on le retrouve ici et là, les premiers temps. Ce qui restitue le mieux cette harmonie funambule ne peut pas être une scène érotique. Non qu'il n'y en ait pas eu. Mais quelles images autres qu'intérieures saisiraient ce moment précis, l'éternel immontrable du cinéma, ce moment de la délivrance, pas de la fusion, non, je ne crois pas, ce n'est pas à l'unité qu'on accède, on est toujours deux mais libres, libres ensemble, dégagés l'un par l'autre de toutes les chaînes de tous les châteaux qui nous hantent, ponts-levis abaissés, poternes franchies, potences abattues — reliés à rien qu'à la grâce d'être là, délivrés de l'histoire et du temps, sans famille et sans frayeur, sans passé et sans avenir, adoptés par l'ouvert ; cette circulation invisible, ce flux de pure matière vivante, quand le courant passe, quand on est à ce qu'on fait, simplement, qu'on est ce qu'on fait, quand on naît à l'amour qu'on fait.

Bien sûr, on peut les voir se promener enlacés à

Montmartre un jour de soleil, faire de la couleur locale sur les photos des Japonais, prendre un café à une terrasse en se souriant des yeux. Mais si l'on veut vraiment montrer qu'on n'a pas rêvé, que le lien a existé entre eux, qu'il y a eu un point d'attache, on le trouvera plus dans la musique que dans l'image. Se rappeler ce qu'il a dit le soir du premier rendez-vous : qu'avant de voir un film, il l'entend. Que l'entendre lui permet de le voir. C'est la musique qui lui rend la vue, et peut-être la vie. Cette renaissance reste très solitaire, la plupart du temps, et on le verra plusieurs fois, seul chez lui ou dehors, avec son baladeur, plonger dans la musique comme dans un bain de mer qui lui fouetterait le sang. Mais quelquefois il l'invite à l'y rejoindre, il lui demande d'entrer, et lorsqu'il lui fait écouter Haendel ou Mahler, Bartók ou Monteverdi, il la met dans le secret — son secret, un secret indicible et qu'on entend pourtant, un secret très amer et qui ravit pourtant. La musique est un lait dont son corps se nourrit, même si plus tard elle pense que c'est aussi un poison, une façon qu'il a d'en finir avec les questions et la pensée, avec la langue elle-même, et le sens du monde, que l'enchantement est aussi un mauvais sort, une machine à ne pas penser, quand la musique vous prend comme une mer et vous roule au tombeau.

Je ne sais pas comment vous envisagez la bande-son, mais il y a une chanson qu'Hélène écoute tout le temps, dans le film, c'est un leitmotiv amoureux puis nostalgique — indispensable. C'est Arnaud qui la lui fait découvrir, il débusque cette mélodie rare de Gounod parmi ses centaines de disques et lui dit : « Tiens, voilà un air pour toi — ton air. »

J'ai été si émue par cette chanson qu'il en a lui-même été troublé : comment était-il tombé si juste ? Comment savait-il si bien qui j'étais ? Il y avait un peu d'ironie dans son regard, ça l'étonne toujours, l'émotion des gens. Mais dès le lendemain, il m'en a donné une cassette qu'il avait enregistrée avec soin, quelle chance tu as, me disais-je à moi-même, quelle merveilleuse chance tu as d'avoir rencontré cet homme.

J'ai écouté ce morceau des dizaines et des dizaines de fois, je le fais moins, j'ai peur que la bande casse et que je ne retrouve jamais l'air, or je ne peux pas supporter l'idée de le perdre — il faudrait que j'en fasse des copies, comme ça je vous en enverrais une. Les paroles sont de Baïf, un poète contemporain de Ronsard, qui a prié comme lui des beautés insensibles. *Ô ma belle rebelle, lorsque tu m'es cruelle, quand d'un petit baiser tu ne veux m'apaiser*, écoutez, je me demande qui d'autre que moi peut l'entendre, mais il y a là, dès le début, juste à l'inflexion de la subordonnée, précisément sur « lorsque », une inflexion qui n'appartient qu'à lui, qui *est* lui : une fraction de seconde, la voix dans sa modulation le rend présent, et même visible — je ne sais pas comment vous l'expliquer : la voix du chanteur crée l'image d'Arnaud. En elle-même pourtant, cette voix ne lui correspond en rien, c'est un baryton du siècle dernier, qui articule beaucoup, vous savez, qui roule les *r*. Certes sa voix est grave et belle, mâle, émouvante, mais sa technique vocale est très datée, désuète, elle ne renvoie à rien de comparable chez Arnaud, qui d'ailleurs ne chante jamais. Quel est le secret de cette modulation, je l'ignore. Jusqu'à présent, personne ne l'a entendu, que moi, personne ne l'a vu, devrais-je dire, car c'est un spectre sonore, un fantôme vocal que je suis seule à percevoir ou qui n'apparaît qu'à moi. Écoutez-le, concentrez-vous : là, exactement là, ***lorsque*** *tu m'es cruelle, quand d'un petit baiser tu ne veux m'apaiser*, le fantôme n'est pas dans la voix, mais dans le modelé, c'est un mouvement plus qu'un son, c'est un corps, oui, voilà, c'est une inflexion séduisante comme un geste, la courbe d'une épaule, l'infléchissement d'une nuque, *ou quand d'un petit geste, tout divin tout céleste,* ne voyez-vous pas une silhouette, quelqu'un qui s'approche dans la grâce d'une syllabe ? Ça vient vers moi, pourtant, ça a du sens, moins signification que direction, ça penche vers moi, cette voix est un corps qui se penche vers moi, un visage au-dessus du mien, *en amoureuse ardeur tu plonges tout mon cœur*, quelles douceur et douleur mêlées, quelle présence lointaine, corps adorable insaisissable !

Maintenant, je l'écoute un peu différemment, même si le fantôme ne fait jamais défaut — c'est un revenant fidèle. Mais j'entends les paroles autrement, elles calment en moi la souffrance de ce geste arrêté, qu'elles changent en révolte — les corps que je ne peux pas toucher me rendent méchante. *Me puissé-je un jour, dure, venger de ton injure ! Mon petit maître Amour te puisse outrer un jour ! Alors par ma vengeance, tu auras connaissance quel mal fait du baiser un amant refusé, quel mal fait du baiser un amant refusé.*

Hélène écoutera cette chanson, dans le film. On ne verra pas le fantôme, sans doute. Mais peut-être entendra-t-on la danse que mènent l'amour et la haine, l'élan et le refus, le désir et l'impuissance ? Peut-être distinguera-t-on, dans les yeux de l'actrice, l'ombre, comme une photo ratée, de l'amant dont Baïf a écrit la légende, celle qu'on pourrait tracer sous chaque plan d'Arnaud : qui pouvant ne veut, qui voulant ne peut.

Extérieur jour. Arnaud est dans le train. Il va à Carvin voir ses parents. Paysage du Pas-de-Calais. La pluie ruisselle sur les vitres. Gros plan sur son visage, qui exprime une dureté encore jamais vue, un excès de concentration. Le contrechamp découvre une jeune fille assise en face de lui dans le compartiment (c'est un vieux train, un tortillard tressautant comme un film en super 8), elle est jolie, avec des sourcils épais, il la regarde sans sourire, prédateur, il y a matière à images. Aucune couleur, scène comme en noir et blanc. Tout a l'air ancien ; la séquence entière mêlera le passé et le présent.

Arnaud arrive à Carvin, son père l'attend à la gare. C'est un homme fluet, au visage creusé, comme si le travail s'y était imprimé à coups de pelle, il porte une casquette, enfin c'est un ouvrier — pourquoi n'ai-je pas besoin de vous le décrire, pourquoi tout le monde, dans tous les castings du monde, sait-il ce que je veux dire ? Les deux hommes s'embrassent, Arnaud laisse son père lui prendre son sac de voyage, le porter sur le chemin. Carvin est un village plus qu'à moitié abandonné. La plupart des maisons sont inhabitées :

portes murées, volets barricadés, jardins en friche, tuiles et cheminées arrachées. Ici et là, un arbre sort d'un toit, une branche d'une fenêtre. Le père donne des nouvelles de la mère, on entend quelques bribes du dialogue à travers le vent de pluie, elle est sortie depuis dimanche, ils lui ont fait des électrochocs, là-bas, ça n'a pas trop marché, on dirait, mieux que le lithium quand même, qui ne lui fait plus rien. Mais tu verras, elle reste encore couchée presque tout le temps, avec ses manies, tu sais bien.

Ils arrivent devant une petite maison à la façade grise, dont tous les volets sont fermés. En même temps que la porte s'ouvre éclate la voix de Lucienne Boyer, parlez-moi d'amour. On entre dans une cuisine, toile cirée sur la table, calendrier des postes, coucou suisse, bibelot rapporté d'un voyage autrefois, je n'insiste pas. Mais tout de même, si, il y a un accordéon accroché au mur, le père en a beaucoup joué — plus maintenant, il n'a plus d'occasions — monde disparu des bals et des fêtes syndicales, nul ne vit plus cette vie-là, son passé n'est plus le présent de personne. Un bol de café pas fini, près d'un jeu de cartes étalé en réussite, et *Paris-Turf* crayonné — c'est un homme vivant, il ne veut pas tout perdre, il ne peut pas tout perdre, tout le temps, redites-moi des choses tendres.

Arnaud ouvre son sac sur le carrelage de la cuisine, il a apporté une bouteille de bon vin, et puis une cassette de son dernier film, que ses parents n'ont pas vu. Il n'est pas pressé de monter au premier étage. Dans un cadre doré en haut du buffet, il est assis sur les genoux de sa mère, une jeune femme aux cheveux tirés, aux sourcils épais, au cou gracieux, pâle et belle, il a trois ou quatre ans, la ressemblance est visible. Vas-y maintenant, dit le père, maman t'attend avec impatience, tu sais.

Il s'engage lentement dans l'escalier, vous savez bien que dans le fond je n'en crois rien, puis dans le couloir obscur, au bout duquel se trouve la chambre des parents. Sa mère est couchée sur le lit, la tête redressée sur deux oreillers, et cependant je veux encore, quand elle le voit elle tend la main en un geste d'invite, écouter ces mots que j'adore. Il s'assied au bord du lit, elle pose sa main sur la sienne, il ne bouge pas, on le croirait en visite obligée auprès d'une mourante. Leur dialogue est inaudible, d'ailleurs il n'y en a guère, pourvu que toujours vous répétiez ces mots suprêmes, on les voit de loin, la scène est filmée comme une veillée funèbre, l'éclairage est cireux, je vous aime. La chanson terminée, le disque crisse sur un vieux pick-up à portée de main. Puis Arnaud se lève, sa mère finit par lâcher sa main, il sort et va dans sa chambre d'enfant — très peu de jouets, pas de souvenirs, ou bien sa chambre a toujours été comme ça, triste. Il se regarde dans le miroir (il a le regard qu'il aura plus tard en face d'Hélène, on retrouvera ce regard) puis s'allonge sur le lit, son baladeur sur les oreilles. Les *Kindertotenlieder* éclatent à nos oreilles en même temps que *Parlez-moi d'amour*, exactement en même temps, et se superposent un instant. Il ferme les yeux. Sous ses paupières fermées, on le voit petit, qui sort de la maison en laissant la porte ouverte et se met à courir, courir, courir, il doit avoir dans les cinq ou six ans, son visage est apeuré et son corps têtu, il fuit quelque chose ou quelqu'un, on ne sait pas.

Non, je ne veux pas vous dire qui c'est, ni vous parler de ses films. Mais vous n'avez qu'à prendre des extraits des vôtres, il me semble : après tout, ce cinéaste, c'est vous, non ?

Intérieur nuit. Carvin. Le salon, le poste de télévision.

Arnaud glisse une cassette dans le magnétoscope, « ça dure dix minutes. J'ai eu le grand prix du festival de Stockholm l'année dernière. Ça s'appelle *Le Ciel* ». Les parents sont assis sur le canapé, la mère a un port de tête impeccable mais les yeux égarés, le père attend que ça commence.

Gros plan sur l'écran (le fait de filmer le film donne à l'image un aspect passé). Arnaud s'est installé à l'écart sur une chaise afin d'observer tantôt son film tantôt ses parents, mouvement triangulaire des plans. Générique, le nom d'Arnaud en grosses lettres, le père, le fils, champ-contrechamp, le père lit son nom à l'écran.

C'est un petit garçon qui rentre de l'école, il a sept ou huit ans. Sur le chemin de la maison, il trouve un oiseau blessé, il le prend dans son pull, le ramène chez lui. Au début, son père l'aide un peu à le soigner, c'est l'aile gauche qui est cassée, ils essaient de construire une attelle. Il y a peu de mots. Puis le père abandonne parce que la mère n'est pas contente, elle dit qu'un oiseau ramassé dans la rue peut donner des maladies, qu'il est sûrement plein de microbes. Elle ordonne que l'enfant le relâche. L'actrice a le visage tendu et las, plus jeune elle a dû être très belle. L'enfant la regarde avec passion, déchiré entre elle et l'oiseau. Le père ne dit rien. Finalement, le garçon ouvre la fenêtre de l'appartement, il est seul, la ville s'étend à perte de vue, la banlieue. Au premier plan, il y a quelques arbres. Il prend l'oiseau dans sa main, le caresse encore un peu, le couve des yeux, puis d'un seul geste il le lance comme on jette. On ne voit pas l'oiseau, c'est dans les yeux de l'enfant qu'on suit sa trajectoire indécise, des yeux splendides et graves — au début il semble s'envoler, réparé, guéri, il retrouve son élément, puis il hésite, bat de l'aile, perd de l'altitude, la terre l'attire ou l'aspire, la liberté est insoutenable. Finalement les arbres l'absorbent, on ne sait pas ce qu'il devient, on le perd de vue, on le perd.

— On a croisé Fabienne, l'autre matin, elle venait voir ses parents. Elle a un beau petit. (Cette phrase doit suivre immédiatement la fin du film, être dite par la mère d'Arnaud sur le générique de fin.) Elle ne m'a même pas demandé de tes nouvelles, c'est… T'aurais bien dû l'épouser, n'empêche, elle était bien. T'en serais pas où t'en es, et puis tu serais resté près de nous. Elle est chef comptable chez Cogedi. Il est beau, le petit, hein, Roland ?

Le père fait oui de la tête.

Je ne comprends pas votre dernier message. Vous voulez « moderniser » Constant ? Mais il *est* moderne ! Vous savez, dans sa correspondance, on trouve la phrase : « Dieu est mort », textucllement, plus d'un siècle avant Nietzsche ! Par contre, j'ai pensé, pourquoi est-ce Hélène qui a écrit la pièce sur Constant, au fond ? N'est-il pas plus logique que ce soit Jacques lui-même ? Benjamin, c'est le patient qu'il entend chaque jour en séance, l'homme des chats, des blogs, des rencontres virtuelles, dépressif et impatient dans un monde sans Dieu, hésitant et contradictoire, saturé de représentations. Quand on lit son journal, on le voit bien : il passe son temps à surfer — connexion, déconnexion, c'est son mouvement perpétuel. Mais qu'est-ce que ce serait, moderniser Constant ? Le faire parler autrement ? Vous ne pouvez pas faire ça. Il faut lui laisser sa langue. Sa langue, c'est son corps ; c'est tout ce qu'il a trouvé pour rester vivant.

Ou alors, tenez, juste pour rire, une scène virtuelle :

— Je veux me marier. Il faut me marier. Mais avec qui ? J'ai besoin d'une femme qui me suive, dont le bonheur soit aisé à faire, dont l'existence inoffensive se plie sans effort à la mienne ; j'ai besoin d'une femme presque inaperçue, qui soit une partie douce, intime et légère de ma vie. Cherche mère de mes futurs enfants. Mais cette femme, où la trouver ? La médiocrité ne garantit rien de tout cela, et l'intelligence menace du contraire. Cherche femme de ma vie. Douce, intelligente, sensible. Physique indifférent. 1,65 m maximum. Jamais aucune femme ne sera plus proche de mon âme que Minne. Mais quelle occupation, quelle élévation, quelle domination ! C'est insupportable. Ce qu'il faut, c'est qu'une femme n'ait point d'opinion. Mon esprit se suffit à lui-même, il n'est pas nécessaire que ma femme en ait, il faut seulement qu'elle n'ait point de ridicule. J'avais mis « physique indifférent », mais ça ne voulait pas dire qu'on pouvait avoir les oreilles décollées ! J'ai causé hier au bal avec Amélie. Elle n'est pas très jolie, mais elle est piquante. Les yeux sont beaux. Elle était assez bien mise : le rose lui va bien. Au début, c'était super. On a les mêmes goûts, la voile, les balades en forêt, le ciné. Et au lit, c'était pas mal du tout. Mais elle déteste Brel, et ça, c'est rédhibitoire. Et puis elle a un peu de moustache. Je n'ai rien, absolument rien trouvé ni dans sa tête ni dans son cœur. C'est un parlage perpétuel, un être sautillant et bavard. L'aimer lui ferait sûrement plaisir. On a correspondu pendant un mois, j'avais bien flashé sur elle, on se racontait des trucs super-intimes. Finalement, on s'est vus, elle était plutôt jolie, mais j'ai pas aimé les trucs qu'elle a choisis au restau — que des choses grasses, je sais plus quoi, genre un steak tartare avec des frites, enfin pas du tout féminine. Le hasard ou l'instinct m'ont conduit aujourd'hui chez des amis où se trouvait Amélie. Elle était mal fagotée et presque laide. Évidemment, la reproduction perpétuelle de cette circonstance serait l'un des inconvénients du mariage. C'est un fait : elle m'a bien déplu. On a vécu deux mois ensemble, mais mon chien ne l'aimait pas. Je l'épouserai si je veux, mais pas sans être sûr qu'elle me considérera comme un être supérieur à elle. Je la veux, mais à mes conditions. On a couché deux, trois fois ensemble, ça allait, mais bon, moi, j'ai toujours eu des filles avec beaucoup de poitrine, mon ex s'était même fait mettre des prothèses pour augmenter le volume, alors là, me retrouver avec rien sous la main, je sais pas, c'était pas possible, j'ai été obligé de lui dire. Amélie veut m'épouser, cela est clair, il n'y a même que cela de clair. Quand je me la représente devenue ma femme et transportée dans une campagne près de Paris, où mes amis viendraient me voir, mon front se couvre de sueur. Si encore elle était très belle. Mais elle n'est rien. Elle n'est même pas assez intelligente pour m'aimer. J'ai failli l'épouser, mais sa mère était une mocheté intégrale, je me suis dit qu'elle allait mal évoluer ; et puis j'ai rencontré une autre meuf. Ai-je tort ? Ai-je raison ? Je reviens à Amélie. Elle a de la niaiserie, mais elle est bonne. C'est une existence si peu appuyée que la dominer serait facile. J'ai été super-déçu, par rapport à la photo. Je me fatigue de ce que j'ai et je regrette ce que je n'ai pas. On ne sait pas pourquoi un sims avec qui on s'entend bien ne veut pas aller plus loin. On a beau faire tout ce qu'on peut pour le rendre heureux, lui parler, le nourrir, le faire aller aux toilettes, pourtant si on veut l'embrasser, on se prend une baffe. Cette nuit j'ai rêvé d'Amélie. Je l'aime beaucoup plus quand je ne la vois pas que quand je la vois.

Un ou deux mois après notre rencontre, Arnaud a proposé qu'on parte quelques jours tous les deux — un week-end en amoureux, a-t-il dit. Il a demandé autour de lui où les autres étaient partis, où on allait quand on s'aimait, où on allait pour s'aimer — Venise, Capri, Vérone — il y a bien des lieux qui donnent un nom à ce qu'on vit ? Finalement, son chef op revenait d'Amsterdam, où il avait passé une semaine de rêve avec un jeune Tunisien. C'est là que nous sommes partis.

Il faisait très beau à notre arrivée. Une lumière douce et nette à la fois découpait le monde en fragments de beauté. Nous avons posé nos bagages à l'hôtel, la chambre était claire et agréable. Les lits étaient jumeaux, je me suis allongée bras en arrière, pays protestant, ai-je dit — mais Arnaud voulait sortir.

Extérieur jour. Un joli quartier d'Amsterdam.

Ils sortent de l'hôtel, marchent dans la rue. Il lui enlace la taille.

— Regarde, est-ce que je ne fais pas bien les choses ?

Est-ce que tu te rends compte de l'effort que ça représente, une telle organisation ? Tous ces figurants que j'ai dû payer, et qui sont là, pile à l'heure comme le soleil, juste sur ton passage ? Cette femme, par exemple, qui discute avec sa voisine, sur le pas de sa porte, tout en empêchant le chat de sortir ? Et ce peintre en bâtiment, qui fait sa pause, assis sur le petit muret ? Regarde, regarde bien, tu vois la fumée qui sort de sa boîte isotherme, le repas chaud à l'intérieur — cette fumée si parfaite aux yeux qu'on croit la respirer ?

Elle rit, elle rit aux éclats, ravie du paysage, de la gaieté inhabituelle d'Arnaud, de son propre bonheur. Elle regarde avec amour tout ce qu'il lui montre et lui désigne, il est cinéaste, il lui apprend à voir, elle l'aime et l'admire. Une jeune fille traverse la rue à vélo, sa jupe flottant sur ses jambes dorées, une voix de soprano s'échappe d'une fenêtre entrouverte, un marchand de bonbons installe sa carriole tirée par un âne, une barque remonte le canal, chargée d'enfants aux rires clairs — là tout n'est qu'ordre et beauté, luxe, calme et volupté. Elle mange des yeux ce qu'il lui donne à voir, se laisse happer par la spirale : le réel est une apparence. Apparence trompeuse, oui et non, puisqu'elle est le seul moyen pour le monde d'apparaître à nos yeux, de se faire connaître à nos sens. Nous, avec nos visages et nos corps, ne sommes-nous pas comme ces villes, leurs monuments, leurs paysages, leurs œuvres ? L'apparence n'est-elle pas notre seule façon d'être ?

Un malaise naît de la joie, pourtant, et la mine discrètement : tout a l'air faux, tout est trop beau, trop propre, trop calme. Cette ville qui fait semblant d'être ce qu'elle est, qui se conforme tellement au rêve qu'on a d'elle, tout en dénonçant par sa perfection même le cliché qu'elle impose — on s'y perd, on se sent perdu, on ne sait plus, la vérité explose en illusions. Regarde, Ginger, dit-il en montrant du doigt le soleil, et les ombres des arbres sur les canaux, regarde comme c'est beau ! Que penses-tu de mon éclairagiste ? C'est merveilleux, Fred, s'écrie-t-elle. Et dire que j'ai oublié de prendre mes claquettes !

Au détour d'une rue surgit une merveilleuse petite place pavée, ronde et ensoleillée au bord de l'eau, où sont disposées quelques tables dont la mieux exposée, sous le feuillage d'un grand arbre, se libère à leur arrivée. Ils rendent à la chance son sourire, s'asseyent. Il commande un expresso. Elle a très faim, mais elle ne le dit pas — elle a peur qu'il trouve son corps envahissant, elle voudrait être Audrey Hepburn.

Il y a un moment de silence, le temps d'admirer le tableau. Deux techniciens traversent le champ par-derrière, portant un panneau publicitaire où est écrit : ceci n'est pas l'amour, mais ça va trop vite, ils sont trop loin, on n'a pas le temps de lire que déjà ils sortent du cadre.

— Je voudrais te dire quelque chose, dit-il.

Voix sérieuse, voix grave. Elle suspend le geste de la fourchette à sa bouche, repose ses couverts dans l'assiette de salade qu'elle a tout de même commandée.

— Voilà : je voudrais qu'on ait un enfant.

La douleur remue soudain comme un bébé dans son sommeil, cette douleur familière dont elle ne sait pas bien, à force, si elle la berce ou la veille, et qu'un rien nourrit.

— Mais…

Elle retient ce qu'elle va dire, à la place elle murmure :

— Je, je croyais que tu n'en voulais pas.

— Avec toi, ce n'est pas pareil. Je t'aime, je veux un enfant de toi.

Voix ferme, décidée, irrévocable. Il la fixe, les mains en prière devant la bouche, sans un sourire. Elle regarde les arbres, pourquoi l'oblige-t-il à dire ce qu'il sait, à l'articuler :

— Mais… j'ai quarante-deux ans, tu sais.

Elle se renfonce dans l'ombre, dos plaqué à sa chaise — que son visage ne soit pas trop cru. Hors champ sous un marronnier, la scripte relit ses notes avec affolement, qu'est-ce que c'est que ce dialogue qu'ils nous ont collé ?

— Je sais, dit-il.

Il la regarde d'un air concentré, comme s'il les comptait. La scripte s'est levée et s'agite en vain : la maquilleuse est partie se chercher un café.

— Cela dit, reprend-elle avant qu'il ait terminé ses calculs, je suis certaine que c'est possible. Je le sens, physiquement. J'ai toujours pensé que j'allais avoir un autre enfant. J'en suis sûre. D'ailleurs, je le vois.

— Tu es d'accord, alors ?

— Oui.

Elle le regarde — sa beauté sévère. Il n'y a aucune différence entre le désir de lui et le désir d'enfant, elle voit l'enfant sous ses traits, sa gravité poignante, les rires qu'elle y mettrait — elle le voit comme s'il était fait. Loin de là, à Paris, une femme enceinte remonte la rue Saint-Jacques depuis le Petit-Pont, il fait grand soleil.

— Simplement, le temps presse, dit-elle : il va falloir se dépêcher — commencer tout de suite.

Elle a un sourire espiègle. Il pose sa main sur la sienne, qu'il serre tendrement une ou deux fois, puis se retire. Il est de dos, on ne voit pas son visage. Derrière le marronnier, toute l'équipe respire, on se détend, ça tourne.

Nous avons marché longuement, au hasard. Vous connaissez Amsterdam ? C'est une belle ville — la lumière y est un peu mouillée, comme « tes traîtres yeux brillant à travers leurs larmes », vous voyez ? Nous nous sommes promenés main dans la main, il voulait voir *La Leçon d'anatomie* de Rembrandt, mais on avait toute la journée du lendemain. À un moment, nous sommes passés devant le grand théâtre, il y avait un concert à sept heures, et la musique semblait déjà manquer à Arnaud. Nous sommes entrés demander s'il restait des places, j'ai dit à travers le guichet : « Two tickets for Bach tonight, please. » L'employé m'a regardée sans aucune expression : Bach ? a-t-il répété. Bach ? No Bach. J'ai dit : mais si, c'est annoncé dehors, sur l'affiche, *La Passion selon saint Jean*, de Bach… Il secouait la tête, en regardant par-dessus mon épaule, no Bach, you are wrong, no Bach. J'ai fini par dénicher un dépliant avec le programme complet, je suis revenue au guichet, le doigt pointé sur la ligne : *La Passion selon saint Jean*, de J. -S. Bach, samedi 15, à 19 heures. Il s'est penché vers moi, a regardé le papier et a dit lentement en se redressant : Ah ! Barrrrr ! Yes, Barrrrr, tonight. J'ai pris les deux places, je me suis tournée vers Arnaud, qui n'avait pas ouvert la bouche, je lui ai dit : « C'est incroyable l'énergie que mettent les gens à ne pas comprendre, à ne pas vouloir comprendre. » Il a eu un petit rictus, la journée pivotait sur son axe, l'ombre tombait sur nos visages.

J'ai pleuré pendant tout le concert — de joie, d'émotion. Je baignais dans la musique comme dans un liquide nourricier, j'étais ravie à moi-même, en confiance totale, en sécurité plénière : l'amour les yeux fermés. Quand je les ai rouverts, la salle était debout, applaudissant à tout rompre, Arnaud enfilait son manteau, si si, il avait aimé, et moi ? Moi aussi. Pourquoi ? a-t-il demandé. Mais, parce que c'était beau. Il a eu un petit reniflement ironique, et toi, ai-je dit pour noyer le poisson de mon ignorance, il avait aimé et il pouvait dire pourquoi. Nous sommes rentrés à l'hôtel à pied, et pendant qu'il comparait le concert avec quelques-unes des onze versions qu'il avait chez lui, je me disais que j'avais oublié de prendre ma pilule comme chaque soir à huit heures, c'était drôle ; j'ai senti la plaquette sous mes doigts, dans ma poche, à un moment on est passés devant une poubelle, je l'ai jetée. Nous marchions dans les rues d'Amsterdam, Andreas Scholl était le meilleur en évangéliste et moi j'étais la princesse des tulipes, Jésus manquait un peu de coffre et moi je sortais de la cuisse de Jupiter, saint Jean souffrait et moi j'étais immortelle, un camion aurait pu m'écraser, je me serais relevée sans une égratignure, ma tête à couper, je n'avais plus d'âge, plus de nom, seulement un corps glorieux, je ne mourrais jamais, j'étais au-dessus de ça, je marchais au bras de l'amour, il faisait beau, impossible n'était pas hollandais.

Intérieur nuit. Ils entrent dans la chambre d'hôtel. S'embrassent debout devant la fenêtre — elle ferme les yeux, pas lui. Elle veut l'entraîner sur le lit, derrière eux dans la pénombre, mais il la retient, allume la lampe de chevet et le plafonnier, enlève sa chemise. Il la force à s'agenouiller devant lui en poussant sur sa tête, il défait sa ceinture, elle défait les boutons de sa braguette, elle le suce lentement, il la prend par les cheveux pour accélérer le rythme, la relève brusquement pour la déshabiller, lui sort les seins du soutien-gorge, la remet à genoux, lui renfonce son sexe dans la bouche.

Ou bien il la sodomise, mais c'est moins visuel, on ne peut guère le savoir qu'à une grimace ou à un cri de douleur de sa part, or la scène est muette, elle est muette parce qu'elle est filmée de l'extérieur, la fenêtre sert de cadre, bordée par les doubles rideaux, l'appui en est assez bas comme dans cette rue de la ville où ils ne sont pas allés, leur promenade au hasard ne les y a pas conduits — piètres touristes, ils n'ont longé que des maisons confortables et nettes, où le regard plonge sans obstacle parce que les gens n'ont rien à cacher… À la fin, il se retire et lui éjacule au visage, il lui tient toujours fermement les cheveux à la racine, elle ne se dégage pas, il la lâche en desserrant son poing d'un coup, elle s'affaisse à ses pieds, lui dans le fauteuil, vidé, une main sur la vitre, il regarde dehors.

Plus tard, il lui apporte une serviette, il caresse ses cheveux, l'air absent, l'aide à se relever, et lorsqu'elle est debout près de lui dans le cadre de la fenêtre, comme s'il venait de s'en apercevoir mais on sait que non : « J'ai l'impression que nous avons un spectateur », dit-il. Il désigne d'un mouvement des yeux la maison d'en face, d'abord elle ne distingue rien, puis la caméra fait le point et l'on voit une forme assise de face au premier étage, homme ou femme, qui fume en les regardant, immobile, c'est le point lumineux de la cigarette qui trahit sa présence, et le brillant des yeux, dans le noir, leur scintillement indéchiffrable.

Il y a eu tout de suite des signaux d'alerte, avec Arnaud, si j'y réfléchis. Presque tout de suite, des voyants se sont allumés. Mais je ne les ai interprétés qu'après, même si je les ai perçus aussitôt. Après, vous savez, quand le délaissé devient une gigantesque machine à déchiffrer le passé, un organe hypersensible à tous les signes perdus, qu'il collecte et classifie, qu'il sonde et creuse à n'en plus finir — pour en finir, croit-il.

Notre Hélène, donc, entend tout de suite que quelque chose ne va pas, que ça ne colle pas. Elle l'entend, parce que c'est dans le langage que le défaut se manifeste, plus tôt encore que dans le corps : le geste ne colle pas à la sensation, et le mot ne colle pas au sentiment. C'est dans l'épaisseur de la langue que l'alarme retentit avec le plus d'intensité (n'oubliez pas qu'elle est écrivain, c'est indispensable, il faut qu'elle soit écrivain, dans le film, sinon elle en mourra comme l'autre : l'écrivain est une espèce de boîte noire, il enregistre tout, il dispose d'une mémoire mortelle dont les annotations incessantes l'empêchent toutefois de mourir). Tout le langage d'un coup lui paraît faux.

Les phrases relèvent d'un truquage dont personne ne se rend compte, qu'elle. Elle devient une sorte d'oreille absolue, elle entend tous les couacs qui passent inaperçus du monde entier — les formulations figées se délitent, « passer inaperçu », « monde entier », elle ne peut plus rien dire ni écrire ni lire ni entendre qui ne soit broyé dans sa machine paranoïaque. Elle reçoit certains livres chez elle, hommage de l'auteur momentanément absent de Paris, elle en feuillette d'autres dans les librairies, elle lit : « Un haut soleil de printemps inondait les banquettes et tamisait d'un halo brumeux l'horizon des champs à peine striés de vert sur lesquels planait un vol chahuté de mouettes », elle le repose aussitôt à cause de l'écœurement qu'elle sent monter, une angoisse brutale, comme si elle avait trouvé un rat mort en ouvrant un placard, c'est sûrement injuste, on lui a dit beaucoup de bien de ce roman, pourtant les mots lui semblent tous avoir été tirés d'un lieu extérieur à l'auteur, on les a sortis d'un dictionnaire, d'une caisse à outils, ils sont là tout seuls sur la page, qui les a vus, ces champs striés de vert, quel corps ? où est passé le corps ? la belle phrase se déroule en incipit, cherche le mot qui convient, la nuance, ces champs *à peine* striés de vert, clé de huit, clé de douze, c'est le plombier, la concierge est dans l'escalier, parti déjeuner, retour 15 heures, hommage de l'auteur momentanément absent de son livre, il paraît que l'histoire est émouvante, mais comment mouvoir un récit dans une langue immobile, émouvoir un lecteur dans une langue morte ?

Elle essaie encore, elle ouvre au hasard, celui-ci, tiens, elle a aimé tous les précédents, mais tout de suite elle tombe sur un os, un os du squelette décapé de la langue, je sonnai, un os puis deux, puis trois, je sonnai, j'attendis. On vint m'ouvrir, un passé simple rédupliqué comme une vertèbre préhistorique, elle ne supporte plus le passé simple, toute cette paléontologie romanesque, est-ce que le passé peut être simple, de toute manière ? N'est-il pas toujours complexe, imparfait, indéfini, composé ? Le passé simple, c'est la vanité de l'écrivain, une façon de la ramener, de montrer qu'il maîtrise tout, qu'il n'est pas là où naïvement l'histoire vous entraîne, mais à son bureau en train de l'écrire avec un dictionnaire des synonymes, déclarai-je, mais non, rétorqua-t-il, taisez-vous, l'apostrophai-je, sortez, m'intima-t-il, si je veux, m'insurgeai-je, vous êtes de mauvaise foi, maugréa-t-il, sûrement, admit-elle, sûrement, dit-elle, et le présent revient, ça ne peut pas être pire. Elle marche encore un peu dans les allées, c'est comme un magasin d'articles funéraires, fleurs en plastique, stèles prégravées, « plaisir infini », « jambes affolantes », « efforts surhumains », « route semée d'embûches », « ses traits accusaient la fatigue », « les méandres de la pensée », c'est la première fois qu'elle a envie de vomir dans une librairie — elle s'arrête, elle ne va pas chercher les siens, surtout pas — trop dangereux, il y a péril en la demeure, « il était heureux comme un enfant », « balayé par un vent sournois, entouré d'un silence pesant », « l'éternel recommencement ». Seuls les plus grands triomphent de l'épreuve, et encore : elle saute les passages qui sentent la copie ou le remplissage, elle ferme les yeux. Son vertige est fait d'effroi : ces montagnes de livres cachent le ciel et meublent le vide, un vide effrayant, ce vide dont la langue cherche à nous masquer l'immensité, la profondeur et la victoire, elle entend soudain qu'on met des mots sur le vide, elle entend sonner le creux sous eux, elle voit le trou qu'ils s'efforcent de combler mais qui les ronge, l'air qui passe au travers des phrases sans les aérer, pas l'air du large, non, l'air du rien, l'air de rien, voilà, les mots ont l'air de rien, la manipulation peut alors commencer, elle ne peut plus lire, elle pleure dès la deuxième ligne comme si on lui avait jeté de la poudre aux yeux, sans parler des journaux qu'assez vite elle n'achète plus alors que c'était son plaisir avant, lire le journal en buvant un café le matin, de la radio qu'elle n'allume plus parce que l'écho du vide y est plus sonore encore, et l'inconscience où sont les parleurs, c'est un cauchemar, elle a des haut-le-cœur en écoutant le journal télévisé, « la situation demeure préoccupante », « la vigilance reste de mise », « le dispositif a été assoupli », « un troisième corps a été repêché », c'est comme un orchestre qui ne saurait pas qu'il joue faux, tout le monde se répond avec naturel, on communique, on se comprend, on s'informe, on s'accorde, « marquer l'événement », « réduire le fossé », « examiner la situation », tout le monde a la clef, la même clef, la clef de la tombe où gît la langue, c'est une tombe éclairée par une lumière artificielle, alors on croit qu'il fait jour, que tout est clair, il n'y a pas d'obscurité dans les mots, ils sont morts mais personne ne s'en aperçoit, qu'elle, « plan de restructuration », « état d'urgence », « explications et réaction », les journaux évoquent les cadavres et les catastrophes sans même soupçonner qu'ils charrient le corps mort de la langue.

Et c'est Arnaud qui avait tout déclenché, elle le savait, il lui avait dit « je t'aime » et quelque chose s'était effondré dans l'empire de la langue, dans cette cité radieuse qu'elle habitait avec ferveur, ça s'était écroulé d'un coup comme ces hautes barres qui tombent en quelques secondes alors qu'on a mis des années à les construire, des mots-gravats, des mots-décombres, immobiles dans la poussière, inanimés, inertes, on ne peut même plus faire une cabane avec, ni une grotte ni une caverne, rien, on ne peut plus y habiter. « Je t'aime » était une phrase morte, un fantôme d'amour, un spectre qui agitait son drap, et il n'y avait pas de corps dessous, « je t'aime » venait d'une chair morte, ça se décomposait aussitôt, à peine sorti de la bouche ça tombait en lambeaux. C'était elle, bien sûr, qui était coupable de cette ruine, elle avec son oreille qui entendait l'inouï, l'inaudible : les mots qui se défont, le grincement de leurs os qui se dessoudent. Rien de semblable ne lui était jamais arrivé, même avec Jacques, l'adultère et ses trahisons — chaque fois que Jacques lui avait parlé d'amour, elle l'avait cru. Mais Arnaud, lui, disait « je t'aime », et elle entendait la dislocation, elle voyait les loques. *Je*, d'abord, qui sentait le champignon moisi, *je* pour faire l'effort d'exister, elle entendait l'effort, il s'efforçait de faire entrer quelqu'un dans ce petit mot qui avait tellement l'habitude des gens, tellement l'habitude de l'effraction, de la trahison, *je* qu'on mettait à toutes les sauces, ce pronom qui pouvait usurper tous les noms, ce pronom personnel qui ne désignait personne à force de signifier tout le monde, et qui se poussait du col afin d'affirmer sa présence, *je* voudrais, *j*'ai rêvé, *je* ne peux pas, *je* qui faisait semblant de ressembler à quelqu'un, qui feignait d'ignorer sa constante désagrégation, sa métamorphose perpétuelle, son négatif impressionné à même la peau, « je t'aime » oubliant « je ne t'aime pas », ce tatouage invisible dans son dos, son faux frère, son double jeu. Elle entendait qu'il disait *je* pour pouvoir vivre, je t'aime donc je suis, pourquoi l'entendait-elle, je ne sais pas, *je* pour pouvoir être comme les autres, pour essayer, j'aime donc je suis comme les autres, *je* pour se distinguer tout en se fondant, je suis les autres donc j'aime. Elle était au fond d'une faille, d'une faillite, le langage faisait faillite, montrait toutes ses lézardes, ses plâtres grossiers s'effritaient, rien ne tenait, rien n'avait de couleur, toutes les couleurs étaient passées, on broyait du noir. Ce qui la terrifiait, c'était surtout de n'être pas la destinataire de cette langue amoureuse, de ne pas se sentir le toi de ce je t'aime, le *t* apostrophe ne l'apostrophait pas, n'étant qu'un miroir du je, un témoin, une preuve. Elle se sentait vivre, pourtant, mais ailleurs que dans cette phrase, ailleurs où cette phrase ni aucune autre ne viendrait la chercher, le drame était celui-là : elle était exclue de la langue tout entière, de la langue vivante qui s'était soudain fossilisée. La langue était empaillée, elle n'avait que l'apparence de la vie, et ses yeux de verre la fixaient si fort qu'elle fermait les siens.

Ce désastre a gagné du terrain : partout, elle n'entendait que toc, triche, charogne de mots jadis pleins et palpitants. Ils lui arrivaient tous d'un corps mort sur lequel ils grouillaient comme des vers, ou bien ils ne venaient d'aucun corps, justement, ils sortaient de nulle part, la voix d'Arnaud lui arrivait en léger différé, ou décalée, décollée de sa source, éloquence ventriloque : le monde entier était postsynchronisé.

C'est pourquoi elle se tait beaucoup, dans le film, ce qui creuse encore l'abîme entre eux. Peu de protestations ou de colères, certes, mais aussi peu de paroles amoureuses : elle voudrait les dire, elle les pense, mais ça ne sort pas. Même « moi aussi » en réponse à « je t'aime ». Les mots, par leur conformisme, lui semblent matérialiser l'absence des choses, tandis que le silence en restaure la présence, la réalité, la vérité. Le silence s'installe donc entre eux, traversé de flèches blessantes. Pour elle, c'est un langage intérieur. Elle voudrait être devinée. Elle voudrait n'avoir pas à se servir des mots, être aimée muette. Ça pourrait marcher s'il l'écoutait se taire comme il écoute de la musique. Mais il est sourd à son silence.

Je l'ai oublié, ensuite, j'ai voulu oublier cette intuition mortelle, cette atteinte du centre vital. Mais je m'en souviens. Je m'étais même mise à relire *La Nausée* de Sartre, à l'époque, pour tenter de comprendre ces objets frelatés et sans vie qu'étaient devenus les mots, ces simulacres exhibés par des taxidermistes. Je me souviens parfaitement de la langue gelée — peut-être parce que j'y suis toujours, en un sens, c'est mon drame : quand j'écris, je revois ses yeux de verre.

Comment traduire ce malaise à l'écran ? Une scène

sociale ou mondaine, dans un magasin ou un dîner, je ne sais pas — quelque chose qui fasse entendre la langue morte.

Extérieur jour. Elles arrivent en voiture, sa fille Lise et elle, au cimetière de Couchey, près de Dijon, où sont enterrés Philippe et Claire, et toute la famille.

Hélène : J'en ai pour une heure à peu près, ma belle. Tu as voulu venir, j'espère que tu ne vas pas t'ennuyer. Tu aurais pu rester avec mamie.

Lise : Qu'est-ce que tu dois faire ici, maman ?

Elle : Un article sur les épitaphes — tu sais, les phrases qu'on met sur les tombes. C'est pour une revue. Je n'ai plus que quinze jours, il faut que je me dépêche. Et puis on va dire bonjour à nos morts.

— Pourquoi Arnaud n'est pas venu ?

— Il est chez ses parents.

Hélène déambule dans les allées, elle prend des notes dans un carnet. Lise ramasse des cailloux pour sa collection, de temps en temps elle interrompt sa mère pour lui en montrer un, ou une coquille d'escargot, terreuse et vide comme un crâne miniature. Voix *off*, timbre neutre, en litanie :

On n'oublie jamais ceux qu'on aime. Tout passe tout s'efface hors le souvenir. L'amitié et l'amour les pleureront toujours. Le temps passe le souvenir reste. À toi qui nous as tant aimés. Chaque jour qui passe tisse le fil invisible de ton souvenir. Celui qui croit en moi vivra quand même il serait mort. Nous ne t'oublierons jamais. Le temps passe le souvenir reste. Priez pour elle qui a tant souffert sur cette terre. Regrets éternels ! Heureux ceux qui sont dans l'affliction car ils seront consolés. À mon époux. Souvenir. Requiescat in pace. Regrets. Priez pour lui. Que ton repos soit doux comme ton cœur fut bon. Le temps passe le souvenir reste. Priez pour elle ! Nous ne t'oublierons jamais.

Lise a mis de l'eau dans un arrosoir, elle se balade au hasard, elle arrose même les fleurs mortes, les fleurs en plastique. Maman qu'un nuage d'amour aille jusqu'à toi. Dans nos cœurs à jamais tu demeures. Regrets éternels. Nous ne t'oublierons jamais. On n'oublie jamais ceux qu'on aime. Le temps passe le souvenir reste. Ici j'ai déposé mon seul espoir mon seul bien mon époux et mes enfants. Dormez en Jésus. À notre beau-frère adoré à notre cher oncle à mon époux tant aimé à mon seul ami à mon frère regretté à mon père à mon frère chéri à ma belle-mère. Que ton repos soit doux comme ton cœur fut bon. Tout passe tout s'efface hors le souvenir. Dans nos cœurs à jamais tu demeures. Daignez, Seigneur, ne pas séparer dans LE CIEL ceux que vous aviez unis sur LA TERRE. C'est dans l'absence que je comprends combien était précieuse ta présence.

Il y a des portraits, des photos, des cœurs, des crucifix, des anges, des médailles, des Jésus, des Vierges, et puis des livres, beaucoup de livres en plâtre cornés à une page, qui résument d'une phrase une vie exemplaire — Ci-gît la vertueuse Sophie. Elle fut toujours bonne épouse et bonne mère. Elle est regrettée de tous ceux qui l'ont connue. Sur certaines pierres, les mots — « regrets éternels », « nous ne t'oublierons jamais » — sont presque effacés.

Je suis restée un peu devant le caveau de famille, puis j'ai appelé Lise, elle avait les poches pleines de cailloux et de coquilles d'escargot. Nous sommes retournées lentement jusqu'à la grille, Lise feuilletait mon carnet. Arrivée à la voiture, elle est montée sans rien dire, elle a attaché sa ceinture. J'ai démarré. On est restées silencieuses quelques secondes, puis je l'ai entendue renifler derrière moi, « mais, maman, y'a un truc que je comprends pas », elle s'est penchée tout près de ma joue, sur l'appuie-tête, et elle m'a dit : « On les met où, alors, les méchants ? »

Là, je verrais bien un plan de quelques secondes : une petite fille déambule dans un magasin d'articles funéraires (on voit juste ses jambes d'enfant, ses mollets, ses baskets) parmi des stèles en plastique imitation marbre où l'on peut lire : Ouf ! Bien fait pour toi ! Bon débarras ! Va au diable ! Enfin libre ! C'est mieux comme ça ! Marche à l'ombre ! Je t'oublie. Pas trop tôt ! Vive la quille ! Le temps reste, le souvenir passe. Puisses-tu pourrir dans la mort comme tu m'as pourri la vie ! Un de perdu, dix de retrouvés.

Puisqu'on est là, chez la mère d'Hélène en Bourgogne, on peut imaginer aussi un déjeuner dominical. Il y aurait Claude et un de ses amants, Hélène et Lise, deux ou trois autres personnes, cousins, amis de la famille. Et ça permettrait de voir la mère d'Hélène, en contrepoint à celle d'Arnaud. Elle est fâchée que sa fille soit allée au cimetière, et avec Lise, en plus, elle ne voit pas l'intérêt — elle trouve que les morts n'ont aucun intérêt, non mais pour qui se prennent-ils ? Elle ne tient pas à ses morts, elle les tient pour morts, c'est tout. Dès qu'il est question d'eux, elle les imite, elle se raidit, son visage se ferme, ses yeux s'éteignent, comme ces enfants qui vous singent pour vous montrer vos ridicules, c'est impressionnant. Il y a des discussions à la cuisine, Claude vend la mèche à propos d'Arnaud, ah bon ! Tu as rencontré quelqu'un ? dit la mère. Tu ne me dis jamais rien ! Hélène avoue qu'elle est très amoureuse. Et lui ? demande la mère. — Lui aussi. — Ah ! bon ? Tu crois ?

On n'est pas obligés de coller à la réalité, excusez-moi, je suis ridicule. À part le prénom de Philippe, on peut (on doit ?) tout changer. La scène pourrait se passer à Sète, par exemple, au cimetière marin, ce qui me permettrait, enfin, ce qui permettrait à Hélène de citer deux ou trois vers de Valéry, ou de dire quelque chose à propos du noir chez Soulages, dont la maison surplombe le cimetière. J'ai lu une interview de lui récemment, il contredit l'idée que le noir soit triste, « c'est le lieu où viennent se faire et se défaire tous les sens », dit-il, j'aime bien cette idée — au cinéma aussi, c'est intéressant, le noir, non ?

Une page noire : c'est ce qu'il nous faudrait, parfois, dans nos livres.

La mère d'Hélène habiterait donc à Sète, sa famille aurait toujours habité là, elle y serait née, comme Claire et Philippe, elle y sera sans doute enterrée, cette pensée n'est pas absente de la visite au cimetière, ni l'hypothèse d'un noir lumineux, qui recompose le monde.

Pendant le déjeuner, je voudrais qu'il soit question des hommes et des femmes. Claude aurait amené un amant tout neuf, donc elle se tiendrait bien (d'habitude, ma sœur a cette faculté de trouer le langage social, de violer les codes à force de souffrance. Je me rappelle une fois, à un repas de Noël, pendant que ma mère découpait la dinde, elle a dit à son mari de l'époque, ça a jeté un froid — : « Passe-moi le sel, cocu »). On parlerait de la parité, des inégalités entre les sexes.

— Par exemple, une chose anormale, c'est qu'il n'y a pratiquement pas de femmes compositeurs, si on regarde bien, dans la musique, des compositrices, il n'y en a pas…

L'amant de Claude prendrait sa main avec une douce autorité — il pourrait être militaire, ou pompier, à une époque ma sœur enchaînait les liaisons avec les pompiers de service dans les théâtres où elle jouait, son rêve, c'est d'être sauvée —, il lui ferait une espèce de baisemain et dirait avec un peu d'emphase :

— Mais les femmes n'ont pas besoin de faire de la musique ! Les femmes *sont* la musique !

Je ne sais pas, ça peut être autre chose. Mais je voudrais qu'à un moment du film toutes les femmes se sentent enfermées à double tour dans le regard des hommes, encloses dans leur désir comme dans un cercueil.

Intérieur nuit. Benjamin s'avance sur le plateau. Il a des fleurs à la main. Noir total, on le distingue à peine. Il pose ses fleurs par terre comme sur une tombe. Sa voix est simple et précise :

— Je savais que je l'aimais. Je le disais. Mais je ne le sentais pas.

Dès le retour d'Amsterdam, Arnaud s'est senti mal. Ses yeux le faisaient beaucoup souffrir, il restait des heures sur mon lit avec un masque sur le visage. J'avais appelé mon médecin, et j'étais heureuse qu'Arnaud soit chez moi, même si j'étais visiblement impuissante à lui apporter le moindre soulagement par ma présence et mes soins. Il se plaignait beaucoup, et rien ne le satisfaisait, dans sa façon d'être malade il semblait très vieux. Il prenait un médicament dont j'ai oublié le nom, il m'en avait montré la notice, parmi les effets indésirables figuraient les troubles de la libido. Il avait une espèce de conjonctivite traînante, et dès que je m'asseyais près de lui sur le bord du lit, répétait avec agacement, comme si j'en étais directement responsable : « J'ai mal à la cornée. » Je ne disais que des paroles apaisantes, je comprenais qu'il avait peur pour sa vue, c'était son outil de travail, en un sens. Il s'est remis lentement, puis il a eu mal au dos, à cause de l'alitement prolongé, a-t-il pensé, il a pris des anti-inflammatoires. Il se traînait à table pour manger, et parfois ne mangeait rien. Lise cherchait à le distraire, elle lui apportait son café le matin. Mon rôle d'infirmière me pesait, et je ne savais pas quoi faire de mes élans vers lui — irritation, désir, colère, envie de tout foutre en l'air.

C'est atroce : je viens de me relire à voix haute, comme je fais souvent, écoutez ce que j'entends soudain : « J'ai mal à l'accord né. » C'était juste après Amsterdam, on venait de décider d'avoir un enfant. Son corps disait autre chose que sa voix, son corps parlait une autre langue, qu'on n'entendait pas. Ah ! Quelle belle scène ça va vous faire, lui, les yeux sous son loup, criant et répétant : « J'ai mal à l'accord né, j'ai mal à l'accord né. »

Moi aussi, j'ai mal — j'ai si mal, à nouveau, soudain.

J'ai très mal dormi cette nuit, j'ai tourné le passé dans ma tête : les choses s'éclairent douloureusement. On peut dater d'Amsterdam le processus de désintégration de l'histoire, je le comprends maintenant : à partir de là s'installe une sorte de jeu de piste sinistre où j'aurais à déchiffrer les signes de ma répudiation. Il en est malade, il ne peut plus me voir, il en a plein le dos. Rien n'est proféré, peut-être même y a-t-il encore des mots d'amour, oui, sûrement, et des cadeaux, des moments tendres, mais dynamités par une haine souterraine, un harcèlement sournois. Je deviens littéralement indésirable. Il découvre combien il s'est trompé, combien il a été trompé : ma vie tout entière est un vice caché, mon existence est une grande déception. On peut multiplier les scènes de dénigrement, de frustration volontaire, de sous-entendus dépréciаtifs : usure tenace et continue de l'amour, limage et laminage des joies, des plaisirs, de l'espérance.

Stock de panneaux indicateurs négatifs, à distribuer dès maintenant et dans la suite du film, de préférence avant un moment qui pourrait être intime ou plaisant : un repas en tête-à-tête, le soir quand ils se couchent, une visite, une sieste. Comment ne pas être heureux, voilà le programme. Tous les panneaux sont des sens interdits.

Tiens, j'ai revu Gabrielle, Gabrielle, tu sais, avec qui j'ai vécu deux ans avant toi, si si, deux ans, mais non, qu'est-ce que tu racontes, en tout cas elle est très très belle, encore plus qu'avant, quand je l'ai rencontrée j'étais fou d'elle je me souviens, je n'ai jamais été amoureux comme ça, ce qu'elle a c'est qu'elle s'habille vraiment très bien, elle a toujours eu des vêtements somptueux, elle avait un superbe tailleur Yamamoto, elle sait se mettre en valeur, le voisin m'a proposé de me donner un chat, le sien vient d'avoir une portée, oui je sais mais bon, tu pourrais prendre de la polaramine quand tu viendrais, ah oui, ton livre, oui je sais que c'était une édition limitée mais c'est en prenant ma douche, je l'avais posé là il a pris l'eau ce n'est pas très grave, ne sois pas si près de tes sous, ça ne te va pas franchement bien ce bleu, ah oui peut-être, je ne me souviens pas, mais tu avais meilleure mine alors, parce que là, avec tes cernes…, je ne te propose pas de venir, on va être entre cinéastes, tu vas t'ennuyer et tu ne sauras pas quoi dire, ça va être technique, non, pas celui-là je l'ai vu hier au Rex, ah mais excuse-moi je ne savais pas que tu avais envie d'y aller, non tu ne me l'as pas dit, non, non, c'est mardi ta conférence, ah désolé, je ne viendrai pas j'ai promis à Gabrielle d'aller à son vernissage, Pierre m'a dit qu'il n'avait pas du tout aimé ton roman, je lui avais passé tu sais il trouve ça très quelconque, ce sont ses mots, mais bon ça n'a aucune importance, je me suis fait draguer par un mec dans le métro, oui, ça m'arrive, je ne te l'avais pas dit ? oui, encore maintenant, pourquoi pas, c'était quand même intéressant la remarque de ce type, là, vers la fin, que tu manquais de pudeur dans tes livres, tu laisses entrer tout le monde, finalement, moi je n'aimerais pas que des étrangers pénètrent ainsi dans ma vie, c'est une tradition la fête de fin de tournage, personne d'extérieur au plateau, tu as vu *La Nuit américaine* ? tout le monde couche avec tout le monde, sauf le réalisateur, quel menteur ce Truffaut, il avait une liaison avec Jacqueline Bisset pendant le tournage, justement, les brunes sont tout de même plus belles, elles prennent mieux la lumière, oui, j'ai retiré ta photo, elle tombait tout le temps, c'est pénible cette manie que tu as de ne pas avoir de porte-monnaie, tu passes un temps fou à fouiller dans ton sac, tu ne veux pas payer on dirait, c'est l'impression que ça donne, tu n'es pas très généreuse de toute façon, tu ne me fais jamais de cadeaux, non, ça tu ne me fais pas de cadeaux.

Intérieur jour. Une exposition Jacques-Henri Lartigue. Clichés d'enfance, barques et nageurs au soleil, voitures de course, femmes aimées ou admirées, sauts et gambades, sports de plein air. Sur l'affiche, ce vers de Rimbaud : « J'ai fait la magique étude du bonheur, que nul n'élude ».

Hélène et Arnaud déambulent séparément devant les photos. Elle se rapproche de lui plusieurs fois.

Elle : 1914, il s'entraîne pour les championnats de tennis. C'est incroyable, cette expo : elle couvre un siècle, et on dirait qu'il a toujours fait beau. Ni guerres, ni grèves, ni pauvres, ni pluie.

Lui (agressif) : Il y a des gens qui ont le sens du bonheur, qu'est-ce que tu veux !

Elle, secouant la tête, protestant : Moi aussi je joue au tennis. Ça n'empêche pas de voir autre chose du monde.

Lui : Mais tu n'as pas le sens du bonheur, un talent pour prendre et donner du bonheur. Tu n'as pas l'œil pour ça.

Elle ne répond pas.

— De toute façon, ajoute-t-il, qu'est-ce qu'on peut espérer d'une fille qui vous rencontre et se met à lire *La Nausée* ?

Ça pourrait être de l'humour, ils pourraient échanger un sourire, tout s'allégerait. Mais ce n'est pas le cas. Chez Arnaud, le reproche est premier, primordial, primitif, c'est le tuf. Quand il vous regarde ainsi, vous êtes coupable. Il n'y a pas de complicité, ou alors si, dans le mal — vous n'êtes complice que d'un crime, sans savoir lequel. C'est le procès perpétuel.

À la librairie du Musée, pourtant, il fait faire un paquet cadeau. Dans la rue, il le lui offre. C'est *Discours sur le bonheur*, de Mme du Châtelet. — Merci, dit-elle en l'embrassant. — Je t'aime, dit-il. — Qu'est-ce qu'on fait : on va chez moi ? — Non. Pas maintenant. Il faut que je me sauve. Elle s'aperçoit qu'il a un sac de la librairie : Et toi, qu'est-ce que tu t'es acheté ? Il sort le livre de sa pochette : c'est le même.

Ils vont au cinéma, quelquefois. Pas très souvent, assez vite il préfère y aller seul, ou avec d'autres qu'elle. Mais ce soir-là, ils vont voir *Elle et lui*, de Leo McCarey. J'aimerais qu'on voie plusieurs passages du film, dans notre film — je ne sais pas comment ça se passe, dans la pratique, si vous avez le droit de reprendre des extraits, j'espère que oui. D'abord quelques secondes du ping-pong verbal du début, quand Elle et Lui se rencontrent (c'est encore Cary Grant, d'ailleurs, ça ne peut pas être un hasard !) : j'adore leur dialogue, même si on le sent écrit par des surdoués de Hollywood, j'aime ce mélange de masculin et de féminin, leur intrication, la jubilation qu'il procure — boy meets girl. On verra Hélène et Arnaud côte à côte impassibles, regardant ce qu'ils ne sont pas, comparant secrètement leur malaise terne à cette brillante légèreté. Puis ils se donnent rendez-vous un an plus tard en haut de l'Empire State Building, le temps de régler leurs vies respectives, de se libérer. Je voudrais qu'on puisse passer la scène où Cary Grant attend en vain — elle ne vient pas. L'ombre l'enveloppe petit à petit, l'espoir s'en va de son visage tandis que le soir tombe. Ces images se reflètent sur les visages levés d'Hélène et Arnaud où ainsi les attentes se mêlent, les douleurs se confondent : l'écran est un miroir magique. Et surtout la fin, quand il la retrouve par hasard et qu'il comprend qu'elle est paralysée — une voiture l'a renversée le jour du rendez-vous, c'est pour ça qu'elle n'est pas venue. Je vois un champ-contrechamp : la dernière image du film, quand ils sont dans les bras l'un de l'autre, elle et lui, et qu'ils se disent des mots d'amour derrière le générique de fin ; et puis Hélène et Arnaud, lui tendu et concentré comme s'il allait dire « Coupez », oh oui, coupez-moi de ma douleur, elle en pleurs s'essuyant les joues comme si ce n'était pas du cinéma.

Ils sortent de la salle. Il a un regard ironique sur ses larmes, avec une pointe de contentement aussi, car elles sont un hommage à son art. Ils s'éloignent sur le trottoir, sans se toucher, sans se parler. Puis :

— Quel super-mélo ! dit-elle. Enfin, ça finit bien !

Il a un mouvement de surprise :

— Parce que toi, tu trouves que ça finit bien ? !

— Oui, quand même. Regarde la dernière image : si ce n'est pas un happy end…

— Elle est paralysée, je te signale.

— D'accord. Mais ils auraient pu ne jamais se retrouver, ne jamais se revoir, rester sur ce malentendu terrible. Alors que là, ils s'aiment, ils sont ensemble, c'est ouvert, tout est possible.

— Je ne vois pas trop ce qui est possible. Il la retrouve mais elle n'est plus la même ; c'est une autre femme, tu as beau dire : elle ne marche pas, elle ne marchera plus jamais.

Ils marchent en silence sur le trottoir, chacun dans ses pensées. Elle se sent pauvre, sans valeur — invalide.

(Corbeille)

Je n'aurais jamais dû accepter. Je n'aurais jamais dû. Je savais bien qu'il ne fallait pas ressortir ces photos de leur tiroir. Elles m'obsèdent, elles me blessent, elles me font souffrir, rien d'autre. Je ne peux pas broder, rêver, écrire, je n'ai pas les mots pour le faire : il n'y a pas de mots à mettre dessus, pas d'explication possible. Comment relater l'absence de relation ? Je suis seule, je n'ai rien en commun avec personne : je ne communique pas, je ne communie pas. C'est un lieu mort et froid, silencieux, muet, sourd. Tout est défunt. J'ai une pierre tombale sur la poitrine, une dalle de marbre qui m'oppresse. Je voudrais crier, demander ce qui s'est passé. Mais je pourrais hurler, on ne m'entendrait pas, je suis trop profond dans le noir. Le temps est arrêté, la solitude domine tous les sentiments, et la peur, une peur folle. Il n'y a pas de durée sur quoi se fonder, mais des instants minés de l'intérieur par leur propre dégradation énergétique. Toutes les données du monde s'inversent sans motif, rien n'est acquis, rien n'est sûr, la confiance ne règne pas, ni la fidélité, ni la foi. Le contraire a autant de poids que la chose, l'envers est l'endroit, le bien le mal, le plaisir la douleur, l'un l'autre. C'est le cauchemar qui hante mes nuits : plus de sens. Pourquoi dire une phrase qui sera niée l'instant d'après ? Pourquoi énoncer une émotion qui sera anéantie aussitôt ? Pourquoi graver dans l'écorce de la langue nos cœurs enlacés, si l'arbre doit être abattu, la page effacée ? « Attention, si vous acceptez cet amour, il s'autodétruira dans trente secondes. » Je ne peux rien faire pour le préserver, le sauver de la destruction, je suis impuissante. L'amour, mission impossible.

Il y a dans toute l'histoire — ou dans le personnage d'Arnaud — quelque chose de sauvage : hors langage, hors raison, quelque chose qu'on ne peut pas apprivoiser, même en images, quelque chose qui déchire, qui mord, qui tue.

Le cauchemar, cependant, pour moi qui écris, vient de cette sauvagerie inaccessible à la parole, et en même temps de son contraire — une froideur parfaitement maîtrisée, distante, implacable. Le langage humain disparaît complètement, à la fois dans le cri meurtrier et dans le code déshumanisé. Les mots n'existent plus, restent des signes vides. Pas « je t'aime » et « je ne t'aime pas », pas « oui » et « non », pas « viens » et « va-t'en » ; juste des signes. Deux, comme les photos : signe +, signe —. Des flux réversibles de forces contraires, des ondes affectées d'un coefficient positif, puis négatif, le tout s'inversant par un simple jeu d'écriture mathématique : +, —. C'est ce qui m'anéantit, dans cette histoire : elle est écrite en langage mathématique — un langage que rien n'affecte, sauf des conventions, des valeurs ; on peut ajouter, enlever, multiplier, tendre à l'infini ; ça change sans ébranler, ça se meut sans être ému, ça ne remue rien. C'est le contraire absolu de l'amour. Car qu'est-ce que l'amour, sinon une langue vivante ?

J'ai toujours détesté les maths, toujours été nulle. Les maths m'annulent.

Vous résumer le scénario ? Vous envoyer le synopsis en quelques lignes, pour la production ?

Écoutez, c'est très simple : boy doesn't meet girl.

Vous pourriez l'appeler : *L'homme qui n'aimait pas les femmes*.

Non, mais je ne sais pas, moi. De face de dos vrai faux mort vie blanc noir ange bête maman putain amour haine négatif positif rester partir toi moi rien tout jamais toujours absent là.

Voilà, vous l'avez, votre scénario. À filmer en longs plans-séquences, parce que tout se tient.

Le genre ? Polar porno mélo fantastique érotique drame série B feuilleton télé muet.

C'est un film sur le cinéma — le cinéma qu'on se fait.

De toute façon, ce film est infaisable, je vous l'ai dit dès le début. Par son sujet même, l'histoire n'est pas déroulable dans le temps sans perdre ce qui la constitue. C'est un drame, mais fixe. Un chaos immobile. Une convulsion qui se répète, l'impossible qui se reproduit. Imaginez un film sans montage, ou dont le montage refléterait une totale incohérence événementielle et psychologique, une inconsistance radicale. Où seraient mises bout à bout des actions et des paroles contradictoires, acceptables dans la durée mais incompréhensibles dans leur succession immédiate. Le personnage aurait l'air fou, ou atteint de la maladie d'Alzheimer. « C'est un monstre, disaient de Constant ses contemporains. Il n'a pas d'âme. » « Je suis une créature foudroyée », plaidait-il. Problème du cinéma : accorder la logique et le chronologique. Ah ! si vous faisiez des films expérimentaux, il n'y aurait plus de problèmes, vous pourriez faire exploser l'illusion, ou l'explorer jusqu'au tréfonds : superposer, dédoubler diviser, copier-coller, que sais-je ! Andy Warhol projetait le même film en simultané sur deux écrans différents, on pourrait aussi projeter deux films différents sur le même écran ! Ainsi la pellicule est-elle déjà une métaphore de l'histoire : elle donne l'illusion du mouvement, alors qu'en fait chaque photogramme est séparé des autres par une ligne noire, fine comme un voile : les instants ne sont pas liés, on est dans la discontinuité radicale. C'est l'effet que produit souvent la lecture du journal de Constant (je pense surtout à sa passion pour Mme Récamier, parce qu'elle lui renvoyait si bien la balle, en miroir, quoique plus froidement) : d'un jour à l'autre, d'une heure à l'autre, d'un instant à l'autre, le sentiment cède la place à son contraire. Le renversement conduit certes à une espèce d'évolution ou d'involution, mais on patine, on progresse vers le vide, le ver est plus souvent dans le fruit que le papillon dans la chenille. Cette loi existe, nous l'observons dans la vie réelle, le passage de l'amour à l'indifférence ou à la haine. Mais les deux sont séparés par un intervalle de temps qui les rend compréhensibles, sinon acceptables, comme si le temps était à lui seul une explication suffisante, comme si l'amour avait une composante purement biologique comparable à celle du corps, destiné à s'affaiblir et à mourir, et qu'on puisse donner à la fin de l'amour la raison qu'on donne aux enfants qui posent des questions sur un mort : « Il était vieux. »

Non, ici le temps n'use pas, il n'érode pas. Dans une version passionnelle ou sa traduction cynique, on pourrait dire que la totalité du temps se concentre dans chaque instant : « Je vous aime pour l'éternité, ce soir. » Mais si c'est le cas, alors toutes les virtualités du temps s'accumulent aussi, se superposent au même point fixe. Le temps ne coule pas, il s'empile ; ce n'est pas un fleuve, c'est de la terre, des sédiments, un couvercle ; il ne vous creuse pas, il vous écrase. Vous étouffez sous le poids du passé, sous la hotte aspirante de l'avenir. Vous êtes déjà mort au moment de vivre.

Comment faire un film où le temps est vertical, où la mémoire fait défaut ? Évidemment, on peut voir les choses sous l'angle humoristique : c'est l'histoire d'un type qui ne sait pas ce qu'il veut, qui change constamment d'avis : « Je mets une lettre à la poste que déjà la résolution contraire est dans mon cœur. » Il y a là un ressort comique évident, qu'on peut exploiter. Mais pas très longtemps. Dans l'ensemble, c'est triste.

Intérieur nuit. Au théâtre. Le comédien, par des

mouvements d'avancée et de recul, traduit physiquement le texte qu'il débite au rythme d'une mitraillette. Rappeler, d'une façon ou d'une autre, que Constant est un homme mûr, pas un adolescent — il a alors quarante-sept ans.

Mon amour me trotte par la tête. Je n'ai été occupé que de Juliette. Sa présence embellit tout. Je ne suis pas encore aimé, mais je lui plais. Elle me trouvera plus aimable que personne. Elle m'aimera. Je ne veux pas affliger ma femme. Je suis, je le pense, aussi aimable qu'il est possible. Elle ne m'aime pas encore, mais elle est bien près. Je vends peut-être la peau de l'ours. Je crois qu'elle m'aimera. Je lui plais beaucoup, c'est sûr. Il faut qu'elle ne puisse pas se passer de moi. Prenons sur nous. Je souffre absurdement. Je bourre ma vie, dans l'inconcevable agitation où cette femme me met. Mon sang brûle. Jamais il n'y eut plus de coquetterie, et c'est là son charme. Paris l'a fort changée. Elle était plus tendre à Angervilliers. Je n'avais jamais connu de coquette. Quel fléau ! Elle me met au désespoir. Je n'ai pu tenir, je suis sorti. Convulsions de douleur. Elle ne m'aime pas du tout. Qu'elle m'a trompé ! Pas même d'amitié. J'ai pleuré la moitié de la nuit. Elle ne m'aime point du tout. Elle ne m'aimera jamais. Je l'ai vue, j'ai eu une longue et douce conversation avec elle. Calmons-nous. Voyons des filles, épuisons-nous. Elle a eu l'air contente de moi. J'ai vu une fille, j'en verrai encore une ce soir, encore demain, jusqu'à ce que la main d'une femme me fasse horreur. C'est fini tout à fait. Jamais on ne fut si fausse. Je ne peux comparer toute cette histoire qu'à la conduite de quelqu'un qui s'approcherait doucement d'un autre et lui donnerait un grand coup de poignard. Je l'ai en horreur ! Je donnerais dix ans de ma vie pour me venger d'elle. Dieu, que je la hais ! S'il y a une ressource, c'est de la fuir. La mort, plutôt que d'y renoncer. M'aimerait-elle, et voudrait-elle s'en défendre ? J'ai fondu en larmes devant elle. Son cœur est sec et froid. Le paroxysme passe, ce n'est plus une fièvre continue. Dieu, si je pouvais ne plus éprouver ce mal, je crois que je lui pardonnerais, tant j'en serais heureux ! J'ai encore pleuré tout le matin. Le mieux est de partir. Faisons un bon article pour laisser une grande impression de talent, et partons. J'ai passé une meilleure journée parce que je l'ai beaucoup vue. Elle a de l'amitié pour moi, et nos entretiens se calment. Journée inespérée. J'ai été quatre heures avec elle. Elle était tout à fait tendre et triste. J'ai repris un peu de courage. Je la verrai peut-être lundi.

Écrit des lettres pour savoir si ma femme veut venir ou non. Rien de Juliette. Il faut absolument vaincre cet amour. Ç'aura été une mauvaise année, voilà tout. Rien fait que penser assez tristement à Juliette. Écrit une lettre religieuse à Juliette. Nous verrons l'effet. Elle a été touchée. Rendez-vous pour demain à Paris. Rendez-vous manqué. Rentré chez moi au désespoir. Je veux me tuer. Dîner chez elle. Elle a été bonne et douce. Ma tête est remise. Quelle sujétion ! Rien de ma femme. Dîné chez Juliette. Il faut en finir avec cet amour. Rien de ma femme. Juliette bonne. Lettre de ma femme, je crois qu'elle viendra. Nouvelles perfidies, mensonges, hypocrisies et minauderies de Juliette. Passé une journée fort triste. Écrit sans cesse à Juliette. C'est vraiment misérable. Dîné chez elle. Juliette bonne. Au fond, elle a de l'affection pour moi. Elle m'a dit des mots remarquables comme amitié. Savoir où en est ma femme. Travailler. Laisser passer l'orage. Fait viser tous mes passeports. Mon départ est ce qu'il y a de plus raisonnable. Il faut que je sache enfin ce que veulent dire les retards de ma femme. Dîné chez Juliette. Quelle âme sèche. Billet de Juliette. Elle a été fâchée de me faire de la peine. Elle est plus inconséquente que mauvaise. Mes arrangements de départ avancent. Je regarderai autour de moi quand je serai loin d'elle. Entrevue avec Juliette. Elle était fort triste. Route jusqu'à Péronne. Souffert toute la journée. Je vais revoir ma femme. Route jusqu'à Mons. L'absence opère. Je sors du délire. Je souffrirai tous les jours moins, je l'espère. J'ai plus souffert que je n'aurais voulu, mais heureusement il y a 70 lieues entre moi et elle, et quand on a 36 heures entre soi et une sottise, on ne la fait pas. Arrivée à Bruxelles. Il faut savoir si ma femme y est. Je suis triste, je regrette Juliette. Vu personne. Ma femme point arrivée. Je suis dans un état de stupeur, et je ne puis me reprendre. Tristesse mortelle. Travaillé. Point de lettres d'aucun pays du monde. Rien de ma femme. Rien de Juliette. Elle a laissé dans mon cœur un fond de tristesse, mais je m'y fais. Travaillé. Bien travaillé. J'ai toujours de la tristesse, mais je suis moins malheureux qu'à Paris. Rien de ma femme. C'est inexplicable. Lettre de Juliette. Rien de ma femme. Travaillé. Un peu travaillé. La police s'effarouche de mon séjour. Travaillons.

Rien de ma femme. Je suis un peu tenté de partir pour l'Angleterre sans passer par Hanovre. Lettre de ma femme. Elle peut arriver à chaque instant. Aller avec elle à Paris, l'y envoyer, aller avec elle en Angleterre, y aller seul ? Rien que pensé tristement à mon aventure avec Juliette. Je ne m'en console pas. Elle m'accordait de longs tête-à-tête, dans les premiers temps. Elle ne m'écrit plus. C'est une chose finie. Les restes n'en valent rien. Ma femme est arrivée, ma foi.

Pourquoi Hélène reste-t-elle, alors qu'elle a entre les mains tous les indices pour boucler l'enquête — sous les yeux le cadavre de l'amour ? Pourquoi s'acharne-t-elle comme si elle pouvait le ressusciter ?

C'est une bonne question, et vous avez raison : pour peu qu'on enchaîne deux ou trois scènes hostiles, immédiatement le spectateur peut penser : « Mais que fait-elle avec un type pareil ? Qu'elle le plaque, et qu'on n'en parle plus ! » Malgré tout, je ne suis pas d'accord avec vous quand vous dites que logiquement, après Amsterdam, ça devrait déjà être fini ; j'espère et je pense que votre public n'est pas aussi naïf que vous feignez de l'être vous-même. Le cœur a ses raisons que la raison ignore, mais que tout le monde connaît et reconnaît en soi. Et lui, pourquoi ne part-il pas ? On ne le comprend pas davantage que ce qu'il lui reproche. La vraie question des histoires d'amour, ce n'est pas : « pourquoi ça finit ? », mais « pourquoi ça n'en finit pas ? ».

Cette question constitue le véritable socle de notre polar, c'est vrai. Le mystère est d'abord celui d'Hélène : qu'est-ce qu'elle attend ? Qu'est-ce qu'elle attend pour s'en aller ? L'intrigue — ce qui intrigue —, ce n'est pas que l'amour meure si brutalement, c'est qu'il continue là, en regard, alors qu'il n'y a plus d'avenir, comme les canards qui courent encore après qu'on leur a coupé le cou. Il s'agit donc de percer non pas une, mais deux énigmes, celle d'Adolphe et celle d'Ellénore, celle d'Arnaud et celle d'Hélène, celle où s'enlisent les toi et moi : qu'est-ce qu'il fuit, qu'est-ce qu'elle cherche ? Qu'est-ce qui le repousse, qu'est-ce qui la retient ? Peut-être n'aura-t-on pas les réponses. Mais ce sont les questions.

Ce qui me retenait, moi, je crois que je peux vous l'expliquer. Un proverbe chinois dit : « Quand le sage montre une étoile, l'imbécile regarde le doigt. » J'ai été cette imbécile, l'amoureux est cet imbécile. Peu lui importe l'histoire de l'étoile, de toute façon il la connaît, l'histoire, on lui a déjà raconté. Il s'en fiche, de l'étoile — si ça se trouve, elle est morte depuis des millions d'années. Ce qui compte, c'est que sa lumière éclaire encore la main qu'elle aimante, et fasse briller les yeux qui la contemplent et fasse vibrer la voix qui la commente. Quand j'étais petite, ma mère me lisait des histoires le soir ; je voulais toujours les mêmes, le même conte cent fois redit et répété. Je savais tout ce qui allait arriver, depuis le temps, il n'y avait pas de mystère, mais ça m'était égal : je n'écoutais pas l'histoire, j'écoutais la voix qui racontait l'histoire, et quand elle grondait je guettais la porte, et quand elle chuchotait j'attendais la fée, et quand elle tremblait j'espérais le prince, et quand elle riait j'épousais son rire. Je connaissais par cœur les images du livre, je ne les regardais plus guère, mais l'ombre oui, l'ombre du visage incliné sur la page, c'était ça le mystère, et les yeux glissant de phrase en phrase. Je la regardais elle, maman, c'était elle l'histoire, si quelqu'un d'autre me la lisait je m'ennuyais, ça ne marchait pas. Avec elle, j'ai cherché cent fois l'ogre sous le lit et le dragon dans les rideaux, cent fois le prince à la fenêtre : il n'y avait jamais rien que sa voix pour leur prêter vie, jamais rien, mais j'aimais ce rien quand il prenait sa voix, et mon sursaut quand elle criait au loup et que je m'éloignais un instant de son parfum, j'étais mordue, j'avais peur, et j'aimais ma peur dans ses bras. Tu vois le crapaud se changer en jeune homme, tu vois le soleil qui poudroie, viens près de moi, monte dans la tour, tu vois la marraine et sa baguette scintillante, oui, je vois, je vois dans ta voix, je lis dans tes yeux, je tiens dans ta main.

Que vous dire d'autre ? J'ai été cette enfant. Je n'ai jamais vu d'étoile qu'au bout de son doigt, j'ai suivi l'amour dans le mouvement de sa main — l'amour, cette étoile filante. On sait bien qu'il n'y a pas plus de prince que de dragon, on doit bien le savoir, et que l'astre est tout froid à des années-lumière, on doit bien le sentir, mais ça ne fait rien puisqu'il y a de la lumière, et que dans son rayon la beauté rayonne. Son visage et son corps m'ont toujours bouleversée, dès qu'il entrait, la peur et la joie se disputaient la place, et par-delà la peur, l'intuition d'une grâce qui m'était faite. Alors d'accord : j'ai été cette imbécile — cette imbécile heureuse : j'ai regardé sa main, j'ai écouté sa voix, je n'ai eu d'yeux que pour lui, je n'ai pas vu plus loin que le bout de son nez. Mais y a-t-il une autre question que celle-là, vraiment, depuis l'enfance (viens plus près, je t'écoute) : qu'est-ce que tu as de beau à me raconter ? L'amoureux demande-t-il autre chose que ce que veut l'enfant : un beau récit et le corps pour le croire ? Serré contre l'autre, il le touche et s'en éloigne, le perd et le retrouve au hasard de l'histoire, sursauts, émois, étreintes, cris et soupirs, sidéré par le chant vivant qu'enchante un astre mort, la voix qui ment comme il respire — on se fait toujours avoir en beauté. Peut-être que rien n'existe, peut-être. Mais est-ce autre chose, l'amour, que partager le désir et la peur, le plaisir et l'effroi, corps troublés, mots tremblants, croire ensemble à l'ogre qui va nous manger et à la fée qui va nous sauver ?

Alors bien sûr, l'énigme demeure. Qu'est-ce que j'attendais ? Il me contait la mort du ciel, que je voyais sombrer dans ses yeux — c'étaient des yeux de planète éteinte, une voix glaciaire —, on fonçait de l'astre au désastre, les mots s'effondraient dans une poussière d'étoiles, ziggy stardust, et moi je restais plantée là, clouée sur place, rivée au poteau de son corps, imbécile malheureuse.

C'est tout simple, en fait : elle attend que ça revienne — la lumière, l'or en fusion, le trésor au fond des yeux, la voix chaude. Lui attend peut-être une autre écouteuse, une autre amoureuse, déjà. Ils suivent des trajectoires parallèles sur leur balai magique, ils ne peuvent pas se rencontrer. On ne sait pas à quoi il pense, mais elle se souvient des fées marraines, de l'étoile au bout de leur baguette, elle se souvient que cent ans semblent une heure et qu'une promesse a été faite. « Je me présente », a-t-il dit le premier soir. Qu'il s'absente n'y change rien. Il lui a donné sa parole et son corps, parole donnée, corps donné, elle ne doute pas de les retrouver, qu'on va les lui rendre — ce n'est pas impossible puisque ça a eu lieu, ça n'est pas perdu. Vous ne l'éprouvez jamais, cela, qu'une promesse a été faite, et que ce qui vous pousse à vivre, c'est le moment où elle sera tenue ? Elle est muette de saisissement, mais elle attend qu'on lui rende la parole, qu'on tienne parole, qu'on réponde présent. Il suffit que le maléfice soit levé, que le mauvais sort se dissipe, ce brouillard matinal. L'amour y pourvoira. Il n'y a pas de conte où le prince reste une bête, où le héros finit crapaud, ça ne s'est jamais vu.

Est-ce notre faute, à nous, si on nous a raconté des histoires ? Nous ne vivons pas, nous attendons la vie — nous l'attendons comme la Belle attend son prince, comme le Prince attend son heure. Nous rêvons au moment du réveil, quand ça va rouler jeunesse, sonner trompettes, résonner tambours. Nous vivons au bois dormant sans savoir que la mort est notre sommeil.

— J'ai reçu l'accord de Casablanca, c'est confirmé. Je suis tellement contente ! Et ils nous prêteront une caméra…

— Je n'y vais pas.

— Quoi ?

— Je ne vais pas à Casablanca. Je ne t'accompagne pas.

— Mais tu m'avais dit…

— J'ai d'autres projets pour cette période. Je n'ai pas le temps de prendre des vacances, moi.

— Tu m'avais dit…

— Je sais. Mais j'ai changé d'avis.

— On devait filmer, tu m'avais dit que tu me montrerais, on devait…

— Qu'est-ce que tu veux que je te dise ?

Elle se tait (*je veux que tu me dises ce que tu m'avais dit*).

Cette phrase, « tu m'avais dit », pourrait servir d'exergue ou d'incipit à des milliers de romans de par le monde. On écrit pour raconter l'histoire d'une trahison, pour mesurer le décalage ou l'abîme entre ce que tu m'avais dit et ce qui s'est passé. Tout promet et rien ne tient. La haine nous pousse, ou la douleur : à quoi bon donner sa parole si c'est pour la reprendre — donner c'est donner, reprendre c'est voler. Les romans sont dédiés aux parjures, on écrit le dédit et le dépit, on ressasse l'injustice : un jour, quelqu'un nous a dépouillé, mis au ban d'un jurement dont on s'était bercé. Une fois chassé, on reste autour, on rôde le long du mur d'enceinte, on zone dans les parages, on ne vivra plus jamais intra-muros, on le sait bien, mais on ne peut pas s'éloigner, on maraude. Un roman est toujours la banlieue d'un serment.

La preuve d'amour, alors, serait une parole adressée au temps, mais sans l'épreuve de l'éternité, une parole qui intègre et prévienne la menace de l'amnésie, du désaveu, qui soigne à la fois la mémoire et l'oubli. Parle-moi, donne-moi ta parole, je ne te la rendrai pas, je te donnerai la mienne. Passons-nous le mot d'un corps à l'autre, de toi à moi, échangeons des paroles comme des baisers, nos sécrétions et nos secrets. Mets-moi tes mots dans la peau, et tes caresses dans la mémoire. Puis laissons le silence nous garder. Peut-être alors ne donne-t-on rien. Il vaut mieux dire : prêter serment. Cela traduit mieux l'amour, ce provisoire reconduit — un prêté pour un rendu. Un jour, Jacques avait dû voir, en me quittant — il rentrait chez lui —, cette peur que j'ai souvent, la peur de la fin, l'anticipation, même, de la fin, il a pris ma tête entre ses mains comme un tabernacle et m'a dit : « Ça ne s'en va pas comme ça, vous savez. » Cette phrase m'a suffi. Le serment d'amour vrai, la parole qu'on pourrait croire, la preuve, ne serait pas « je t'aime », qui se loge dans une découpe figée du temps, ni « je t'aimerai toujours », qui l'annule, mais « je t'aimerai encore, je t'aimerai toujours, demain ».

— Pourquoi vous vous êtes quittés, avec ton ex ?
— Je ne sais plus trop.
— Vous ne vous entendiez pas ?
— Au début, si. J'étais fou d'elle. Elle était photographe, on pouvait parler, elle comprenait ce que je faisais.
— Alors, qu'est-ce qui s'est passé ?
— Je ne sais pas ; ça n'a pas marché.
— Mais pourquoi ?
— Eh bien : elle était tout le temps au téléphone.
— C'est tout ?
— Je t'assure que c'est pénible.
— Et c'est tout ? C'est la seule raison ?
— Oh ! D'autres trucs : elle oubliait de noter ses dépenses sur le carnet commun, je me retrouvais à payer les cafés de ses copines.
— Ce n'était pas très grave.

— Il y avait d'autres choses. Mais j'ai oublié quoi.

— ?

— Ah si, je me souviens : elle voulait un enfant.

Intérieur nuit. Hélène dans la chambre de sa fille, assise au bord du lit ; Lise couchée, en pyjama, visage concentré. Hélène ne lit pas, elle raconte de mémoire *La Reine des Neiges*, d'Andersen. On n'entend que le début du conte, pas la fin.

« Il y avait une fois une petite fille nommée Gerda et un petit garçon nommé Kay. Ils habitaient tout près l'un de l'autre et ils étaient inséparables. Hélas, pendant qu'ils vivaient tendrement, le diable, dans son royaume infernal, avait inventé un miroir diabolique : en effet, ce miroir avait une propriété maudite : il réduisait à rien le Bien et le Beau. Le diable prétendait qu'il montrait la vérité : mais tout ce qu'on voyait dedans était lamentable et laid, et même les plus beaux paysages y devenaient des épinards cuits (beurk, fait Lise). Un jour, le diable laissa échapper le miroir, qui tomba et se brisa en mille morceaux. Or, si par malheur quelqu'un en recevait un dans l'œil, il se mettait à voir tout de travers, soudain tout lui paraissait affreux, les arbres, les fleurs, les gens. Pire encore, si un éclat du miroir se plantait dans le cœur de quelqu'un, son cœur devenait un bloc de glace. Hélas, Kay, l'ami de Gerda, passait par là à cet instant, et le destin voulut qu'il soit atteint par les morceaux du miroir (Hélène mime l'éclatement du miroir, Lise se cache les yeux et le cœur avec ses mains). Gerda s'en aperçut bien vite, parce que le jour même, alors qu'ils jouaient dans le jardin comme à leur habitude, elle voulut lui montrer une rose nouvelle qui venait d'éclore. “Regarde comme cette rose est belle, dit-elle. Et son parfum ! Tu sens son parfum ?” Kay se pencha à contrecœur au-dessus de la fleur, puis se retira précipitamment en disant : “Pouah ! Cette rose est dévorée par un ver.” Et comme son cœur était gelé, il fit connaissance avec la reine des Neiges et partit habiter dans son palais, très loin de Gerda. »

J'ai pensé toute la journée à votre message de l'autre jour, celui où vous me traitez d'« obsédée du sens ». « Pourquoi ne pas vous laisser plutôt aller à vos sens ? m'écrivez-vous. Jouir simplement de ce qui se présente à eux, cela pourrait être une solution. Croire vos yeux. Passer du *it means* au *it is*. Accepter le cinéma. »

Je ne suis pas sûre que la ligne de partage soit là où vous la mettez. L'image est sans doute une pure présence, un *cela est* comparable à ce qu'on pourrait dire de la mort, c'est-à-dire une pure absence aussi. Mais pas le film. Le film ne se contente pas de montrer les choses, il les développe. Le film a un sens, celui de son déroulement. Je suis une obsédée du montage, si vous voulez.

Cela dit, effectivement j'ai toujours eu du mal avec les films où l'on ne comprend pas bien ce qui se passe. Dans *Voyage en Italie*, par exemple, on ne sait pas pourquoi ce couple ne s'entend plus, ce qui les sépare vraiment, ce qui les liait. Il y a un mystère, on vous le montre, à vous de le déchiffrer. On le voit, mais on ne le comprend pas. Les choses changent comme sans raison, le film avance comme par miracle ou par hasard. C'est sans doute un aspect du cinéma : « Et la lumière fut. » Mais moi, je n'ai pas la foi. Si la lumière est, je veux qu'elle m'éclaire. Ce qui m'intéresse, ce n'est pas de voir, c'est de mieux voir, c'est de savoir.

Chez Bergman, par exemple, on entre dans les ténèbres, on descend loin dans le gros plan des visages, on habite des sentiments, des émotions, des haines. Il peut y avoir des ruptures, des ailleurs, du noir, mais il y a une pensée, une image qui réfléchit tout, et nous avec.

J'ai besoin du sens, c'est vrai, j'ai tellement besoin de comprendre ! Je suis comme une enfant butée : je veux qu'on m'explique. Sinon j'ai peur, j'ai mal. Je suis prête à accepter des explications complexes, des raisonnements subtils, je n'attends pas qu'on me délivre une vérité bétonnée, je veux bien soulever des couches de sens sur l'oignon du visible. Mais ne me dites pas : c'est comme ça.

Vous savez, je me demande toujours si cet homme m'a aimée. Vous me trouvez sans doute bien naïve, trop sentimentale — les hommes sont tellement surpris de voir le temps que les femmes consacrent à l'amour, à l'idée de l'amour. Mais les femmes, sachez-le, s'étonnent du temps que perdent les hommes en choses plus vaines, en vanité. Ce que j'aime chez Jacques, c'est que l'amour l'intéresse. Car c'est tout de même une grande énigme, l'amour, son commencement, sa fin. On ne peut pas passer ça par profits et pertes, juste solder les comptes, dire « je me comprends ». J'étais là, je me répétais sans cesse : qu'est-ce qui s'est passé ? Pourquoi ne m'aime-t-il plus ? (je m'énervais). J'étais la même, pourtant, je ne m'étais pas changée en sorcière, en vipère, en pou. Alors quoi ? Alors quoi ? (je devenais folle). En général, il ne voulait pas parler. Sauf une fois, peu avant la fin, il venait de me répéter brutalement que « ça ne marchait pas » — enfin, tu vois bien que ça ne marche pas ! c'était sa phrase —, je l'ai pris au vol, j'ai dit : oui, je vois bien, mais je ne vois pas pourquoi. Dis-moi pourquoi. Il m'a regardée, il a eu un petit reniflement : ça ne marche pas parce que tu es toi. Mais au début, j'ai dit, au début, ça marchait aussi parce que j'étais moi, non ? Tu m'aimais parce que j'étais moi, non ?

Ce doit être aussi pour ça que je suis restée : quelque chose m'échappait — c'est le cas de le dire —, il m'échappait. Et je voulais comprendre, saisir — le saisir. Y penser toujours a été ma manière de ne pas en mourir. La quête d'un sens mon antidote à la folie.

Hélène se met donc à déchiffrer sans relâche tous les signes. Arnaud devient son objet d'étude, son sujet de thèse, son doctorat, elle le passe au laser, aux rayons X, elle l'observe, le scrute, l'écoute, l'analyse, s'en imprègne, s'en nourrit, elle se fait télescope, microscope, loupe, éprouvette. Elle n'a plus qu'un seul but, qui l'occupe et la remplit : comprendre cet homme. Éclairer ses actes, ses refus, ses contradictions. Donner un sens à l'insensé. Trouver ce qui cloche, ce qui bloque, ce qui empêche, ce qui tue. Elle n'a pas d'autre dessein, pas d'autre angoisse : elle est au comble de lui.

Elle commence par les livres, parce que chez elle c'est compulsif : quand elle va mal, elle lit, comme d'autres fument, boivent ou mangent. La lecture est sa nourriture, son alcool, sa drogue. Ça a commencé dans l'enfance et jamais cessé : elle s'enivre de livres, se gave de romans, s'injecte des poèmes dont elle a toujours une dose avec elle — elle les a appris par cœur, au fil de sa vie, pour être sûre qu'elle n'en manquerait jamais. Dans des hôtels, quelquefois, tard la nuit, une Bible au fond d'un tiroir lui a sauvé la mise, quand elle sentait monter la crise, le manque affreux qui vous lacère au-dedans. Cela va même plus loin, quoiqu'elle ose à peine l'avouer : si dans ces moments-là, elle ne dispose d'aucun livre, revue, journal, elle est capable de relire vingt fois le plan d'évacuation de l'immeuble en cas d'incendie, ou la brochure de l'office du tourisme. D'après Jacques, c'est une belle névrose — aussi belle que vous, dit-il —, un rapport maladif au déchiffrement : un jour, le monde a dû lui sortir par les yeux, dit-il, et elle essaie de l'y faire rentrer, d'en maîtriser la violence. C'est peut-être pourquoi elle a eu si peur lorsque la nausée l'a envahie, que les mots n'étaient plus un pansement, ne colmataient plus les brèches ouvertes dans son corps, ne calmaient plus mais décuplaient l'angoisse, comme un drogué à qui l'héroïne ne ferait soudain plus d'effet, ou qui se rendrait compte qu'on l'empoisonne, qu'il va mourir. Sans doute éprouve-t-elle à l'égard de la langue le même impérieux besoin qu'Arnaud pour la musique ; mais ce ne sont pas seulement des sons et des rythmes qui entreraient par les yeux comme ils entrent par les oreilles, ni même des impressions, des sentiments, non : c'est du sens qui la pénètre et circule en elle pour lui donner vie, c'est du sang dans les veines. Elle ne demande pas aux livres de la bercer, de l'endormir ou de la distraire, mais de l'aider à percer le mystère, à voir plus clair ; elle ne cherche pas l'oubli, elle cherche la mémoire et la cause, le secret des choses.

Alors elle lit. Elle lit d'abord Benjamin Constant. Cette lecture est contemporaine de sa liaison avec Arnaud, mais se prolonge bien après la rupture. Elle suit pas à pas ses tergiversations, ses remords, ses décisions sitôt abandonnées que prises. Son journal est pour elle une espèce d'horoscope dont les bonnes paroles l'encouragent et dont elle méprise les avertissements. Mais elle n'y parvient pas tout à fait : difficile de se prendre pour Mme de Staël et de ne pas souffrir. Elle est soulagée qu'Adolphe soit malheureux à la mort d'Ellénore, elle se dit : « Au moins, il sera malheureux. » Mais elle défaille lorsqu'elle lit : « Elle était à peu près complètement sortie de ma mémoire affective », elle se dit qu'il l'oubliera, qu'il l'oublie déjà. Elle achète tout ce qu'elle trouve de Benjamin ou sur Benjamin, elle écume les librairies spécialisées, les sites internet pour bibliophiles, elle récupère des correspondances épuisées, des biographies jaunies dont le papier s'effiloche. Elle se plonge dans des essais sur la politique de Constant, la religion de Constant, la psychologie de Constant. Tout lui parle d'Arnaud : « Ayant subi dès la naissance un traumatisme ineffaçable, n'ayant pas été l'objet d'un amour suivi et indubitable au moment décisif de la petite enfance, puisque sa mère est morte en couches, le laissant à un père instable et versatile, souvent absent, Constant n'a pas confiance en lui-même, ne s'aime pas, n'est pas sûr de la nécessité de son existence. De là, son sentiment aigu du néant. Il est toujours hasardeux de relier la biographie à l'œuvre. Mais une chose est sûre : Constant a le plus grand mal à vivre l'amour en présence. Tout se passe comme si, envers les femmes qu'il rencontrait, il était déchiré entre deux attitudes contraires : d'une part, leur demander de venir combler le trou béant, ouvert par la disparition de sa mère ; d'autre part, les renvoyer pour les punir de l'abandon dont il a été victime. Les femmes doivent l'aimer pour qu'il puisse les quitter, et montrer à toutes, et surtout à lui-même, qu'il n'en a pas besoin. » Bien sûr, Arnaud, lui, a toujours sa mère, mais il en parle comme d'une morte, avec seulement plus de ressentiment — comme d'une morte qui aurait fait exprès de mourir, de le laisser tomber. Hélène renoue tous les fils qui lient Arnaud et Benjamin, à deux siècles de distance — la mère, elle sent que la mère est importante, sa tristesse, son désespoir, le passé, l'enfance, il faut chercher de ce côté-là. Faute de pouvoir lire ce qu'écrit Arnaud dans son carnet, ni dans ses yeux à livre ouvert, elle connaît Benjamin jusqu'au fin fond de l'âme — sa douceur, sa mélancolie, sa peur, sa cruauté, sa sécheresse et sa solitude. Elle ne s'appartient plus, elle tombe en lui. Sur son bureau s'empilent des couvertures gravées au visage de Mme Récamier, Mme de Staël, Anna Lindsay, plus sœurs de peine que rivales. Un jour, en ouvrant son ordinateur, elle a la surprise de découvrir le portrait de Constant par Esbrard, que sa fille, pour se moquer, lui a mis en fond d'écran. Enfin, elle le connaît comme si elle l'aimait.

Puis elle lit tout ce qui a trait à l'amour — pas de romans, ou presque pas, car ils racontent une autre histoire. Plutôt des essais, des réflexions. Elle reprend *De l'amour*, mais le texte s'arrête à peu près là où sa douleur commence : Stendhal étudie toutes les étapes du sentiment amoureux, 1) l'admiration, 2) quel plaisir ce serait d'être aimé d'elle… 3) etc., mais uniquement dans sa phase ascendante ou en plateau (d'ailleurs, à l'époque, je me suis amusée — est-ce bien le mot ? — à écrire la suite, à prolonger l'étude de Stendhal : *Du désamour*. Il faudrait que je retrouve ce texte). Elle relit ou découvre des écrivains qu'intuitivement elle identifie à Constant par le biais de tel ou tel détail : Baudelaire à cause de sa mère, Tchekhov à cause de la mélancolie, Ibsen et Strindberg à cause du protestantisme bergmanien et de l'acuité froide. Quand elle voit Jacques, elle essaie de l'interroger discrètement sur les hommes, l'enfance, la dépression, mais elle n'ose pas pousser trop loin ses questions, elle se souvient qu'il est jaloux et malheureux. Elle accumule ainsi toute une science passionnée dont chaque découverte à la fois l'apaise et la déchire : tout ce qu'elle conquiert sur l'ignorance lui donne la maîtrise d'un sens intime et mystérieux, qui se cimente en même temps qu'il s'écroule. Comprendre la soulage, mais c'est son impuissance qu'il y a à comprendre.

Et puis surtout, elle le lit, lui. En sa présence, elle devient un immense organe sensoriel, un corps muni de capteurs vibratiles. En son absence, un ordinateur suractivé, une tête pensante à marche forcée. Elle voit et revoit les cassettes de ses films, qu'il lui a données — elle pourrait écrire un ouvrage très complet sur le sujet, une étude en dix volumes, une somme, établir des liens entre la biographie et l'œuvre ne lui semble nullement hasardeux, elle a beaucoup d'idées sur la question. Elle développe le syndrome qu'ont les biographes après des années de compagnonnage : elle s'assimile à lui, elle l'assimile au sens strict, comme on le dit d'un aliment, elle se l'incorpore et s'en nourrit. Il n'y a plus elle et lui, deux personnes distinctes, mais lui en elle, *car je t'éprouve en moi plus moi-même que moi*. Elle l'emmène partout avec elle, comme un livre fétiche. Il est dans son ventre, il est dans sa poitrine, il est dans sa tête, elle le porte dans son cœur. Au milieu des autres, elle est avec lui, on s'adresse à elle, elle n'entend pas, elle lui parle, elle dialogue toute seule, elle soliloque avec lui, qu'est-ce qu'il y a, qu'est-ce que tu as, qu'est-il arrivé ? Plus il la tient à distance, plus elle l'interroge sur son passé, son enfance, ses goûts, ses peurs, sa grand-mère lui faisait des crêpes, il adorait dessiner, il détestait les araignées, elle range tout dans sa boîte au trésor. Elle observe ce qu'il lit, elle étudie sa bibliothèque, elle rachète les *Pensées* de Pascal pour les lire dans la même édition que celle qu'il a sur sa table de chevet. Elle lui offre *À la recherche du temps perdu* pour être au moins la cause de ce bonheur-là, elle s'étonne qu'il n'ait jamais lu ce livre comme écrit pour lui, il dit qu'il en a toujours retardé le moment, de peur que l'émotion soit trop intense, justement, il la remercie, mais il ne le lit pas. Elle se prend d'affection pour ses parents, elle aime son père et sa mère sans les avoir jamais vus, elle les imagine, elle y pense, elle s'efforce de visualiser leur maison, leurs visages, leur vie, elle est de la famille. Il lui délivre peu d'informations, il se méfie, il craint peut-être qu'elle ne s'en serve dans un roman, alors qu'elle donnerait cher pour vivre au lieu d'écrire ; ou bien il sent qu'une confidence engage, que se confier veut dire se donner, et lui ne songe qu'à se reprendre. Ou bien il reste fidèle à une tradition ancestrale, une loi du silence bien au-delà de l'esprit de clan : on ne lave pas le linge sale en famille, il n'y a pas de linge sale. On n'avoue pas son malheur, il n'y a pas de malheur, ne me parle pas de malheur. On n'emporte pas son secret dans la tombe, on est la tombe.

Pourtant, il y a des années, pour faire ses premières armes sans doute, il a filmé longuement sa grand-mère avec une caméra vidéo. Elle est très curieuse de la voir, c'est le seul film d'Arnaud qu'elle ne connaisse pas encore, elle a l'impatience des chercheurs qui vont avoir accès aux expériences d'un autre labo, et le frémissement du détective sur le point de découvrir un indice essentiel. — Et ta mère, tu n'as jamais pensé à la filmer ? — Ma mère ? ça ne risque pas : elle serait trop contente.

Intérieur nuit. Chez Arnaud — un grand studio, tout est rangé, tiré au cordeau.

Hélène est allongée sur le lit, au pied duquel est installé un ensemble téléviseur-magnétoscope-lecteur DVD. Arnaud est à demi assis contre le mur, rencogné. Ils finissent de regarder une émission sur Hans Richter. Puis Arnaud se lève, s'apprête à éteindre.

Hélène (voix enjôleuse, presque minaudeuse) : Tu m'avais parlé d'un film que tu as fait sur ta grand-mère, tu te souviens ? J'aimerais bien le voir. Tu me le montres ?

Arnaud (content qu'elle s'intéresse à lui, mais hésitant à lui faire plaisir) : Je ne sais pas, écoute, il y a plus de trois heures d'enregistrement. Et j'ai du travail, là, ce soir (il jette un coup d'œil à sa montre).

— Alors seulement le début. Et je regarderai le reste une autre fois.

— Bon, d'accord. Mais après, j'aimerais bien être tranquille.

Il était convenu qu'elle dormirait chez lui, Lise est avec son père, du coup elle va se retrouver seule chez elle toute la nuit. Mais elle ne dit rien, le mot d'ordre intérieur, depuis un bon moment déjà, c'est : « Fais-toi toute petite. »

Il farfouille dans ses étagères, trouve la cassette, la met dans l'appareil, « j'ai filmé en plusieurs fois, parfois à plusieurs mois d'intervalle », dit-il. Il regarde les premières images, puis s'en va dans la cuisine, et ne revient pas.

Sa grand-mère est une petite femme à la voix décidée, énergique. Elle est assise à une table de salle à manger, dans une de ces robes en tissu synthétique qu'on achète sur les marchés, elle a dû se préparer au tournage, sa mise en plis est impeccable. On entend Arnaud sans jamais le voir, sa voix est jeune, on se fait la remarque en l'entendant, que les voix vieillissent. On perçoit aussi, lointaine, probablement d'une autre pièce, une musique classique étouffée. Il pose des questions à sa grand-mère d'un ton neutre de documentariste, mais en la tutoyant. Ce qui est étrange, et qui irrite Hélène assez vite, c'est qu'il ne demande jamais ce qu'elle voudrait savoir, il s'arrête systématiquement au seuil des choses importantes, il prend un chemin de traverse, il passe à autre chose, on dirait qu'il ne veut pas le savoir. Par exemple, à un moment, elle évoque l'enfance d'Arnaud, « tu étais toujours avec moi, surtout que tu n'es pas allé à l'école avant six ans et que tu étais tout seul, alors j'ai arrêté l'usine pour pouvoir m'occuper de toi », on attend qu'il demande pourquoi — pourquoi j'étais toujours avec toi et pas avec maman, pourquoi je vivais chez toi alors que mes parents habitaient à cinq cents mètres, pourquoi je n'ai pas eu de frères et sœurs, pourquoi je n'allais pas à l'école —, mais rien ne vient, « et qu'est-ce que tu faisais comme travail, à l'usine ? », demande-t-il, comme s'il ne le savait pas.

Heureusement, sa grand-mère a envie de parler, elle paraît comprendre mieux que lui qu'il s'agit de la mort et pas d'un reportage sur les années soixante, oui, elle comprend ce qui se joue, quand elle regarde la caméra, elle sait très bien qu'elle va mourir et que ça tourne, elle sait très bien qu'il n'y a qu'une prise, c'est maintenant ou jamais, ça va plus vite que la musique. Donc elle parle de son enfance à elle, de sa mère à elle, les mots se bousculent, c'est peut-être la première fois, elle pleure en parlant, elle essuie ses joues d'un geste brutal, comme si elle cherchait à effacer une tache, « ma mère était assez gentille avec nous, mais pas affectueuse, pas douce, tu vois, c'était une femme dure à la peine, elle buvait beaucoup, elle cachait des bouteilles, et surtout, ce qu'il y avait, c'est qu'elle ne nous touchait jamais, ça non, elle ne voulait pas, ça l'insupportait, les caresses, les baisers, elle n'en voulait pas, on a été habituées comme ça, elle nous touchait pas ».

Je n'ai jamais vu la suite de la cassette. Est-ce que j'en aurais appris davantage ? Peut-être. En tout cas, je me sens frustrée comme si on m'avait enlevé à mi-lecture un roman des mains : c'est le livre de plâtre qu'on voit sur les tombes, il reste des pages qu'on n'a pas pu lire. Quand on a rompu, j'ai souffert, du jour au lendemain, de n'avoir plus d'indices — les livres qu'il lisait, les disques qu'il achetait, les gens qu'il voyait, les sentiments qui le traversaient même sans l'atteindre. Il m'avait dessaisie de l'enquête. J'ai continué quand même, en privé — en privée de lui. Toute rencontre est une histoire inachevée, un puzzle raté. Il manque toujours des pièces Mais je suis plus obstinée que les enfants, je déteste perdre. Est-ce que Gerda se résigne à laisser Kay chez la reine des neiges ? Ne va-t-elle pas le chercher jusqu'à ce que vie s'ensuive ? J'ai cru que j'y arriverais, parole. J'ai cru qu'un jour un détail allait faire tilt, une lacune se combler, et que d'un seul coup tout deviendrait clair, chaleureux, lumineux. Que j'allais trouver ce qui ne marchait pas, le pourquoi de l'impossible, l'empêchement de l'amour. Comme dans *Le Secret derrière la porte*, de Fritz Lang, ou dans *La Maison du Dr Edwardes* — je les ai revus récemment parce que Jacques avait un article à faire pour une revue, un numéro spécial « psychanalyse et cinéma ». Ce qui amuse les spécialistes, dans ces films, c'est qu'il s'agit d'une sorte de cure par l'amour, indépendamment d'une thérapie formelle. C'est l'idée qu'on peut sauver quelqu'un de lui-même en l'aidant à pousser une porte : derrière le battant se trouve le secret, et dans le secret se trouve la liberté — il suffit de l'ouvrir et l'on devient libre — libre d'aimer. Évidemment c'est ridicule, dans le film de Lang, lorsqu'il s'avance pour tuer sa femme et qu'elle arrive in extremis à le faire se rappeler combien il a eu envie de tuer sa mère quand il avait dix ans parce qu'elle était partie en l'enfermant à clef dans sa chambre, il a entre les mains le foulard pour l'étrangler et d'un coup la haine se vide comme un sac percé, ça lui revient, tout lui revient, l'amour revient, c'était moins une. Évidemment c'est absurde, ça n'arrive jamais, ça ne se passe pas comme ça, Jacques vous le dirait mieux que moi. N'empêche que je me suis vue dans le rôle, je me suis vue en ange blond, en sauveuse hitchcockienne, j'ai été la doublure d'Ingrid Bergman quand elle dit à Gregory Peck : « Oh ! mon chéri, il ne faut pas avoir peur », alors qu'elle a eu si peur elle-même, peur de manquer l'amour, que ça ne revienne pas, que ça ne marche jamais — j'ai cru que le rôle était pour moi, que j'y arriverais, j'ai cru que je saurais.

Je ne vois pas ce qui vous intrigue dans le fait que j'aie continué à « enquêter » alors même que nous avions totalement rompu. Vous croyez qu'on cesse d'aimer sur simple décision, qu'on est libre de ne plus penser à l'autre dès lors que lui vous oublie ? Non, moi, j'ai poursuivi ma filature, plus discrètement bien sûr, mais non moins passionnément. Je me suis commanditée moi-même, sans grand résultat, avouons-le. C'est *Le Grand Sommeil*, notre film, je vous préviens : on n'y comprend rien, on n'a pas le fin mot de l'affaire !

Et puis d'abord, que faisons-nous d'autre, vous et moi, depuis des semaines, sinon continuer à écrire l'histoire ? C'est votre faute, finalement, c'est vous qui m'avez fait rouvrir le dossier, alors que je m'étais résignée lentement à le classer.

Vous savez, parfois, quand je souffrais trop de l'absence, quand la séparation était comme une amputation, une douleur physique insupportable, je n'y tenais plus, il fallait que je me rapproche, d'une façon ou d'une autre. Ce qu'Hélène fait de temps en temps, c'est qu'elle entre dans une parfumerie et que, sous prétexte d'essayer des parfums, elle s'inonde de celui d'Arnaud, une eau de Cologne mixte dont elle finira par acheter un flacon, beaucoup plus tard, comme on assume une addiction. Elle passe alors la journée à se flairer les poignets, à s'enivrer dans ses propres bras qu'elle serre contre elle, à se respirer jusqu'à l'étouffement. Elle couple ces séances de « shoot » à l'écoute ininterrompue de sa chanson, si bien qu'on la voit danser avec elle-même, s'enlacer dans le parfum sur l'air de Gounod, inviter le fantôme sonore, le fantôme olfactif, chercher l'image sous ses yeux clos, sensuelle et languide — c'est pour vous dire qu'il n'y a pas que le sens, dans l'histoire, pour colmater l'absence les sens comptent aussi.

Quelquefois Hélène prend un taxi et donne l'adresse d'Arnaud. Ou plutôt, elle est dans un taxi, rentrant seule d'un spectacle ou d'un dîner, et soudain elle a envie d'être près de lui, de renouer un lien charnel ou, à défaut, spatial. Il y a une géographie de l'amour, une topographie urbaine que les taxis matérialisent : la ville est un terrain dont ils connaissent et explorent chaque parcelle avec leurs aventuriers d'une heure, avides de mouvement et de là-bas, désireux de se fondre dans la masse, d'échapper à toute localisation, ni ici ni là, de disparaître, d'être. Quelquefois, presque arrivée chez moi, j'ai donné son adresse au chauffeur, une impulsion, je voulais refaire le chemin, reprendre l'itinéraire, revenir sur mes pas, retrouver l'élan si exaltant de la course amoureuse, quand elle vous injecte la puissance d'exister, souvent les taxis m'ont donné cette joie douloureuse du rêve, quand la radio dévide des chansons nostalgiques dans un brouillard d'enseignes lumineuses, *toi mon amour est-ce que tu m'aimes toujours pour toujours*, on sait qu'on rêve — je me racontais un bout d'histoire, les yeux fermés quand je n'étais pas dans la mire du rétroviseur, je m'imaginais nos retrouvailles, l'étroit couloir, ses yeux, sa bouche, un scénario, j'arrivais dans sa rue, je descendais un peu avant son immeuble, j'entrais, je montais et je restais là, *est-ce que tu*, je ne collais l'oreille qu'une seconde à sa porte de peur qu'on me surprenne, que le voisin sorte sur le palier ou qu'Arnaud ouvre d'un seul coup, je n'ai jamais sonné, je n'ai jamais rien entendu, pas même une bribe de musique, le bruit d'un objet qu'on bouge. Puis je montais entre les deux étages, près de la fenêtre d'où on aperçoit celle de sa chambre, je n'ai jamais rien vu, ni lumière ni silhouette, le rideau était tiré, je n'ai même jamais su s'il était là ou pas — en écrivant cette phrase, je me dis qu'elle résume bien l'histoire, ma filature éperdue : j'avais beau faire, ne pas le perdre de vue, ne pas le quitter des yeux, je ne savais jamais s'il était là.

Une fois, je me souviens, dans le taxi du retour — je venais de passer une heure assise dans l'escalier, j'avais froid —, le chauffeur me regardait depuis un moment, frissonnant à l'angle de son rétroviseur, c'était un Noir costaud et bavard, il écoutait une station africaine dont il a baissé le son pour me demander si ça allait, j'ai répondu oui oui d'un air bravache, alors il m'a lancé un long regard réfléchi de marabout, et il m'a dit, répondant très mystérieusement à la chanson entendue dans le taxi de l'aller, il riait presque :

— Allez, ne vous en faites pas : il vous aime toujours. Et, a-t-il ajouté en ouvrant les doigts en arrière comme s'il me jetait une poignée de riz, il vous aime à jamais.

Hommage aux taxis passeurs, ceux qui vous aident à traverser la nuit, et qui lisent dans leur cœur ce qui manque à vos yeux. Hommage à la langue qui sait ce qu'elle dit, que dans j'aime il y a j'aimais, que dans j'aime il y a jamais.

J'ai retrouvé le pastiche de Stendhal que j'avais écrit à l'époque. Je vous l'envoie parce que c'est exactement le scénario que vous me demandiez !

Voici ce qui se passe dans l'âme :

1) J'aime (le coup de foudre, l'admiration, le ravissement : quelle chance j'aurais si elle pouvait m'aimer…). Passion exponentielle, stimulée par les obstacles : je l'aime et je la désire.

2) Je suis aimé (donc j'aime moins). La vanité, le sentiment de sa propre valeur : quelle chance elle a d'être aimée de moi, s'en rend-elle bien compte ? Susceptibilité, affrontement des narcissismes : elle ne m'aime pas assez.

3) Je me suis trompé. Déception : je suis déçu et visiblement je déçois, d'où accusations, reproches : elle n'est guère digne d'être aimée.

4) C'est raté et je le prouve (tout est mis au service de l'échec programmé : frustrations, humiliations, autodépréciation, sadisme). La rupture : je ne l'aime plus, je la hais.

5) Je suis malheureux. Deux possibilités : a) reprise du même cycle avec un autre objet : j'en aime une autre ; b) en cas d'échec de a) ou de disposition à la nostalgie : le manque, d'où la volonté de recommencer, d'essayer à nouveau : je l'aime encore.

6) Ça ne marche pas, mon amour a changé : une relation vierge, asexuée, amicale (je ne la désire plus) : je l'aime autrement.

C'est le synopsis pour le personnage masculin, tel qu'il se dessine aussi dans le journal de Constant. Mais en réalité, ceci n'est pas un scénario, c'est un plan-séquence : ces étapes se succèdent vivement, s'intervertissent et se mêlent à l'infini comme des ombres sur un visage. Littérairement, seule une comptabilité intime minutieuse, heure par heure, peut exprimer cet envers du tissu amoureux, la forêt de nœuds sous le dessin du tapis.

Au fond, vous avez peut-être raison, il faut s'en tenir au *it is* : saisir cet homme comme une donnée objective du monde, une réalité physique modulable en fonction ne serait-ce que de la lumière. Filmer le personnage comme un paysage.

J'ai gardé dans mon agenda un petit mot qu'il avait griffonné à la terrasse du café en bas de chez moi, je ne sais plus quand, je me souviens seulement que moins d'une semaine après on s'est atrocement disputés. Il a écrit : « Météo sentimentale, bulletin de la matinée : ciel dégagé, amour profond et durable, aucun nuage à l'horizon. Probables fortes vagues de désir. Prévisions pour demain : amplification des tendances du jour. »

Chaque fois que je relis ce billet, je retrouve son charme, sa gentillesse exquise, sa tendresse, une poésie presque enfantine. Au fond, cet homme est un ciel — un ciel qui déploie toutes les nuances du gris, mais avec quelle lumière parfois ! Cet homme est un climat capricieux, on ne sait jamais quel temps il va faire : temps présent, temps passé ? Il sourit, il est radieux, puis d'un coup s'assombrit. Son visage se couvre, un nuage de douleur ou d'ennui passe et traverse ses yeux, il y a sur lui comme une brume de souvenirs. Temps prévu aujourd'hui : dépression passagère.

Il faudrait accepter la brusquerie de ces changements comme on subit les variations de température ou de pression : après la pluie le beau temps, et qui rit vendredi dimanche pleurera. Que les sentiments soient comme le ciel, changeants, instables. Au Maroc, il y a une chanson traditionnelle qui parle du soleil au crépuscule comme d'un amoureux qui s'en va. Voilà, on n'a qu'à attendre qu'il revienne. Il faudrait pouvoir consulter avec détachement la météo des sentiments. Et si le diable marie sa fille, rire et pleurer tout ensemble. « J'ai mon brouillard et mon beau temps au-dedans de moi », écrit Pascal.

Seulement, l'amour n'est pas physicien, il n'a que faire des soumissions à la nature, il a sa météorologie personnelle, sa géographie intime. L'amour ne constate pas tranquillement qu'il pleure sur la ville ou qu'il pleut dans son cœur, sa foudre défie les orages et subjugue le désespoir. L'amour cherche midi à quatorze heures, l'amour veut faire la pluie et le beau temps, l'amour veut soulever les montagnes.

En reprenant les *Pensées* de Pascal, voici encore ce que je trouve :

« Cette duplicité de l'homme est si visible, qu'il y en a qui ont pensé que nous avions deux âmes. Un sujet simple leur paraissait incapable de telles et si soudaines variétés, d'une présomption démesurée à un horrible abattement de cœur. »

J'ai enfin reçu hier la cassette que vous m'avez envoyée, je suis un peu étonnée qu'il n'y en ait qu'une — celle d'*Orphée et Eurydice* —, est-ce volontaire de votre part ? Je l'ai regardé dans la nuit, je n'avais pas eu le temps avant, mais j'ai bien fait, c'est un film auquel la nuit convient. Je l'ai trouvé beau, peut-être trop beau — trop beau pour être vrai ? J'ai écrit aussitôt ce qui me venait, je vous joins le texte ; il y a des choses qui vont sûrement vous déplaire et même vous blesser, mais c'est la règle du jeu telle que vous l'avez énoncée, chacun mise ses billes au risque de les perdre.

Il me semble que dans ce film la beauté vient masquer la vérité, comme la belle apparence de l'amour fait écran au surgissement lisible de la haine. Sans doute est-ce dû au mythe lui-même, trop puissant pour être touché, trop sacré pour être profané, trop arrimé dans nos mémoires pour être libre dans nos œuvres — intouchable comme le sont Tristan et Iseut, Roméo et Juliette. N'est pas Duchamp qui veut, pour mettre une moustache à la Joconde. Vous me direz que l'essentiel n'est pas là, que l'artiste peut bien réaliser la énième version d'Orphée, ce qui compte, c'est que c'est la sienne ; vous me direz ce que lançait Gauguin à la tête de ses détracteurs : « Je sais que j'ai raison. » Oui, vous avez raison, vous avez vos raisons, et en ce sens j'aime votre film, je l'admire, je sens qu'il vous ressemble. Mais vous cachez quelque chose sous la magnificence du récit, sous la splendeur de la musique et des images, vous y noyez le poisson de votre secret, je le sens, et je ne suis pas d'accord : dans une œuvre d'art, la beauté ne doit jamais rien cacher. Or, le sujet touche de si près notre projet actuel que je ne peux pas, que je ne veux pas vous dissimuler ma pensée — le malentendu serait trop grave. Vous connaissez l'histoire de Borges, qui, en plein désert, prend dans sa main une poignée de sable, la jette sur sa gauche et s'écrie : « Je viens de changer le Sahara. » Les mythes sont comme les déserts : on a beau les brasser jusqu'à plus soif, ils restent infinis — et pourtant métamorphosés. Laissez-moi donc à mon tour, un instant, jeter ma poignée de sable. Prenez-la pour ce qu'elle est aussi : un peu de poudre à vos yeux pour vous éblouir ou vous faire pleurer. Pensez qu'il était tard quand j'ai écrit ce texte, je l'ai jeté sur le papier juste après avoir visionné votre cassette. D'ailleurs, c'est à la légende que j'en veux, pas à vous : tant que votre voix me l'a racontée, tant que je l'ai vue à travers vos yeux, j'en ai adoré les prodiges. Mais dès que l'écran s'est éteint… Et puis j'avais beaucoup, beaucoup bu.

## L'ANTI-ORPHÉE

Je n'aime pas Orphée. Je ne l'aime pas parce qu'il ne m'aime pas, et qu'il ne m'aimera jamais.

Il n'y a qu'une chose qui intéresse Orphée, c'est la mort. Orphée veut aller chez les morts, c'est tout, ce n'est pas compliqué, et d'ailleurs ça se comprend : qu'est-ce qui peut bien fasciner le poète, sinon de voir la mort, de la regarder en face pour pouvoir ensuite la chanter — mieux que personne, bien sûr, puisque seul il l'aura vue sans en mourir ? La question est : comment rester vivant après ce regard ? Comment voir la mort de près sans qu'elle vous ferme les yeux pour toujours, comment chanter la beauté de la mort sans mourir aussitôt de sa dure mort ? Orphée réussit l'impossible, il a une solution : ce n'est pas lui qui meurt, c'est l'autre — l'alter ego, cet autre moi d'Orphée qu'est Eurydice, car qu'est-elle d'autre à ses yeux qu'un autre lui-même — *ô je t'éprouve en moi plus moi-même que moi* ? Après tout, qui la connaît, cette petite Eurydice ? Elle n'a rien de spécial, dans l'histoire, à part d'être la femme d'Orphée, sa douce moitié, la moitié douce d'Orphée. Ça ira donc vite, ce sera vite fait de tuer cette douceur, l'autre en soi qui est faible, qui s'abandonne, la femme en soi si friable, si altérée, si apte à mourir, biodégradable — l'Autre, Elle, l'Eurydice de son cœur, la tendre épousée, la femme de sa vie, la seule et l'Unique, il la sacrifie — ça lui coûte, sûrement, il en a de la peine, il nous en a assez rebattu les oreilles. Certes, il prend un risque, il le sent confusément, pour son art, pour son bonheur : tuer sa femme, tuer la femme en lui qu'elle est puisqu'il la porte dans son cœur, c'est cher payé pour un artiste, et même pour le commun des mortels, c'est le prix fort, il en a le soupçon, il en a la crainte ; mais il se reprend, il l'oublie, il préfère ne pas y penser — ça mange un peu de pain, c'est sûr, du pain blanc comme la peau d'Eurydice, ça casse quelques œufs, nous ne serons jamais heureux, mais bon, c'est du pain perdu,  j'ai perdu mon Eurydice, ça fera un vide, sûrement, ça fera une différence, mais enfin pas trop, il n'en mourra pas, pas comme Tristan, il est poète, lui, il n'a pas le choix quand la mort l'appelle, et le charme et le fascine et le possède — c'est pain bénit pour sa lyre.

— Holà, me dites-vous (je vous entends d'ici), mais qu'est-ce que vous nous délirez — qu'est-ce que vous nous dé-lyrez à démolir l'Orphée de nos légendes ? D'abord, ce n'est pas lui qui tue Eurydice, dans l'histoire — jamais de la vie. Premièrement. Et puis il est horriblement malheureux, il est le visage même du désespoir amoureux : Orphée est l'amour incarné. Deuzio.  *J'ai perdu mon Eurydiice, rien n'égaale mon malheur*, je ne l'invente pas. Enfin, tertio, il va la chercher jusqu'aux Enfers, tant la vie est impossible sans elle. Et il l'aurait tuée ? Ça n'a pas de sens !

Vous êtes bien naïf.

Premier point : ce n'est pas Orphée qui tue Eurydice ? Voire. Elle est piquée par un serpent alors qu'elle s'enfuit dans la campagne, poursuivie par Aristée, un berger qui veut la violer. Et quel jour a lieu ce drame ? Le-jour-des-noces : Eurydice vient tout juste d'épouser Orphée. Où est-il donc, le jeune marié ? A-t-il déjà roulé sous la table ? Pas envie de consommer l'union ? Pourquoi ne l'a-t-il pas protégée contre la violence d'un rival ? N'était-ce pas son rôle d'homme, son devoir d'époux ? Et ce serpent, n'aurait-il pas su le charmer, lui qui en deux ou trois notes apprivoise tout ce qui bouge ? « L'amour incarné », oui oui : comme le venin dans la chair d'Eurydice.

Mais bon. Admettons qu'il ait eu une absence. Il n'a pas assuré, et elle est morte. O.K., O.K., ça arrive à tout le monde, ça peut arriver. Mais la deuxième fois ? Quand elle re-meurt alors qu'elle revivait, qu'est-ce que vous en faites ? Parce que tout de même, vous n'allez pas me dire : ce type soi-disant fou de sa femme, ce type qui a une chance proprement miraculeuse, celle de la ressusciter, une chance que nous n'aurons jamais — ce dieu sous terre qu'il est devenu, ce héros qui a le pouvoir de crier « Debout les morts ! » et qu'ils se lèvent, de dire « Qui m'aime me suive » et qu'elle le suive, ce mythe vivant est incapable de tenir deux minutes sans se retourner, de se retenir une poignée de secondes afin que sa femme jouisse de la vie ! Pauvre mec, va ! Éjaculateur précoce ! Impuissant ! Non mais c'est vrai, quoi ! Il n'a qu'un petit test-amant, et il le rate ! Et vous appelez ça de l'amour ! Quand c'est de la haine, de la haine pure ! Orphée n'aime pas Eurydice, sinon il ferait un effort — l'effort d'Orphée, l'effort d'aimer, voilà ce qui manque —, il résisterait à son impatience. Son impatience, tu parles ! C'est elle qui l'impatiente, à marcher ainsi derrière lui, à lui coller aux basques maintenant qu'il a eu ce qu'il voulait, qu'il a séduit la terre et l'enfer. « Lâche-moi les baskets », c'est la phrase secrète d'Orphée, son oraison muette. Il peut bien chanter son air favori, après ce forfait : j'ai perdu mon Eurydice — si ce n'est pas un aveu ! Il l'a perdue, oui, et sciemment, et méthodiquement ; elle ne le sait pas encore, elle le suit, elle court à sa perte et elle l'ignore. Orphée, c'est le négatif de Cary Grant dans *Soupçons* : on lui donnerait Apollon sans confession alors que c'est un assassin.

Son excuse, c'est le Chant. Le chant d'Orphée prétend toucher la Mort, sa voix veut briser le cristal de la vie. Pour survivre à ce regard, il envoie Eurydice en éclaireur, c'est elle qui descend là-bas, d'où il tirera sa musique céleste. La mort d'Eurydice est un alibi, la mort d'Eurydice est l'ailleurs désiré d'Orphée, il va voir ailleurs si elle y est — et puisqu'elle y est, qu'elle y reste ! À peine sorti de l'ombre, à peine rendu à la lumière terrestre, Orphée accorde sa lyre et chante sa nouvelle maîtresse, sa belle ténébreuse, sa belle morte, sa belle mort. Tous les poètes aiment Orphée comme un frère et l'envient comme un rival. Il les fascine tous — Virgile, Ovide, Rilke, Cocteau, Monteverdi, Gluck, Delacroix, Poussin, Rubens… Voyez Cocteau : il en fait son double idéal. On peut comprendre — surtout Cocteau !

S'il y a une scène à filmer dans l'ordre de la vérité, une scène d'horreur pure, c'est celle où le couple remonte de l'Hadès, lui avec sa promesse, elle avec son espérance. Ils sont splendides, jeunes et fascinants de beauté. Il la précède, il arrive le premier dans la lumière. Elle le suit pas à pas, il ne peut pas ne pas sentir sa présence. Il est ému, sans doute, il n'a peut-être pas toute sa raison, après tout, mais il le fait — même s'il ne sait pas ce qu'il fait, il le fait : il pivote, il désagrège toute possibilité d'amour, il faudrait peu de chose pourtant, un léger suspens du temps, un pas de plus, mais non : elle s'arrête, elle ne sait pas ce qui arrive, les retrouvailles se diffractent en mille éclats aveuglants, elle repart en arrière, elle retombe en oubli, il ne la retient pas. Le regard d'Orphée, à l'instant même où il se retourne, est insupportable — quel acteur saurait le jouer, quel acteur saurait ce qui se joue là, dans ce regard qui tue : la haine pour Eurydice, la haine meurtrière pour cette femme dont l'étreinte le hante et le bouleverse, la haine amoureuse, l'amour hostile qu'il a pour elle, le désir qu'elle meure, qui signe aussi sa mort à lui, Orphée, sa mort humaine ? C'est un suicide, ce pivotement, ce regard en arrière, ça le tue aussi, il meurt comme homme, il meurt à cette femme. Seul le poète survit — d'une vie inhumaine.

Orphée dès lors cesse d'être au monde dans l'évidence de l'amour et du sexe, s'il l'a jamais été. Il tire des cordes de sa lyre des accents déchirants, il chante le deuil, la douleur et la séparation, mais il refuse de laisser approcher aucune femme. Il dédaigne toutes celles qui le recherchent, les filles de Thrace émues par sa beauté et son malheur. Il exige même que les femmes soient exclues des Mystères, qu'elles restent hors du temple où sont les hommes. Un jour les Ménades l'aperçoivent du haut d'un tertre : « Le voilà, s'écrient-elles, celui qui nous méprise ! » Elles se précipitent sur lui dans une violente confusion, il n'y voit plus rien, elles sont toutes les mêmes. Et elles font ce qu'il a toujours redouté dans ses cauchemars anciens, dans les terreurs nocturnes qui l'éveillaient hurlant, elles font avec sauvagerie ce qu'il voudrait leur faire : elles le tuent, jetant sa tête et sa lyre d'un côté, son corps de l'autre comme un débris. Il éclate, il est mis en pièces, il part en morceaux. L'effroi revient dans sa furie, l'horreur a des yeux de femme — il savait que ça viendrait, il savait bien que ça reviendrait, l'enfer.

Écoutez, vraiment, je crois que c'est le dépit qui vous a inspiré ce message — ou la vanité. Je suis désolée si je vous ai blessé, je trouve votre film très beau, je vous le répète, mais je ne peux pas me taire sur Orphée : il s'agit de notre personnage depuis le début ; Orphée, c'est Arnaud, c'est Benjamin, si on ne s'entend pas là-dessus, autant arrêter tout de suite.

Non, je n'en fais pas un monstre, vous ne pouvez pas dire ça — ou alors, au sens littéral : Arnaud est celui qui montre. Il montre ce qui reste caché ou méconnu chez les autres, il montre aux autres leur secret, qui est aussi le sien. Il le montre sans le vouloir vraiment, il n'arrive pas à le dissimuler aussi bien qu'eux, c'est tout. Là où les autres sécrètent leur secret telle une suée discrète, là où leur secret transpire, et encore, à peine, lui l'expose et l'excrète, l'offre aux regards, à la stupeur et à la fascination d'autrui. C'est un montreur, de toute façon, quoi qu'il en veuille : le cinéma et les monstres, c'est une vieille histoire, non ? Mais, au cinéma comme dans la vie, il ne sait pas ce qu'il montre — vous non plus, de même que moi, je ne sais pas toujours ce que j'écris. D'ailleurs, ce qui était frappant avec Arnaud quand il parlait de ses films, c'est qu'il en disait souvent autre chose que ce que la plupart des gens en voyaient : son projet, son interprétation du scénario, le sens qu'il donnait aux personnages ne correspondaient pas à ce que les spectateurs, avertis ou non, en comprenaient : la violence, le caractère funèbre de ses films ne lui apparaissaient pas, il les dissimulait derrière la beauté, le brio, la musique ; au fond, il étalait le secret sans le voir, il le révélait tout en s'efforçant de le faire oublier, comme on masque une odeur derrière un parfum, il le dialoguait les mains sur les oreilles, pour ne pas se l'entendre dire. Est-ce la fonction de l'art ? Peut-être. Quoique je déteste l'idée que la beauté masque la vérité. Je crois que la beauté doit dévoiler le secret, au contraire, dans toute son étendue, permettant seulement qu'il soit supportable. En ce sens, en ce sens du mot, l'art crée de beaux monstres. Mme Bovary en est un, par exemple : elle montre toutes les femmes, comme Don Juan ou Adolphe montrent tous les hommes. Alors, vous pouvez me dire que vous connaissez des femmes qui ne sont nullement des Bovary, et des hommes qui ne sont nullement des Don Juan — je vous crois. Mais peut-être n'avez-vous pas bien regardé. Peut-être y a-t-il un autre homme sous celui que vous connaissez, un insu, un Mr. Hyde. Pourquoi ne voulez-vous pas qu'il y ait un assassin sous le Poète ?

Ce que montre notre monstre ? Qu'on ne s'aime pas. Entendez-le comme vous voulez.

Mais bien sûr qu'il y a aussi des femmes qui tuent les hommes, des Érinyes sous les Eurydice, des femmes *fatales*. On ne s'aime pas, vous dis-je. Mais ce n'est pas notre sujet. Vous n'avez qu'à faire un remake de *La Femme et le Pantin* ! Ou alors on couvre tout, on parle aussi du sort des baleines au Groenland.

(Corbeille)

Vous êtes comme Orphée, c'est peut-être pour ça… Vous n'aimez les femmes qu'absentes. De toute manière, que peut-on espérer d'autre d'un cinéaste ? Vous aimez les femmes-images, les icônes, les stars. Combien en sont mortes, de n'être vivantes que sur papier glacé ou pellicule argentique ? Vous croyez que Marilyn avait envie d'être aimée comme ça ? Qu'elle n'aurait pas préféré être aimée en personne, pleine de souvenirs et de douleurs, de lectures, de désirs et d'enfants morts, de plaisirs et de secrets, au lieu d'être ce prénom inventé, panier vanné au marché aux puces où chacun met ce qu'il veut, où elle n'est plus que ce qu'il y met ?

Il y a beaucoup, beaucoup d'hommes qui n'aiment pas les femmes, mais peut-être faut-il être une femme pour le savoir. La plupart l'ignorent parce que leur réticence prend une forme aimable et aimante, leur haine a les traits de l'adoration. Ils les adulent de loin en crevant de peur qu'elles s'approchent. On les présente souvent comme recherchant la compagnie des femmes, soit pour leur présence charnelle et leur beauté, soit pour leur conversation, le charme de leur esprit, ou les deux. On les dit plus intéressés par le sexe, plus concrets que les femmes, moins rêveurs. En réalité, beaucoup s'ingénient à éloigner d'eux les femmes, à les mettre à distance, quitte à chanter leurs louanges pour les embaumer dans des phrases. Ce que veulent beaucoup d'hommes, sans le savoir ou sans se l'avouer, c'est faire disparaître les femmes. Les moyens sont multiples et variés : ils les mettent sur un piédestal, les rendant inaccessibles ; ou ils les fuient, les rendant intouchables ; ou ils les voilent, les rendant invisibles ; ou ils les défigurent, les rendant indésirables ; ou ils les tuent, puisqu'elles sont invivables. Ils aiment les femmes absentes, silencieuses, merveilleuses, effacées, disparues, mortes. Ils n'aiment que de loin — loin des yeux, près du cœur ? Quand elles s'approchent, les bras leur en tombent. Tout se fait au nom de l'amour, dont la stratégie se résume à cette question : comment volatiliser la femme que j'aime, pour pouvoir l'aimer ? Comment la faire disparaître pour la rendre présente à jamais ? Comment transformer Eurydice en musique ?

Ah ! Il faudrait banaliser le verbe haimer, il contribuerait au progrès de la vérité : je t'haime, voilà la vérité.

À ce jeu-là, il n'y a rien de pire que les artistes — je veux dire : personne n'est plus doué. Il faut entendre Adolphe gémir à la mort d'Ellénore, alors qu'il a tout fait pour se débarrasser d'elle ! Il faut voir Benjamin sur les routes de toute l'Europe, s'enfuyant avec dégoût d'une ville où il vient de rejoindre Mme de Staël et, à peine en chemin, se reprenant de passion pour elle : il s'arrêtait parfois à quelques lieues de là pour lui envoyer ses mots les plus tendres ! Mutatis mutandis, dans ma boîte au trésor, à part la première lettre d'Arnaud, ses seuls messages amoureux sont postés de l'étranger : une carte postale d'un festival à Vancouver, « je t'aime et te désire », alors qu'on ne faisait plus l'amour depuis des semaines, une autre de Barcelone, « baisers tendres, violents et amoureux », alors qu'il ne m'embrassait jamais. C'est la *fin'amor* des troubadours, on peut voir les choses sous cet angle : l'amour de loin, l'amour aux confins du rien, matière à rien, matière dont sont faits les rêves.

D'ailleurs, regardez, vous-même, pourquoi ne voulez-vous pas qu'on se rencontre ? Ce serait tout de même plus simple que tous ces courriers, non ?

Et vous nous dites que vous nous aimez, que nous sommes vos muses, vos modèles, vos égéries, vos princesses. Vous aimez les femmes, vous êtes des hommes qui aiment les femmes, qui aiment La Femme — ça vous dispense d'en aimer une.

Aimer une femme autrement qu'en rêve, en photo, en souvenir, en lettres d'or. L'aimer en vrai, en aimer une, l'aimer, elle. Est-ce que c'est trop demander ?

Aimer une femme, est-ce que c'est impossible ?

Ce qui empêche tout, c'est la peur. Pourquoi avons-nous tellement peur de l'amour ? L'amour est censé nous construire, nous aider, nous élever, nous grandir et nous agrandir. Un enfant sans amour est un enfant perdu, on nous l'a assez dit. Alors pourquoi l'éprouvons-nous comme une telle menace ? Pourquoi faut-il tant de courage ou d'imprudence pour aller dans l'amour ? « Si tu ne sais pas où tu vas, va où tu ne sais pas » — divine parole. Mais on n'y va plus, on ne fait plus le trajet que dans sa tête. Personne n'y va — ou avec une telle angoisse au cœur qu'on se demande si le jeu en vaut la chandelle. Regardez-les, nos poètes, nos amoureux, regardez-les dans leur vie : l'amour les empêche de respirer, les étouffe, les déçoit, les détrompe, les détruit. Avec le temps ils s'en rendent compte et s'en protègent comme d'un ennemi, ils l'évitent et s'en défendent par tous les moyens dont ils disposent : la tyrannie, la politique, la solitude, le travail, la religion, l'art ou le net : ils pensent, ils rêvent, ils créent. Les artistes sont les pires : ils existent par la haine qu'ils ont de l'amour. On ne peut pas leur en vouloir : l'amour les menace dans leur être même, leurs forces vives, alors ils tirent les premiers. C'est de la légitime défense. Les œuvres d'art sont des meurtres, vous pouvez en être sûr : on tue ce qu'on aime pour ne pas mourir soi-même. Vous me direz qu'il vaut mieux le mettre hors d'atteinte en le rêvant qu'en le supprimant vraiment. Il y a quelque chose du garde-fou dans la création, c'est vrai, les hôpitaux psychiatriques l'ont bien compris. Sinon, tout le monde se flinguerait ou descendrait son prochain. On se crèverait les yeux pour ne plus voir — on ne pourrait plus se voir —, on se couperait l'oreille pour ne plus entendre — on ne pourrait plus s'entendre. Et moi, pourquoi croyez-vous que je veuille tellement écrire ? C'est simple : quand j'écris, je ne l'aime plus. L'œuvre d'art, c'est le tombeau de l'amour. Ils appellent ça de la sublimation, je me demande bien pourquoi. Qu'est-ce qu'il y a de sublime là-dedans : maquiller le crime en beauté ? Des artistes capables d'amour, je n'en connais pas. Ils simulent, ils fabriquent des leurres — ils font illusion. On peut être assuré, quand on lit un livre, fût-ce un roman dit d'amour, quand on voit un film, fût-ce un mélo, on peut être sûr qu'en filigrane est inscrite cette épitaphe : ci-gît l'amour. L'art, c'est le crime parfait.

Certaines femmes comprennent cela : que mourir est leur seule chance d'être aimées. Écrire, de survivre à l'amour. Ellénore, Mme de Staël : deux options.

Pour en revenir à vot

Oui, d'accord, faisons une pause, réfléchissons. Arrêtons tout, même. Je m'y attendais, de toute façon. Comment voulez-vous que ça marche, un homme et une femme : nous aimons l'eau de rose, et vous préférez l'eau de boudin.

# II

[illegible]

Que représente [illegible]

[illegible]

[illegible] pour le dire.

C'est intéressant [illegible]
présent [illegible]
[illegible]

Je vais bien, merci. Et vous ?

Oui. Reprenons calmement, essayons d'« aller au bout ». Mais je vous préviens, moi, qu'il n'y ait jamais d'images là-dessus, ça m'est bien égal : j'ai mon cinéma personnel.

Je suis d'accord avec vous : il faut qu'il y ait de l'enfance. Une histoire d'amour, même ratée — surtout ratée —, permet les retrouvailles avec l'enfance. L'image principale est là, l'image dans le tapis qu'on voit trop tard ou jamais, le dessin sur le traîneau qui brûle en consumant le cœur, le mot qui revient et que tout le monde manque, le bouton de rose qu'est le visage de l'enfance effacé par le temps mais que la mémoire revoit comme derrière une main balayant le givre — il faudrait que ça perce l'ombre, rosebud, et la voix pour le dire.

C'est intéressant, ce que vous dites sur Claude comme pendant féminin d'Arnaud, son versant solaire. Un double sans la mélancolie, qui bataille contre l'échec amoureux au lieu d'aller au-devant de lui. C'est aussi

Hélène puissance 10 : il y a de la colère en elle, qu'Hélène n'a pas. Je suis contente qu'elle vous intéresse. À mes yeux, malgré son prénom, elle incarne l'essence de la féminité, comme toutes les actrices peut-être : quelque chose en elle joue et se joue instinctivement de l'illusion, théâtralise le mensonge. Ce talent à montrer le vide n'empêche ni d'y tomber ni d'en souffrir.

Je ne sais pas ce que vous voulez dire au juste par « fiche personnage ».

Claude a toujours voulu être comédienne. Quand on était petites, à Noël on commandait des panoplies doubles : Cendrillon, Peau-d'Âne, la Belle au bois dormant, il y avait toujours un prince charmant. Elle aimait les robes de fées, et se pavaner dedans, mais le plus souvent elle me laissait le rôle de la souillon ou de l'idiote et préférait l'action. Je me souviens surtout de Thierry la Fronde, peut-être parce que mon père nous a filmées avec la caméra super 8 qu'il venait d'acheter. Je fais Isabelle. J'ai sur la tête une perruque de nattes blondes, ce qui est comique parce que dans la réalité je *suis* blonde avec des nattes. Ma sœur agite sa fronde au-dessus de sa tête, manquant renverser le sapin, qui vacille. Elle bondit en tous sens, coiffée d'un petit calot à la Robin des Bois, suivie laborieusement par mon père qui n'arrive pas à la cadrer, tandis que par instants j'apparais dans un coin de l'image, figée d'extase, une main crispée sur le corset lacé de ma robe rouge, attendant d'être délivrée d'un péril tangible quoique invisible. Finalement, ma sœur, se servant de sa fronde comme d'une machette, écarte tous les ennemis à cent lieues à la ronde, arrive jusqu'à moi et, m'enlaçant la taille d'une main, m'embrasse passionnément sur la bouche. Ma mère n'est pas là, pas dans le champ en tout cas, on entend seulement mon père qui rit, puis dit : « Bon, ça va, ça va », mais Claude continue, zoom arrière, j'étouffe un peu, elle mime l'ardeur éperdue, ses lèvres toujours collées aux miennes, le sapin apparaît en plan fixe, de guingois, zoom avant sur une boule, puis l'appartement, puis ma mère de dos, puis rien.

La main tremble, le corps tressaille, l'œil accommode mal, le regard fuit, le cœur défaille, l'air manque. C'est l'enfance. On a beau faire, on ne sait pas comment faire, rien n'est jamais au point. Quelque chose ne cadre pas.

Nos parents ne s'entendaient pas, c'est sans doute pour ça qu'ils ont bientôt cessé de se parler — ou bien c'est le contraire. Ils avaient toujours l'air d'attendre quelque chose, quelqu'un qui tardait : ma mère, que son amant arrive, mon père, que sa mère revienne (elle l'avait abandonné petit, mais je ne vais pas tout vous raconter, vous n'avez qu'à lire mes livres). Claude et moi, on attendait aussi : qu'ils pivotent d'un quart de tour et s'aperçoivent qu'on était là, avec nos yeux et nos oreilles, qu'on suivait le film.

Un jour, Claude est rentrée de l'école sur un brancard — elle devait être en CM2. À la récréation de quatre heures, elle s'était écroulée devant le bureau de la maîtresse, ses jambes ne la portaient plus, on avait essayé de la remettre sur ses pieds, mais rien à faire, ses genoux ployaient sous son poids, elle s'affaissait en geignant. Elle a passé des dizaines d'examens, vu des médecins (dont André, l'amant de maman, qui opposait à ce cas clinique une gencive hautement sceptique), épuisé des kinés ; les parents se sont relayés pour l'emmener à l'école, papa la portait dans ses bras jusqu'à son pupitre, maman se faisait aider par la directrice pendant que je me coltinais les deux cartables, à table ils ne parlaient que de ça, la croissance trop rapide peut-être, la fatigue, la fragilité du squelette, gymnastique rééducative, laisser du temps au temps, ça va s'arranger, finalement on lui a fait faire sur mesure des chaussures orthopédiques qu'elle a mises deux fois, rien ne marchait, et papa non plus, il trouvait les godillots hors de prix pour un résultat aussi nul, il ne marchait pas dans la combine. Au bout de quelques semaines, Claude s'est remise sur pied, et du jour au lendemain on n'en a plus parlé, les parents sont rentrés dans le silence comme dans un moulin sans paroles, personne n'a jamais su ce qui s'était passé, c'est du passé, n'en parlons plus.

Le plus étrange, c'est que personne ne s'en souvient. « Ah ! oui, peut-être…, dit ma mère quand j'insiste, elle est tombée dans la cour un jour — mais ce n'était rien, on lui a mis du mercurochrome. » Quant à Claude, c'est le noir total. Seuls les gros godillots disgracieux lui évoquent vaguement des souvenirs, mais c'était dans une pièce de Beckett où elle a joué il y a vingt ans. Je reviens là-dessus régulièrement parce que ce trou m'effraie, si celui-là existe, c'est qu'il y en a d'autres, et quand on tombe dans l'oubli, la chute est si vertigineuse, alors j'insiste encore, tu ne te rappelles pas, on te portait jusqu'à ta place, papa et maman ont même recommencé à se parler, enfin écoute, souviens-toi. Claude est là, elle ébouriffe sa crinière devant le miroir en faisant mmm avec les lèvres, c'est bien possible, dit-elle pour en finir, j'aimais bien faire mon numéro, quand j'étais petite, tu me connais (oui), mais bon, je pense que c'était comme ça, juste pour…, juste pour les faire marcher.

Au fond, la vie de Claude, c'est ça, depuis le début : jouer la comédie, essayer des rôles, des déguisements, des hommes, des masques, juste pour voir ce qui marche, ce qui pourrait marcher.

Une autre fois — ah oui, je vais aussi vous raconter cette scène parce que c'est là que la vocation de Claude s'est décidée, et puis c'est la naissance du cinéma, ça vaut la sortie des usines Lumière — une autre fois, nous étions dans un champ, elle et moi, avec une cousine de passage, qui s'appelait Corinne. Ma sœur avait fabriqué une caméra avec une boîte à chaussures montée sur un bâton, qu'elle a confiée d'autorité à la cousine en lui expliquant où se mettre. Le synopsis était assez simple, on était un couple, on venait de se rencontrer, on s'aimait, on allait se marier. Elle a crié « moteur » en fusillant du regard la cousine amorphe et m'a roulé une pelle façon tango argentin, j'ai manqué tomber à la renverse. Elle s'est arrêtée brusquement, s'est tournée vers la caméra, coupez, elle avait oublié de préciser un truc : « Je suis l'homme », a-t-elle dit.

Ma sœur est le premier garçon que j'ai embrassé.

Intérieur jour. Claude dans le rôle d'Ellénore (elle joue avec le texte en main, qu'elle ne maîtrise pas encore tout à fait). Elle porte un T-shirt barré de grosses lettres noires : « Même pas en rêve ». Thomas, l'acteur qui incarne Benjamin, assis dans un coin, l'air de s'ennuyer. On doit comprendre au cours de la scène qu'il y a (qu'il y a eu) quelque chose entre Claude et son partenaire, dans la vie.

— Quelles douleurs vous avez accumulées dans mon cœur ! Vous m'avez torturée depuis six mois comme si faire le mal était le seul genre de bonheur dont votre âme fût susceptible. Vous êtes changé, très changé, je ne sais pas pourquoi. Je ne sais interpréter votre conduite, qui n'est plus dictée par la tendresse, qu'en me cherchant des torts. Que vous ai-je fait ? Pourquoi vous acharnez-vous sur moi ? Quel est mon crime ? Dites un mot, expliquez-moi ma faute. Mais non, vous ne voulez pas. Vous êtes à la fois furieux et faible. Ce que j'obtiens de mieux, c'est votre silence. Vos paroles acérées retentissent autour de moi ; je les entends la nuit, elles me suivent, elles me dévorent, elles flétrissent tout ce que vous faites. Vous ne me supportez plus autour de vous, vous me regardez comme un obstacle, vous ne me trouvez pas sur terre une place qui ne vous fatigue. Faut-il donc que je meure, pour que vous puissiez enfin marcher seul au milieu de cette foule à laquelle vous êtes impatient de vous mêler ?

En même temps qu'elle récite le texte, elle donne des coups de pied dans le dos du comédien, ou elle lui tape sur le crâne avec le manuscrit qu'elle a en main — manifestement, à voir la tête de Jacques, elle déborde de la mise en scène (gros plan sur Jacques, qui se ravise au moment d'intervenir, il veut voir où ça mène).

— C'était de l'amour que vous m'aviez promis, c'était de l'amour que j'attendais (sur chaque mot « amour », elle colle une claque à son partenaire, qui finit par lui en coller une en retour, non mais tu arrêtes, maintenant !).

— Stop ! dit Jacques, stop, tous les deux.

— Non, mais qu'est-ce que c'est que ce type ? Quel salaud, vraiment ! C'est un monstre ! Un sale égoïste ! Dès qu'il a ce qu'il veut, il se tourne ailleurs. Et c'est supposé se battre pour la liberté, l'égalité, la fraternité, alors que ça ne veut que prendre et dominer, dominer, dominer (elle crie). De belles promesses, et du vent !

— Je ne t'ai jamais rien promis. Et c'est toi qui veux dominer ! Tout ce que tu dis, là, je peux le dire de toi : c'est de toi que tu parles.

— Je parle de toi, pauvre con, de toi et de l'autre horreur de Constant. Il déteste les femmes, ça se voit tout de suite, il a une sexualité déviante, remarque, ça m'apprendra à

— Une sexualité déviante, non mais qu'est-ce que tu racontes, c'est

— Oui, déviante, parfaitement : dé-viante (elle fait mousser ses cheveux avec ses mains, se redresse en reine de Saba) : est déviante toute personne qui ne vient pas vers moi.

Jacques sourit malgré lui :

— Bon, stop, on va reprendre, dit-il (les deux autres continuent à se battre, le plateau se couvre de feuilles volantes). En même temps, il note dans son cahier : scène de dispute, cf. Freud : « Tout se passe comme s'il nous fallait détruire quelque chose ou quelqu'un pour ne pas nous détruire nous-mêmes. » Allez, Claude, on reprend à (il lit) :

« Vous savez faire du mal et vous ne savez pas revenir. Vous agissez sans cesse sur moi, sans que je puisse vous faire éprouver les mêmes effets. Vous ne m'aimez pas, j'en ai peur. »

— Finalement, je comprends pourquoi vous aimez Benjamin Constant : vous aimez les hommes qui ne vont pas vous aimer, les mecs qui ont tellement de problèmes avec eux-mêmes qu'ils ne risquent pas de seulement s'apercevoir que vous existez.

Jacques était de mauvaise humeur, accoudé au comptoir du café où je lui avais donné rendez-vous, on ne se voyait plus qu'à l'extérieur parce que je ne voulais pas qu'on fasse l'amour, « vous n'avez plus envie de moi ? » avait-il demandé, dubitatif, « c'est seulement que je veux savoir qui sera le père de mon enfant — vous pouvez comprendre ça, je pense ? », « vous voulez vraiment un enfant ? » avait-il demandé, et mon amour pour lui s'était éboulé dans ma poitrine. Sa femme venait d'accoucher de leur troisième, et il en avait eu six avec trois autres — à ma connaissance, ajoutait-il toujours. Au début de notre rencontre, je lui avais dit que j'aimerais bien, enfin, que j'avais envie de — il n'avait jamais entendu, l'écoute flottante, sans doute.

Je n'ai rien dit, j'ai commandé un café. « Vous avez l'air malheureuse, a-t-il enchaîné. C'est la mode, ce printemps ? Ça ne vous va pas au teint. » Je ne savais pas grand-chose de Jacques, ma seule intuition m'en avait moins appris sur lui en six ans que sur Arnaud en six semaines et il ne m'avait guère raconté sa vie passée, mais je savais qu'il avait été un jaloux maladif, un violent compulsif, et que c'était même ce qui l'avait conduit vers la psychanalyse.

— De toute façon, vos livres attirent les hystériques, c'est normal…

Il était lancé.

— Ah ! bon ? Et pourquoi ça ?

— Les hystériques ne savent pas de quel sexe ils sont. Vous, vous écrivez : « Je suis une femme et j'aime les hommes. » Alors ils se disent : « Elle va m'apprendre quelque chose : je vais enfin savoir si je suis un homme et ce que veut une femme. » Et puis non : vous ne levez pas l'énigme de l'identité sexuelle. Vous leur apprenez juste que le lien est impossible, qu'ils ne vous aiment pas.

— Très intéressant… Les hommes sont donc hystériques, eux aussi ? Nous avons de la compagnie, nous autres folles ?

Je m'efforçais d'ironiser, mais il touchait si juste que je sentais monter les larmes : s'il avait dit « vous ne l'aimez pas », j'aurais ricané tant l'amour me remplissait ; mais il était plus subtil, il inversait la proposition. Comme il n'avait jamais vu Arnaud et qu'il était en train de relire tout Constant, je pouvais penser qu'il faisait l'amalgame de façon bien peu professionnelle, par vulgaire dépit. Pourtant cette phrase, « ils ne vous aiment pas », son pluriel même, m'avait atteinte avec la précision d'une flèche qui n'en finit pas de vibrer.

— Mais oui, les hommes sont hystériques. Il y en a de plus en plus, vous n'avez qu'à regarder autour de vous, lire les blogs, chatter sur les sites de rencontres : cette souffrance amoureuse, cet évitement grandissant du rapport sexuel, ce conformisme social sous des apparences singulières, et par-dessus tout cette insatisfaction toujours reconduite — il faudrait être aveugle. Le maître mot, c'est la peur : les gens ont peur de tout. Et les hommes ont peur des femmes.

— Donc je résume : il y a les hommes qui s'interrogent sur leur sexe, qui détestent les femmes, qui les craignent, sans parler des déviants, comme dirait Claude. Alors qu'est-ce qui reste ?

— Il reste les hommes qui acceptent l'énigme de la différence sexuelle et qui, ce faisant, n'ont pas peur des femmes.

— Eh bien, dites-moi, on les compte sur les doigts d'une main, ceux-là !

En même temps, j'avais posé ma main paume ouverte sur le comptoir, faisant mine d'effectuer le calcul ; Jacques a mis la sienne par-dessus, une main chaude comme l'est toujours son corps, même dans le froid, une main littéralement *ardente* :

— Vous pouvez compter sur moi, a-t-il dit.

J'ai laissé passer un petit silence, je pensais à mon premier rendez-vous avec Arnaud, à ses doigts inertes sous les miens. Jacques était là, presque triomphant, avec une espèce d'énergie vitale et coléreuse, je le sentais engagé, il était engagé dans l'amour, il y allait, et il n'y allait pas de main morte, j'avais beau faire, me dire qu'on ne pouvait pas comparer, ou superposer perfidement à la tache de naissance qui couvrait sa tempe droite la beauté d'Arnaud, j'avais beau ne pas vouloir donner à notre lien l'ancien nom d'amour, j'éprouvais que, quel que soit son nom, il ne pouvait pas finir, avec Jacques je n'avais peur de rien. J'ai retiré ma main, j'ai bu mon café.

— En tout cas, vous n'êtes guère bienveillant, pour un psychanalyste — ni tellement neutre non plus…

Son visage a perdu de la lumière.

— Je ne suis pas votre analyste, justement. Je suis, j'étais votre amant.

— C'est moi qui suis hystérique, alors ? D'après vous ?

Il m'a regardée comme s'il y réfléchissait.

— Vous, c'est encore autre chose, a-t-il dit doucement.

Je me suis dégagée de mon tabouret, j'ai éloigné l'amour.

— Il faut que je parte, sinon Lise va m'attendre.

Il s'est approché de moi, m'a serrée dans ses bras :

— N'oubliez pas que je suis là.

— Oui.

— Oh ! Attendez, une seconde encore. Je voulais vous lire quelque chose, je l'ai apporté — c'est une critique d'*Adolphe* parue dans *La Gazette de France* en 1816, écoutez, c'est très court. Il a lu d'un ton docte et plein de componction, on aurait dit Raymond Barre :

« Il est à remarquer que depuis la révolution tous les auteurs de roman se sont attachés à nous représenter des héroïnes folles. Vertu, pudeur, bienséance ne sont que des êtres de raison pour ces dames. Faut-il croire, après cela, qu'elles offrent le portrait de nos Françaises modernes ? »

Il a appuyé son front contre le mien, et on a ri tous les deux, arc-boutés comme des cerfs qui se battent, il appuyait vraiment, il me faisait mal.

Je suis sortie. J'étais aimée, je le croyais, je n'en doutais pas. L'amour, c'est être là et pas ailleurs. C'est le contraire du cinéma.

Est-ce qu'on riait, Arnaud et moi ? Est-ce qu'il nous est arrivé d'être heureux, ou au moins gais, ensemble ? Écoutez, je n'ai pas beaucoup de souvenirs, en tout cas pas de ces fous rires qu'on partage. Il riait tout seul — même pour rire, il était tout seul.

Si, il y a une chose qui le faisait rire aux éclats, mais d'un rire nerveux et saccadé, par quintes : c'est un film de Laurel et Hardy dont j'ai oublié le titre, vous le reconnaîtrez peut-être. Laurel et Hardy tiennent un magasin, et pour je ne sais quel motif, sans motif, sûrement, ils se mettent à détruire méthodiquement le magasin du voisin d'en face, qui leur rend la pareille. Tout le monde fait des allées et venues de part et d'autre de la rue, ils démolissent tout, ça vole en éclats. Les visages oscillent entre l'étonnement et le défi, ils font des choses que leurs yeux n'arrivent pas à croire, mais jusqu'au ravage intégral, ça les dépasse mais de façon impassible.

Arnaud prenait plaisir au spectacle de cet anéantissement. Liquidation, pertes et fracas, mise à sac, K.-O. technique et chaos cosmique : c'était le programme des réjouissances. Mais le plus drôle, c'est quand tout est par terre et que Hardy redresse délicatement sur le mur un cadre de travers, il se recule pour vérifier qu'il est bien droit parmi les décombres, puis il époussette la poussière de plâtre sur le veston de l'ennemi, il répare le néant, trois fois rien, il a la politesse des ruines.

Ah ! si... Je me rappelle une autre fois, et là on a été au moins trois minutes ensemble, à rire du même rire, celui qui admet l'absurde et s'en console — le rire noir et clair à la fois, le rire du fou. J'aimerais bien que vous gardiez ça, je l'avais totalement oublié mais c'est un beau moment, peut-être plus beau que quand ils écoutent de la musique : la langue redevient vivante, on peut jouer avec, il y a un effet de miracle, comme un bain de jouvence ; ça mettra un peu d'air dans le film, ça ressoudera l'équipe, le public et le film, oui, ça fera du bien.

C'était un texte de Jean-Pierre Verheggen, dans *Ridiculum vitae*, il avait dû le dégotter en furetant chez les bouquinistes, il me l'avait acheté parce qu'il connaissait mon goût pour les calembours — il m'a toujours fait des cadeaux. Ce sont les pages roses du Larousse revisitées par l'auteur, du latin traduit en Verheggen, une langue morte qui ressuscite. Ça donne par exemple : *Hic jacet* Ton lacet est défait *Manu militari* Lisez le manuel des tarés *Ipso facto* Tout le monde a son fax, aujourd'hui *Tu es ille vir* Tu es viré, mon pote ! *Consensus omnium* Tu peux rouler comme un con, et dans tous les sens, avec une bonne Assurance Tous Risques *Ex abrupto* Son ex est retournée dans les Abruzzes *Quosque tandem* Ils mangent leur couscous assis sur leur bicyclette *Jus priva-*

*tum* Plus d'courant ! *In saecula saeculorum* Dans moins d'un siècle, la sécu remboursera les enculages *Non possumus* L'opossum ne veut pas.

Mais rien ne durait. Tout ce qu'il donnait, il le reprenait aussitôt. Rien de ce qui venait de moi n'était bon, ni même supportable. Par exemple, ce jour-là, j'ai proposé d'en fabriquer d'autres, j'ai dit : *lapsus linguae*, lape et suce avec ta langue, mais il n'a pas trouvé ça drôle. Parfois, j'essayais de faire le pitre, de blaguer, de prendre tout avec légèreté. J'étais hantée par l'idée de dérider son front, de retrouver l'éclat de ses yeux. Mais je tombais toujours à plat, jamais juste, jamais dans ses bras. Quand je parlais, c'était affreux. Quand je me taisais, c'était horrible. J'étais une erreur de casting.

Intérieur nuit. Il est couché, elle le rejoint, s'allonge tout contre lui.

Lui (hostile, s'écartant, la fixant durement) : Est-ce que tu me trouves beau ?

Elle se redresse sur un coude, lui sourit amoureusement : Oui, je te trouve beau.

Lui (maussade) : Je ne sais pas, tu ne me le dis jamais.

Elle : Eh bien voilà, je te le dis : je te trouve très beau et je t'aime.

Lui : Pourquoi ?

Elle : Pourquoi quoi ?

Lui (toujours hostile) : Tu m'aimes pour quoi ? Qu'est-ce que tu aimes chez moi ?

Elle : Ben… je ne sais pas : toi, je t'aime, toi.

Lui : Tu ne sais pas pourquoi ?

Elle (imitant Brigitte Bardot dans *Le Mépris*) : Et mes yeux, tu les aimes, mes yeux ? Et mes fesses, tu les aimes, mes fesses ? Et ma queue, elle te plaît, ma queue ? Oui, elle me plaît beaucoup.

Il ne dit rien.

Elle : Je croyais que l'amour était une élection, non une sélection. C'est toi-même qui m'as cité je ne sais plus qui, le soir où on s'est rencontrés, tu ne te souviens pas ? Tu voulais m'impressionner.

Il fait une moue ennuyée. Elle s'assombrit.

Elle : D'ailleurs, toi, tu pourrais dire pourquoi tu m'aimes ?

Lui (poursuivant son idée) : De toute façon, tu ne me dis rien, tu ne me dis jamais rien.

Elle répète lentement, presque avec la même intonation, mais plus songeuse, gros plan, ou pas d'image au contraire, pour qu'on entende bien :

— Je ne te dis rien, je ne te dis jamais rien.

Intérieur nuit. Ils sont couchés. Elle se serre contre lui, l'embrasse dans le cou. Il reste allongé sur le dos, les mains derrière la nuque, les yeux au plafond.

— Écoute, demain je dois être à 9 heures à la prod.

— Oui, je sais, tu me l'as dit tout à l'heure. Mais il est à peine onze heures.

Il se redresse, s'appuie sur un coude, dans un soupir et un mouvement las qui évoquent labeur et corvée, quand faut y aller faut y aller, son père a dû avoir le même geste, souvent, à l'heure où le réveil sonnait, il la regarde sans expression, pas merlan frit, poisson mort.

— Tu te fous complètement de mon métier. Tu n'y comprends rien, tu ne sais pas ce que c'est, la concentration qu'il faut. La pression que ça représente.

— Attends, Arnaud. Je ne suis pas employée de banque, non plus.

Ils se taisent un moment. Il a repris sa position, elle prend la même en s'éloignant de lui.

— C'est simple (voix calme, exposé des faits) : depuis qu'on a décidé d'avoir un enfant, on n'a pratiquement jamais été en situation de le faire.

— Ah ! bon ? (ton polaire).

— Non. Soit tu es malade, soit tu as trop de travail, soit tu es fatigué, soit j'ai mes règles (*soit tu jouis ailleurs que*).

— Écoute, ce n'est pas ma faute si je ne supporte pas le sang, quand même.

— Je n'ai pas dit ça. Et de toute façon, pendant les règles…

— Bon, alors quoi ? Je n'ai plus le droit d'être malade, c'est ça ?…

Il se lève, exaspéré. On voit qu'il est en pyjama, haut et bas. Visage porte de prison, verrou triple tour.

— Tu es insupportable, attends, ce n'est plus possible : tu veux toujours des preuves de tout.

— Non, je…

— Si. Il faut toujours te prouver qu'on te désire, qu'on t'aime, t'en donner la preuve nuit et jour… Alors, dès qu'on a une petite baisse de régime…

— Je ne veux pas de preuves, je veux la vérité. La vérité se prouve toute seule.

Il n'a pas répondu. Il fouillait dans ses disques à la recherche d'un soulagement immédiat. J'ai continué :

— De toute façon, je m'en fous, que tu ne bandes pas. C'est juste le signe, tu comprends, le signe d'autre chose.

— Et de quoi ?

— Devine.

J'ai eu peur qu'il dise : que je ne t'aime plus, alors j'ai enchaîné, je me souvenais que dans *Adolphe*, ce sont les mots qui établissent les choses, dès que c'est prononcé, ça devient vrai, il faut faire très attention.

— Parce que tu crois que je bande, moi ? Tu crois que je ne le sais pas, que je ne banderais pas, si j'avais une queue ? Mais moi, je sais pourquoi je ne bande pas : je ne bande pas parce que t'es pas là, voilà, t'es pas là, tu me repousses, tu me casses.

Il a souri de son sourire mauvais, j'ai pensé qu'il allait dire « eh bien moi, je ne bande pas parce que t'es là », mais non, la phrase a juste traversé ses yeux.

— Bon, a-t-il dit (soupir excédé). Qu'est-ce que tu veux que je te dise ?

J'ai fait un geste d'impuissance (*prends-moi dans tes bras*).

— Tu vois ce paquet, là-haut ? Il a montré le haut de son placard, un plastique noir. Tu sais ce que c'est ? C'est une corde.

Le concerto pour violoncelle de Schumann a rempli la chambre.

Je ne sais pas écrire vos dialogues. Je fais un effort parce que vous me l'avez demandé, mais j'ai du mal.

Est-ce qu'il faut copier le réel ? C'est indigent, quand on se relit. Quels mots tisser pour dire le trou ? Faut-il garder toutes les chevilles de la langue — les « écoute », les « arrête », les « tu comprends » et les « attends » —, tous ces boulons qui construisent le vide, puisqu'on n'écoute rien, qu'on ne comprend rien, et qu'on continue à attendre tout ?

Intérieur nuit. La scène du théâtre. Benjamin entre accompagné de son ami Prosper de Barante, ils arpentent le plateau d'une allure de promenade.

Benjamin : Je ne vois aucune preuve, ni aucune probabilité que Dieu existe, quoique je désirerais bien qu'il y en eût un. Et s'il a jamais existé, comme dit le chevalier de Revel, maintenant Dieu est mort — il est mort avant d'avoir fini son ouvrage — au milieu de son travail Dieu est mort. Ainsi tout se trouve fait dans un but qui n'existe plus. Nous sommes comme des montres où il n'y aurait point de cadran, et dont les rouages, doués d'intelligence, tourneraient jusqu'à l'usure, sans savoir pourquoi, et se disant toujours : puisque je tourne, j'ai donc un but.

Prosper : Mais l'amour, cher Benjamin, l'amour qui t'occupe tant n'est-il pas un but ? Une femme aimante et aimée ne donne-t-elle pas plus de bonheur que toutes les prières ?

Benjamin : Ah ! Pour aimer, il faudrait croire à la vie. Mais le temps n'existe pas, il est tout décousu. Vivre est factice, l'existence est en lambeaux. Les impressions nous traversent, fugitives et insaisissables. Nous n'avons plus la force de les retenir ni par conséquent de les comparer : celle d'hier contraste avec celle d'aujourd'hui, et personne ne s'en aperçoit. Les extrêmes se touchent et se suivent : à la fièvre l'ennui succède, à la passion le détachement, à l'amour l'indifférence. Tout cède sous le poids de l'instant, le présent croule en une poussière d'insignifiance. Il n'y a pas d'avenir. Tout revient au même.

Prosper : Ta mélancolie me touche. Mais quant à moi je ne fais pas d'elle l'uniforme du monde. Quand je regarde autour de moi, je vois des plaisirs, de la beauté, des œuvres, et…

Benjamin : Ah ! oui, des plaisirs ! Si tu examines bien les hommes de notre époque, tu verras qu'ils n'aiment plus la vie. Ils la méprisent et ont une secrète envie d'en sortir. Ils ne s'aiment pour ainsi dire presque plus eux-mêmes. Ils aiment encore le plaisir, oui, parce que cela ne tient à rien, n'exige aucune suite, rien de durable, rien qui assujettisse ou qui engage au-delà du moment : ce ne sont que jeux d'un instant. Une fois dissipés les feux de la jouissance, regarde-nous : nous sommes des morts.

Logiquement, les fantômes ont fini par arriver. C'est le moment clé du film, le passage du pont. La scène se passe en Bourgogne, dans une maison que Claude nous prêtait, qu'elle venait d'acheter : les gens étaient morts sans enfants après avoir vécu là plus de cinquante ans ensemble, leurs neveux avaient tout laissé en l'état, les meubles, les rideaux, la vaisselle, ils n'en voulaient pas, et Claude, par superstition ou paresse, n'avait encore touché à rien quand nous y sommes arrivés, Arnaud et moi. Nous avions des places pour le festival de musique religieuse de Vézelay, à quelques kilomètres.

C'est une maison qui ressemble à celle de Carvin, du moins telle que je l'imagine puisque je n'y suis jamais allée, mais plus en fouillis, plus hétéroclite — des plaisirs qu'on s'est faits malgré le peu de moyens, des cadeaux : un coussin brodé, un ramoneur et sa danseuse en porcelaine, un panier, un chapeau tressé de fleurs, des jouets pour le chat. Il y a un pré devant, et une remise avec une table de ping-pong que les petits-neveux n'ont pas réclamée. Enfin on entre de plain-pied dans le passé des autres : on tourne la clef dans la serrure, une plaque de cuivre est gravée à leur nom — M. et Mme Pouldu — et on pénètre dans une autre histoire.

Nous ne nous étions pas vus depuis plusieurs jours, il arrivait directement de chez ses parents, j'étais allée le chercher à la gare avec une voiture de location, nous avions roulé dans une campagne en technicolor, il répondait par monosyllabes à mes questions, je faisais semblant de ne pas m'en rendre compte, je surjouais la bonne humeur, c'était ma nouvelle tactique, gaieté, légèreté, plaisir, déjà enfant, je me rappelle, quand mon grand-père est mort, j'avais huit ans, j'ai passé trois jours à faire le clown pour essayer de dérider ma mère, l'effet est inverse, évidemment, mais quand je m'y mets plus rien ne m'arrête, je cabotine la vie, j'organise la diversion, je m'imagine qu'il faut distraire les gens de la mort, ça a raté une fois de plus, « tu roules à tombeau ouvert, m'a dit Arnaud pendant que je babillais, tu veux nous tuer ou quoi ? ».

On s'est installés dans la maison, on est ressortis faire des courses au village, on est rentrés à la nuit tombée parce que Arnaud s'était mis en tête d'acheter des produits bio — son appareil digestif restait fragile, il y avait un tas de trucs qu'il n'arrivait pas à digérer, tout lui faisait mal au ventre, ça ne passait pas.

Après le dîner, je me suis levée, « je monte », ai-je dit en pianotant des doigts sur son épaule, il n'a pas bougé, il écoutait Schubert sur son baladeur — *La Jeune Fille et la Mort*. J'ai tourné deux minutes dans le salon, manipulant les CD qu'il avait emportés, des messes, des requiems, l'intégrale de Chostakovitch. J'ai monté l'escalier noir, les marches craquaient comme un vieux microsillon, le violoncelle de l'angoisse luttait contre le fortissimo du désir, majeur, mineur, majeur, mineur, je les entendais distinctement, j'avais l'oreille absolue.

Il m'a rejointe une heure plus tard, je faisais semblant de lire Mme du Châtelet, toute nue sous le gros édredon lilas, je lui ai souri, sa froideur m'excitait, et la chambre inconnue, et la lune dans le jardin, et l'attente, et l'amour de lui.

Et puis l'enfant, on le faisait, oui ou non ?

Je l'ai regardé se déshabiller du coin de l'œil, j'aimais ses jambes, ses fesses galbées, sa taille mince, j'aimais sa minceur, sa pâleur mate, l'adolescence de son torse, j'aimais ses mains, la finesse solide de ses attaches, ses poignets, ses épaules, son cou, j'aimais sa queue parfaitement dessinée, ses hanches, j'aimais sa barbe naissante, sa bouche et ses yeux au-delà de tout, ses oreilles petites et bien plaquées qui ce soir-là gardaient la trace des écouteurs — viens, je vais te faire entendre *La Jeune Femme et la Vie* —, je l'aimais complètement, je voulais le même en petit, et voir ses yeux.

J'ai posé mon livre.

Il a mis méthodiquement son pantalon dans ses plis, l'a installé précautionneusement sur une chaise, a défroissé lentement sa chemise sur le dossier, a rangé méticuleusement ses tennis sous le barreau de la chaise, il était maintenant debout près du lit, dans un slip kangourou blanc que je ne lui connaissais pas, qui remontait jusqu'au nombril et dans lequel il avait rentré le bas de son T-shirt, blanc également, ses chaussettes étaient tirées dix centimètres au-dessus des chevilles, et ainsi vêtu, avec son beau visage émacié, il s'est couché de son côté du lit sous l'œil aigu d'un grand maître du néoréalisme italien en noir et blanc dont le nom m'échappait pour l'instant, tétanisée que j'étais par la puissance naturaliste de la scène.

Plan fixe sur eux, allongés côte à côte bras le long du corps, parallèles, immobiles et distants, le drap remonté jusqu'au menton comme des cadavres qui attendent d'être identifiés.

Je me suis tournée vers lui, le grand lit matrimonial en chêne a grincé, qu'est-ce qu'il y a ? Rien, il n'y a rien, il m'a tourné le dos, il a éteint la lumière de son côté, une petite lampe à pompons de velours dont j'avais sur ma droite le conjoint poussiéreux.

J'avais très envie de faire l'amour, il y avait des jours que j'y pensais, je m'étais fait une joie de ces retrouvailles. On pourrait croire qu'il aurait suffi de le toucher, de le caresser, de le faire revenir sous mes mains. Mais il y avait une telle onde de refus qui émanait de son corps, un tel champ de forces, que c'était impossible, il était littéralement intouchable. J'aurais pu laisser passer la nuit, attendre un changement de baromètre, après la pluie le beau temps. À la place, j'ai empoigné le drap, la couverture et l'édredon, et je les ai jetés de tous les côtés, puis j'ai saisi la pointe de l'oreiller d'Arnaud que j'ai tiré violemment de dessous sa tête avant de le projeter contre le mur où il s'est écrasé avec un bruit mou, rebondissant sur la table de chevet d'où la lampe est tombée, avec l'autre oreiller j'ai dégommé sa jumelle qui s'est éteinte dans des crépitements électriques, la chambre est devenue noire. Arnaud s'était levé d'un bond et s'était placé le plus loin possible de moi, il a allumé le plafonnier, répandant une lumière d'orage blanche et crue, dans l'immédiat on ne prévoyait pas le retour de l'anticyclone. J'ai voulu contourner le lit pour m'approcher de lui, faire la paix, tiens regarde, je ramasse l'oreiller de la réconciliation. Mais il a reculé. C'était trop tard, le spectacle avait déjà commencé, les spectres arrivaient.

Il était immobile, le regard dilaté par l'horreur et l'effroi, moi nue en face de lui, l'oreiller serré dans mes bras, en arrière-plan défilaient un guépard, un tyrannosaure, une hydre, un sorcier vaudou, des Indiens jivaros. Sa terreur était effrayante — des yeux d'animal fixé sur l'avenir d'un combat à mort : tuer ou être tué, il n'y avait pas d'autre pensée. Je voulais parler, lui dire « je t'aime, Arnaud, je ne te veux pas de mal » ou « mon chéri, il ne faut pas avoir peur ». Mais j'étais moi-même hypnotisée par sa haine, dont je n'avais ni la signification ni l'origine, « qu'est-ce qui se passe ? qu'est-ce qui nous arrive ? » tournait en accéléré dans ma tête affolée, aucun mot n'a franchi mes lèvres, j'ai fait le poisson, bouche sèche, mâchoire bloquée, paralysie totale, film expressionniste muet.

Bon, ça suffit, a-t-il dit en jetant son sac de voyage sur le lit, on rentre à Paris. Et il a commencé à se rhabiller. J'ai pris le sac, je l'ai secoué par-dessus la rampe de l'escalier, des pelotes de chaussettes ont rebondi sur les marches, non, **moi**, je rentre à Paris, ai-je dit. Je suis revenue dans la chambre pour prendre mes affaires. C'est à ce moment-là que j'ai vraiment disparu, je l'ai vu dans ses yeux, je n'étais plus là, il avait mis quelqu'un d'autre à ma place, ou quelqu'un s'y était mis sans crier gare, quelqu'un qui le menaçait, qui avait l'habitude de le planter là, de l'abandonner, de le mépriser, de le détruire — une femme à abattre. Puis les autres sont arrivés, morts et vivants, morts-vivants, ils entraient en nous comme dans un moulin, c'était l'auberge espagnole, nous n'étions plus nous-mêmes, nous ne nous possédions plus, ils hantaient sans frapper, un vrai manoir écossais. Au début, Arnaud était complètement habité par son père, « tu veux que je te tape, c'est ça que tu veux, hein, c'est ça ? », j'ai essayé de le raisonner, mais sa mère s'était mise en travers de moi et le menaçait de se barrer pour toujours, elle agitait les clefs de la voiture au bout de mon index, Arnaud a raté quatre fois le permis, il n'avait qu'à aller à pied à la gare, douze kilomètres, qu'est-ce que c'est pour quelqu'un qui aime tellement marcher ? Les autres occupaient progressivement le terrain autour de lui-son père et moi-sa mère, ils n'avaient parfois qu'une réplique mais qu'ils balançaient comme du Shakespeare, passant alors si vite qu'on n'avait pas forcément le temps de les identifier, j'ai cru reconnaître lui-petit dans le geste qu'il a eu de se boucher les oreilles, et, mais je n'en suis pas sûre, l'arrière-grand-mère alcoolique quand il a hurlé « ne me touche pas ». Les anciens propriétaires n'avaient pas complètement quitté les lieux, ou bien étaient-ils revenus précipitamment en entendant se briser leurs lampes de chevet ? — toujours est-il qu'à un moment Mme Pouldu m'a traversée en courant, elle tenait beaucoup à ce lapin en plâtre peint par un oncle à elle mort à la guerre, elle a mis mes mains juste à temps, M. Pouldu a ouvert les volets pour prendre l'air, ma mère a fait une apparition juste le temps que je balance toute la literie par la fenêtre en hurlant, mon père est passé entre deux portes me demander de crier moins fort, ma grand-mère est venue me rappeler que j'étais toute nue, elle est restée jusqu'à ce que je mette une robe de chambre, Arnaud me traitait de carne et de salope, son père lui refilait en douce les projectiles, planqué derrière l'accent chtimi, sa mère souffrait en moi, elle avait envie de mourir et qu'on la prenne dans ses bras, c'est un affreux malentendu, je suis bonne, je suis douce, je ne suis pas celle que vous croyez, sa mère délirait en moi, elle avait envie de demander pardon, et qu'on la berce, et qu'on la baise, mais on ne s'entendait plus, personne n'écoutait, de toute façon, ça partait dans tous les sens, Arnaud tremblait, il avait du mal à rassembler tout ce monde, à les contenir tous, à calmer le jeu ; le néoréaliste était parti, dépassé par les événements, les expressionnistes aussi, il aurait fallu rameuter Bergman, à la rigueur j'étais jouable en Liv Ullmann, mais il ne l'a pas fait, la lumière ne collait pas, ça ne ressemblait à rien, et puis il était fatigué, ça se voyait, il se frayait un chemin dans sa foule, il marchait sur ses morts, il arpentait le champ de ruines où il menaçait de s'écrouler parmi les siens, en fantôme, homme, enfant, il y avait trop longtemps qu'il était occupé par des vaincus.

On ne riait pas, vous savez — pas du tout. Là, j'essaie de vous amuser, parce que je sens bien que vous étouffez dans ce film, et moi donc ! alors je vous le fais à la Marx Brothers. Mais si on veut respecter la tonalité sans sombrer pour autant dans le fantastique (personnellement, j'ai horreur des films à fantômes, c'est rarement réussi), si on veut rester dans le réel, il faudrait montrer la scène en négatif : les mêmes, mais irradiés, trimbalant leur squelette en transparence, leur silhouette humaine et inhumaine, extraterrestre, leurs yeux caves, comme si tout se jouait ailleurs, sous une autre lumière, sur une planète expérimentale, où la clarté serait de ténèbres et où le corps approcherait la mort jusqu'au blanc des os.

J'avais fini par m'effondrer en larmes, tremblant de rage et de froid, mon sac à main serré contre moi, où se trouvait ma dernière cartouche, la clef de contact. Bon, a dit Arnaud d'une voix exténuée, mesurant que pour me quitter il faudrait me passer sur le corps (ah ah !), bon, d'accord... Il est allé ramasser ses affaires dans l'escalier, est revenu avec une boîte blanche, « tiens, tu n'auras qu'à prendre un cachet », toutes les femmes de ma famille ont fait un dernier tour de piste, Claude, ma grand-mère, ma mère, toutes les femmes qui s'achèvent au Valium, au Lexomil ou au Mogadon, et la mère d'Arnaud n'était pas la dernière à tendre la main au bout de mon bras pour avoir sa dose. On est allés récupérer les draps et l'édredon dans le jardin, il y avait un hérisson dessus, qui s'est mis en boule à notre arrivée, mais Arnaud n'avait pas envie de rire, il n'était pas d'humeur à goûter les parodies du hasard. On s'est recouchés, on est entrés chacun par un bord dans l'eau glacée des draps.

« Prends-en même deux, a-t-il dit, moi c'est ce que je fais, souvent. » Oui, je veux bien — j'ai tendu la main vers lui, il s'est rétracté, j'ai agité les doigts, oui, vas-y, donne-moi un cachet — et moi, je te donnerai une cachette, si tu veux laisses-y tes secrets, mon amour, je les y garderai, allez, viens, je t'en prie, viens te cacher en moi, viens te confier à moi, les femmes sont des caches au trésor. Mais non. Il m'a donné de quoi disparaître, et je suis tombée dans l'oubli.

— Écoute, je crois que tu as un problème avec ta mère.

Il était déjà en bas, il se faisait un café, un bol à oreilles au nom de Gaston était posé sur la table. Il n'avait même pas tourné la tête en m'entendant entrer.

— Ah ! ça y est, tu remets ça de bon matin. Je n'ai aucun problème avec ma mère, figure-toi…

— Alors pourquoi chaque fois que tu la vois, tu es odieux avec moi après, tu

— Écoute, arrête ! Je ne sais pas si c'est ton ex qui t'a fourré ce genre d'idées dans le crâne, mais c'est n'importe quoi…

Mon bol à moi s'appelait Germaine, comme Mme de Staël.

— Si. Tu lui en veux, et donc tu en veux à toutes les femmes, et tu

— Je n'en veux pas du tout à ma mère — de quoi, d'ailleurs ? C'est avec toi que j'ai un problème, si tu veux savoir. Ma mère n'a rien à voir là-dedans, la pauvre femme.

— Et c'est quoi, le problème, avec moi ?

— C'est que tu parles. Chaque fois que tu ouvres la bouche, je crains le pire, et le pire arrive. Si seulement tu pouvais la fermer une bonne fois.

12 Thermidor

« Mon Dieu, faites qu'elle se taise. »

Il n'y a pas eu de siestes coquines l'après-midi, il n'y a pas eu de petits déjeuners au soleil, il n'y a pas eu de longues promenades dans les bois alentour, il n'y a pas eu de confitures, il n'y a pas eu de visites amoureuses dans les chapelles des environs, il n'y a pas eu de parties de ping-pong, il n'y a pas eu de dîners aux chandelles où on raconte les yeux brillants de doux souvenirs d'enfance, il n'y a pas eu de flambée dans la cheminée, il n'y a pas eu de grenier, il n'y a pas eu de chasse aux araignées, il n'y a pas eu de crêpes rattrapées au petit bonheur la chance, il n'y a pas eu de petit bonheur, ni de grand. On a trouvé la télé sous le napperon en macramé, elle est restée allumée toute la journée comme dans les films allemands des années quatre-vingt, pourquoi avez-vous choisi d'éliminer Daniel ? ben, en fait, j'aime pas sa coupe de cheveux, c'est clair que je trouve ça nul, sa mèche blonde sur le front, pourtant Daniel ne s'est pas trompé une seule fois, il est le seul à avoir répondu à toutes les questions, ouais peut-être, mais moi je suis comme ça, c'est clair, quand quelqu'un ne me revient pas, ça peut pas marcher. Il y avait des couples sur une île, ils hésitaient à rester ensemble, ils étaient tentés de se séparer, c'est clair que je vais le larguer s'il continue à faire tout ce cirque avec Vanessa, il croit peut-être que je ne vois pas son petit jeu de merde, mais moi je suis une princesse, c'est clair, je suis différente des autres, s'il n'est même pas capable de s'en rendre compte, c'est qu'un nul, c'est clair. La lumière du feu de camp illuminait le visage d'Arnaud, qui souriait avec cruauté, par instants, comme le méchant dans une série Z. Quand la nuit tombait, il faisait froid. Arnaud prenait parfois des notes dans un minuscule carnet, l'écriture en était absolument illisible, aucune lettre n'était formée, c'était une ligne à peine ondulée, sans points ni traits ni blancs, comme les petits enfants, vous savez, quand ils font semblant de savoir écrire, « je me comprends », avait-il répondu un jour que je m'ébahissais. À deux siècles de là, éclairé d'une petite chandelle, Benjamin notait dans son journal : « Elle n'est même pas assez intelligente pour m'aimer. »

Le lendemain, il a eu à nouveau très mal aux yeux, il a passé la journée avec un masque comme le bandeau du dieu Amour, mais la ressemblance s'arrêtait là. À 18 heures, nous devions assister à un concert dans une chapelle sur les hauteurs de Vézelay, il a fait non de la tête, j'ai insisté, il a fini par se lever, « tu as raison, pourquoi perdre le prix des billets ? ». C'était les *Leçons de Ténèbres* de Delalande — trois messes correspondant aux trois jours précédant Pâques, aux étapes du chemin de croix. Tous les interprètes étaient en noir à côté d'un candélabre à branches multiples dont ils éteignaient un à un les cierges, les voix très pures montaient dans une obscurité grandissante, et quand la nuit s'est faite sur le calvaire, j'étais seule à trembler de froid, Arnaud n'a pas bougé d'un cil, je percevais son corps de gisant, taillé dans la pierre et fondu au noir, la nuit ne lui enseignait rien, pour les ténèbres il avait des leçons d'avance. Au XVIII$^{e}$ siècle, quelquefois on rallumait un cierge à la fin, pour figurer la résurrection. Ce jour-là, non : nous sommes restés dans la nuit noire. J'étais assise contre la paroi glaciale de la chapelle, je n'avais plus ni mots ni gestes pour plaider ma cause ignorée, je ne savais pas ce que j'avais fait, quelle faute j'avais commise, je ne voyais pas, je n'avais plus mes yeux que pour pleurer, mais son corps figé face au crucifix énonçait un seul verdict : ça ne pardonne pas.

— Tu as faim ? ai-je dit. On pourrait aller dîner. Nous passions devant un joli restaurant de Vézelay, nappes blanches, petits bouquets, souper aux chandelles.

— En tout cas, pas là, a-t-il répondu.

— Bon…

— Roulons un peu, quittons ce trou.

Nous avons repris la voiture, j'ai suivi au hasard la pancarte Nevers. Nous avons parcouru au moins cinquante kilomètres sans un mot, il avait allumé la radio mais le son était mauvais, ça crachotait de la musique romantique, Brahms ou Liszt, il le savait sûrement, je ne le lui ai pas demandé. Nous avons tourné dans Nevers désert, il ne voulait pas manger chinois, japonais encore moins, indien n'en parlons pas, une pizza et puis quoi encore, il était plus de neuf heures et demie, on n'allait bientôt plus nous servir, écoute, on va où tu veux, a-t-il dit.

On s'est garés sur le parking de la gare et on a marché dans l'avenue principale, en face. Au Petit Nivernais, ils nous ont acceptés à condition qu'on prenne le menu. Nous étions les seuls clients à cette heure, les gens que nous avions vus à travers la vitre étaient des cousins du patron, qui n'ont mis que cinq minutes à se désintéresser de nous. Assis l'un en face de l'autre, nous avons attendu le potage maison. Des lampes au néon éclairaient la moquette violette qui couvrait les murs, et creusaient nos visages dans le fond de la glace. Le garçon ne souriait pas, il aurait pu jouer dans *Frankenstein* — un serviteur fidèle. Le restaurant, lui, interprétait du Chabrol — les cousins aussi, et nous.

— Eh bien dis donc, on se croirait dans un film de Chabrol. Le charme de la province, non ?

Il n'a pas répondu. Il n'avait pas touché à son assiette et me regardait manger ma blanquette de veau avec un appétit feint. Je ne croisais pas ses yeux, mais je les sentais poser sur chacune de mes bouchées un regard froid masquant la précision du dégoût — mes mâchoires s'ouvrant sur la viande graisseuse, ma langue. Quand je levais la tête, il baissait la sienne ou souriait dents serrées, comme ces maris dont la femme va mourir le soir même dans un stupide accident et qui, lestés de cette information envahissante, la regardent manger de profundis ses ultimes profiteroles. La femme, quant à elle, a deux possibilités de jeu : soit épouser l'ignorance où elle est de la tragédie en cours, soit tenter intuitivement d'en détourner l'issue par de petites remarques caustiques. L'ironie d'Hélène à certains moments du film est la manière féminine de vivre un désastre, et il faudra que la comédienne, par ses piques et ses rires nerveux, tente périodiquement de dégripper le moteur de l'amour, de mettre du jeu dans le jeu. L'ironie est encore une façon d'espérer, car elle démonte l'illusion qu'est le désespoir lui-même, tandis qu'Arnaud a déjà fait une croix dessus, a déjà mis une croix dessus — ce qu'elle essaie de sauver en s'en moquant, il ne peut pas en rire, c'est déjà mort, pour lui, point de salut, point de résurrection, ça ne reviendra pas.

— J'ai retrouvé à qui tu me fais penser.

Elle finissait son dessert, il l'examinait — œil glacé.

— ?

— À la *Gertrud* de Dreyer. Tu ne connais pas ? C'est son dernier film, tourné peu avant sa mort — le film de trop pour certains, son chef-d'œuvre pour d'autres. Gertrud est une femme qui quitte son mari parce qu'elle le juge trop superficiel et mondain, ensuite elle a un amant qui la trahit et la dénigre, puis un ami fidèle dont elle repousse la tendresse, et à la fin elle reste seule et vieille, elle a les cheveux tout blancs et semble toujours attendre quelqu'un.

— Et je lui ressemble ?

— Il y a des gens qui y voient l'essence du féminin, l'éternel malentendu entre les sexes. Mais moi… Un critique a dit d'elle qu'elle était « la figure de l'intolérance ». Je suis plutôt de cet avis. Une femme jamais contente, pour qui ça n'est jamais ça.

— Je suis très contente, moi. Mes profiteroles sont délicieuses (*et toi, tu es lequel ? L'amant qui me trahis ?*).

— L'actrice a exactement ton port de tête, cette façon de regarder ailleurs quand elle parle, cet air supérieur, ce ton hautain, ce mépris. Manipulatrice, froide. Très protestante, en fin de compte.

— …

— Ou alors, a-t-il dit, ça voudrait dire que tous les hommes sont des minables.

Il n'avait pas bu de vin ni de café, donc, euh, tu veux faire le calcul ? non non, vas-y, je t'en prie, je l'ai regardé, ses doigts qui bougeaient dans l'air, neuf ôtés de onze, la veine bleue qui courait jusqu'au poignet, ses mains sur mes seins, ses mains dans mes cheveux, sept et quatre onze, il comptait pour moi, ses roses rouges, et je retiens un. À quel point il désirait être haï, je ne peux pas le décrire.

Mme du Châtelet eut un enfant à quarante-trois ans, elle mena sa grossesse sous les quolibets du public qui huait cette « mère sénile » et mourut quelques jours après l'accouchement, comme la mère de Benjamin Constant. Autour de son lit de mort, il y avait M. du Châtelet, son mari, Voltaire, son compagnon, et

Saint-Lambert, son amant : un homme pour le nom, un autre pour l'esprit, un troisième pour les sens, et pour le cœur les trois sans doute, car tous trois pleurèrent beaucoup de la voir morte. Peut-être était-ce sa leçon, à son corps défendant : ne pas croire trouver en un seul le désir, le génie, l'affection et la dignité. Mme du Châtelet recommande aux femmes de son temps bien des concessions : à ce prix, dit-elle, « le bonheur n'est pas impossible ». Mais sur un point elle reste inflexible : il ne faut pas tenter de ranimer l'amour éteint. « Il n'y a rien à faire qu'à oublier quelqu'un qui cesse de nous aimer. Je sais que ce secret est difficile à pratiquer, mais il faut suivre cette maxime avec un courage inébranlable, et ne jamais céder sur cela à notre propre cœur. » Pour cela, il est nécessaire de trancher dans le vif : on peut découdre l'amitié, écrit-elle, mais il faut déchirer l'amour.

Nous sommes rentrés à Paris plus morts que vifs. C'est moi qui étais déchirée. J'étais la photo qu'on déchire quand on n'aime plus.

Il faut une scène à Carvin juste avant la maison de Vézelay, oui, vous avez raison. Vous y allez fort, tout d'un coup, c'est comme si vous vous ouvriez à moi, mais pour me faire peur. Que se passe-t-il ? Vous en avez marre qu'Ellénore fasse ses petits tours de piste, vous voulez reprendre les guides ? Si vous croyez me laisser en rade en accélérant ainsi dans un galop sauvage, vous vous trompez : je vous suis. Je ne vais pas vous lâcher maintenant.

Hélène va chercher Arnaud à la gare dans une voiture de location car il arrive de chez ses parents : c'était l'anniversaire de sa mère.

Intérieur jour. La maison des parents d'Arnaud. La mère d'Arnaud est assise à la table de la salle à manger, en robe de chambre, avec son mari et Arnaud. Des cartes sont étalées sur la nappe, ils viennent de finir une partie. Au bout de la table, une robe de chambre neuve dépasse d'un emballage cadeau à moitié ouvert, à côté d'un bolduc doré et de bougies en désordre.

— Et s'il t'arrive quelque chose, qui est-ce qui va nous prévenir ?

— Écoute, qu'est-ce que tu veux qu'il m'arrive ? (Arnaud a un ton morne. Il ne dit jamais « maman », ni à elle, ni d'elle, on doit quelquefois entendre qu'il ne le dit pas, on doit percevoir le trou laissé dans la phrase par ce silence.)

— Je ne sais pas. Rien. Tu peux tomber malade.

Arnaud hésite, puis dit :

— J'ai une amie. Elle vous préviendrait.

— Ah ! Tu as une amie. Bon. Elle te soignera, alors.

— Elle s'appelle comment ? demande le père.

— Hélène.

— Hélène. La belle Hélène, dit le père, content.

— Elle a une petite fille, qui s'appelle Lise.

La mère se rembrunit encore, une tristesse méchante sculpte tous ses traits.

— Ah oui, elle a une petite fille ? Tu n'es pas le premier, donc.

— Mais enfin, Jeanne, ne dis pas ça, on n'est…

— Oui oui, je sais (mains sur les yeux comme à un

souvenir soudain). N'empêche qu'on n'aime qu'une seule fois, ça j'en suis sûre. Le reste, pfft (soupir de mépris). Je remonte, allez, continuez sans moi.

— Eh ! N'oublie pas qu'à cinq heures, on a dit qu'on allait au Bal d'antan.

Elle ne répond rien, elle monte à pas très lents l'escalier.

— T'inquiète pas, elle va venir quand même, dit le père. Elle aimait tellement danser, dans le temps. Et puis c'est son anniversaire, quand même.

Il bat les cartes en regardant ses mains, distribue. On entend grésiller à l'étage, *plaisir d'amour ne dure qu'un moment*, ils jouent en silence, *chagrin d'amour dure toute la vie*.

Plan suivant. Ils sont tous les trois dans un dancing rétro, un thé dansant. Arnaud danse avec sa mère sur la piste. Scène muette, peut-être au ralenti, comme un gros plan temporel. Dans le port de tête de la mère, on doit voir Hélène, par instants, ou dans la ligne de ses sourcils épais. Corps distants, visages qui reflètent chacun la douleur de l'autre, et le mépris de cette douleur — douleur qui est pourtant aussi exactement la même que dans un miroir. Ils bougent lentement sur place, c'est un tango joué à l'accordéon, mais dansé comme un slow, sans rythme.

Le père est assis sur une banquette, il les regarde danser, il se souvient de femmes tournoyantes dans des robes à fleurs, de leurs cheveux défaits, et quand il ferme les yeux, mains sur les cuisses, il se souvient de l'accordéon.

Idéalement, pour respecter l'incohérence de l'histoire, il faudrait, juste après la scène de Vézelay, placer son pendant logique, son reflet inversé. Dans la réalité, il s'est passé plusieurs mois entre les deux scènes, mais comme la mémoire a disparu, le récit n'est plus qu'une suite de convulsions répétées, love, hate, love, hate, alors on peut faire ce qu'on veut, ce sera toujours juste.

Intérieur nuit. L'appartement d'Hélène. Il est une heure du matin.

Ils se disputent, ce peut être pour n'importe quoi, tous les prétextes sont bons, c'est Vézelay trente-sixième version, il y a des semaines que le scénario se limite au proverbe : « Qui veut noyer son chien l'accuse de la rage », en général il joue Qui, elle joue le chien. Indication scénique de Constant : « Scène épouvantable, horrible, insensée ; expressions atroces. Elle est folle ou je suis fou. » Peut-être démarrer à la fin de la dispute, sans en avoir la cause, être d'entrée de jeu dans la tension, comme si c'était leur norme, mais saisie *decrescendo*.

— Je n'en peux plus, je m'en vais. Rends-moi mes clefs.

— Tes clefs ?

— Oui, les clefs de chez moi. Je te les ai données dès le début, moi, tandis que toi…

— Je ne m'en suis jamais servie, de toute façon.

— Justement, rends-les-moi.

Il tend la main en agitant les doigts avec impatience, le geste est vulgaire.

— Et pendant que j'y suis, je vais récupérer tout ce qui est à moi ici, ça vaudra mieux.

Il a déjà son manteau sur le dos, elle est en nuisette. Il fait le tour de l'appartement d'un pas décidé en parcourant les étagères, où il prend deux ou trois livres, la salle de bains (brosse à dents, rasoir jetable qu'il examine puis jette), la commode (un pull noir qu'il a acheté avec elle). Elle est défigurée par le chagrin, elle dit « Arnaud » d'une voix suppliante.

— Ça ne marche pas, c'est tout. Tu me maltraites, tu es impossible.

Elle s'accroche à lui, attends, ne pars pas, essayons encore, soyons doux, soyons tendres, faisons notre possible, ça n'est pas sorcier, viens, serre-moi dans tes bras, faisons l'amour, viens, reste, faisons l'impossible.

Elle le tient par le col de son manteau. Ils sont face à face, tout ensemble impossibles et impuissants. Elle tient à lui, pourtant, à son visage, à son amour. Elle ne peut pas y renoncer. Qu'est-ce qui la retient ? Qu'est-ce qui refuse de céder ? Elle l'ignore. Mais c'est ainsi : à l'impossible elle est tenue.

Il se dégage, va chercher son sac à main, le lui tend :

Mes clefs ! Elle fouille dans son sac, lui rend ses clefs. Il sort en claquant la porte.

Elle reste un long moment prostrée contre le radiateur, on sent le temps passer. Puis d'un seul coup elle accélère tous ses mouvements, s'habille à toute vitesse, attrape son sac, dévale l'escalier, court jusqu'à la station de taxi.

Je ne sais pas ce que j'ai avec les taxis, ce doit être le déguisement de couverture de mon ange gardien. Ainsi, cette nuit-là, je suis sortie près d'un quart d'heure après Arnaud, qui, vu la file de taxis qui stationnaient, avait dû en avoir un tout de suite, et pourtant je suis arrivée chez lui avant lui, ses fenêtres étaient noires, j'avais de la chance, il ne m'aurait peut-être pas ouvert, sinon. J'ai eu le temps d'entrer dans l'immeuble et de me cacher à son étage dans un recoin de la cage d'escalier. Je l'ai entendu monter à pas lents et lourds, j'ai senti passer devant moi son corps accablé. Je l'ai laissé tourner la clef dans la serrure, entrer, et pendant qu'il tâtonnait à la recherche de l'interrupteur, j'ai bondi dans son dos en fermant la porte derrière moi.

La scène sexuelle doit être brutale, rapide, violente, dominée par la peur et la honte de la peur. Il déploie une puissance d'agression inconnue, une force musculaire électrisée par la terreur. Elle le contre et le reçoit, ils mettent leur peur en commun. C'est filmé comme un crime dont chacun serait à la fois l'assassin, la victime et le témoin, chacun fixant ou fuyant, haineux, blessé et terrifié, le visage de l'autre — l'autre dont il faudrait en même temps se débarrasser, se défendre et s'apercevoir, quand on voudrait seulement se perdre, se fondre et s'oublier. Le corps à corps est saccadé, rythmé à coups de couteau jusqu'au râle. Il baise comme on tue, et il jouit comme on meurt.

Ensuite il y a un moment de grâce, quelques heures, un point d'équilibre comparable à ces rémissions qu'on observe juste avant la mort dans les maladies graves. C'est un moment de pur présent, il faudrait faire une seule prise, en respecter le miracle. Il la relève très doucement, très gracieusement, du carrelage où elle tremble de froid et la mène par la main jusqu'au lit où il l'aide à se coucher. Il s'allonge près d'elle, sa main toujours dans la sienne, ils restent un long moment silencieux, et, comme ça, sans raison apparente, il lui parle du cinéma. Il lui dit que quand il était petit, il allait au cinéma avec son père et sa mère, c'était leur seule distraction avec l'accordéon, sa mère surtout adorait le cinéma, elle ne ratait pas un seul film à la salle des fêtes, à l'époque il y en avait une, à Carvin, et sa mère n'était pas encore malade. Il était assis entre eux deux, mais des fois une grande personne s'asseyait devant lui, et alors sa mère le prenait sur ses genoux pour qu'il voie. Mais au fond, il n'a jamais vraiment profité du film, parce qu'à chaque fois, au bout d'un temps assez court, il se demandait quelle heure il était, s'il avait encore du temps, il s'agitait dans les bras de sa mère, elle lui disait « chut ! » à voix basse, il se calmait cinq minutes mais pas son cœur affolé, « dis, maman, est-ce que c'est fini ? dis, est-ce que ça va être fini ? », elle ne répondait pas, il la tirait par la manche, la voix au bord des larmes, « dis, maman, est-ce que c'est la fin ? ».

Elle est silencieuse à côté de lui, elle pleure sans bruit. La voix se tait, la question se pose.

Plus tard dans la nuit, elle dort à moitié, il la réveille de caresses, il l'embrasse, il la lèche, il la suce, il la fait jouir sous sa bouche, son corps est là. Il lui dit qu'il l'aime, qu'il l'aime très fort, elle est la femme de sa vie, depuis le premier jour il sait qu'il l'a trouvée, il sait que c'est elle. Le désir l'irrigue à nouveau, comme le sang revient dans une main morte. Ils refont l'amour doucement, ils ne le feront plus, c'est fini, mais ils ne le savent pas. Ils écoutent du Bach, il lui dit que c'est elle, que c'est son rythme. Qu'au portrait chinois, si elle était une musique, elle serait du Bach : ce passage constant du majeur au mineur, cette façon de vous prendre en joie et de vous lâcher en mélancolie, on dirait une main qui vous serre et qui dans le même mouvement vous abandonne, elle ne laisse pas aux illusions le temps de devenir vraies, on n'a pas le temps d'y croire. Elle l'écoute (*est-ce qu'une illusion peut devenir vraie ?*), elle est sous le joug de sa voix et sidérée par ses paroles : il parle de lui, c'est de lui qu'il parle. Puis il repense à l'enfance, à ses parents, à sa grand-mère, elle lui dit qu'elle aimerait bien voir la fin de la cassette, un jour, il est d'accord, il est heureux. « Je te dis des choses que je n'ai jamais dites à personne », dit-il, mais ce n'est pas comme dans Fritz Lang, le nœud ne se dénoue pas, le secret reste derrière la porte, on n'entend pas ce que c'est, la bande-son confine au murmure, au bruissement d'arbres, à la mélopée, à la musique, si ça se trouve c'est trois fois rien, ou bien le contraire, c'est une chose énorme, un drame affreux, on n'en sait rien, on ne perce pas le secret. Son secret, c'est qu'il a un secret, c'est tout — son secret, c'est qu'il est un secret.

Intérieur nuit. Hélène dans la chambre de Lise. Elle raconte :

« Gerda ne s'était pas résignée au départ de son ami, et elle finit par le retrouver. Il était très malheureux dans le palais de la reine des Glaces, mais comme son cœur était un bloc gelé, il ne le savait pas. Il passait toutes ses journées à tenter d'assembler un puzzle pour obtenir le mot "éternité", mais il n'y arrivait jamais. Gerda fut si émue de revoir son ami dans cet état qu'elle se mit à pleurer à chaudes larmes. Or ses larmes brûlantes firent fondre la glace qui entourait le cœur de Kay. Alors, celui-ci commença à pleurer, et ses larmes entraînèrent hors de son œil l'éclat du miroir diabolique. "Comme tu es belle, et comme je t'aime !" s'écria-t-il en prenant Gerda dans ses bras. Elle se serra tendrement contre lui. [Lise se serre contre sa mère.] Et avant de quitter pour toujours le palais de la Reine des glaces, ils écrivirent le mot "éternité" [Lise et Hélène restent enlacées, les yeux fermés]. »

On s'est réveillés en même temps en se désenlaçant, il m'a fait un petit sourire comme Buster Keaton quand il tire sur ses commissures, et s'est levé. J'ai pris une douche, je me suis habillée. Il avait préparé du thé, mais il n'avait rien à manger, tu veux que j'aille à la boulangerie ? ai-je demandé, non, il faut que je travaille. J'ai pris sur son bureau un livre de moi qui traînait là depuis des semaines, le marque-page toujours à la même place, c'était le bout de feuille déchirée où j'avais écrit mes coordonnées le premier soir, oh ! tu l'as gardé ? Moi aussi !, il m'a enlevé le livre des mains, l'a refermé en soulevant un nuage de poussière, ah ! c'est malin, maintenant tu m'as perdu ma page, il a froissé le papier entre ses doigts et l'a jeté à la corbeille. J'ai bu mon thé et je suis rentrée chez moi. On était revenus au palais des Glaces, on n'en était jamais partis. Il nous manquait toutes les lettres du mot « éternité ».

Après la nuit du secret, Arnaud est tombé dans un marasme affreux. Il avait toujours mal aux yeux, au ventre, au dos ; puis il a eu, par périodes, de l'eczéma entre les doigts, il se tordait les mains en me fixant sans me voir, ou bien il faisait craquer ses jointures comme si ça le démangeait de me mettre son poing sur la figure. Il a supprimé chez lui toute trace de mon existence, photos, objets — un jour, il m'a ramené un échantillon de lait démaquillant presque vide, « tiens, j'ai trouvé ça dans ma salle de bains », je l'ai pris, j'ai dit joyeusement, « ah oui, merci ! » avec effusion, comme s'il venait de me rendre un bijou égaré, je faisais absolument semblant de rien tandis que la douleur me dévorait, « en tout cas, tout va bien pour toi : plus je m'enfonce, mieux tu te portes ! », une autre fois il m'a dit : « Comment tu vois les choses, pour nous ? », j'ai répondu d'une voix de pinson : « Je ne sais pas : si on se mariait ? », mais il était tellement hermétique à moi qu'il l'a pris au premier degré, il s'est enfermé plus encore dans un mutisme hostile. Il ne venait presque plus chez moi, quand il avait ma fille au téléphone il lui parlait comme s'il ne la connaissait pas, et quand je le lui reprochais parce qu'elle me l'avait raconté en pleurant, il s'écriait, blessé : « Ce n'est pas vrai ! Elle ment ! », comme si lui aussi avait neuf ans. Nous sortions encore ensemble puisque je ne comprenais rien, nous allions quelquefois au concert, au théâtre quand j'avais des invitations, ou bien on buvait un verre en chiens de faïence. Plus que l'hostilité, son visage exprimait souvent l'ennui, mais l'ennui dans l'ancien sens du mot, un profond chagrin de vivre, un dégoût. Il nous est arrivé de rencontrer quelqu'un, un de ses amis ou une connaissance, la honte qu'il laissait alors transparaître décomposait ses traits, elle est indescriptible mais on peut la jouer, les acteurs savent ce que c'est, quand on les croise ivres morts un cadavre à la main, serré au goulot, et qu'ils s'excusent en gestes lents de leur décrépitude, il faisait le même geste de chasser tout ça, il était tombé amoureux bien bas et il n'arrivait pas à se relever, il était comptable d'une parole malheureuse dite un jour sans y penser, il ne me présentait jamais, et je restais là, un peu en retrait, aussi désavouée qu'une promesse, indigne, impotente, bonne à rien. Puis nous nous séparions sur le trottoir, « je vais rentrer chez moi, je suis crevé », disait-il, ou bien « je me lève tôt demain », il prenait la peine de justifier sa défection, il avait une espèce de politesse réflexe, bonsoir, rentre bien, passe une bonne nuit, qui me transperçait. Il habitait dans le XXe mais il ne prenait ni métro ni taxi, il rentrait à pied, laissant son corps le débarrasser en chemin d'une angoisse indicible, le décharger d'une pesanteur affreuse que seule je provoquais sans doute, il faisait des kilomètres dans Paris à cette époque, même la journée, il errait sans but, ou s'en fixait un très loin pour marcher jusque-là. Nous nous disions au revoir, il ne savait pas comment je rentrais, il n'y pensait pas, il ne pouvait me retrouver qu'en me quittant, et peut-être chaque pas qui l'éloignait de moi me le ramenait-il, je me le suis dit quelquefois, je l'ai suivi en pensée, la distance nous rapprochait, l'absence nous réunissait, à Bastille il me regrettait, à République je lui manquais, arrivé chez lui il m'aimait, une ou deux fois il m'a appelée pour me le dire, rattraper la soirée gâchée, me rattraper, moi, au bord du vide sur lequel il hésitait encore à se pencher, ça va aller, on va reprendre tout doucement, il parlait de nous comme d'une jambe cassée qu'on rééduque — mais pour cela il lui fallait laisser son corps reprendre pied, se dénouer, dégripper la grande et terrible machinerie, sa mécanique mortelle, s'en réapproprier le contrôle, s'en assurer la maîtrise et la vérifier : il marchait.

Pendant ce temps, et jusqu'à la fin, il a continué à me faire des cadeaux, et à Lise aussi. Pour Noël, je me souviens, il a même passé une journée entière à faire les boutiques, à entrer et à sortir, à se frayer un chemin, j'ai du mal à l'imaginer, et pourtant si, je l'ai imaginé effectuant ses achats de Noël, forçant le passage dans les rues surpeuplées, comme un homme épris dans les films, avec des paquets plein les bras débordant de rubans. Je l'ai imaginé m'achetant des preuves d'amour, payant des gages d'amour aux caisses des magasins, joyeux Noël mon amour, parfums, livres, bijoux, musique, alors que tout était déjà passé, vieux papier peint aux murs de la vie, passé et trépassé, sans couleur, sans saveur, insensible, comme le serait jusqu'à la dérision son dernier cadeau, repéré par lui sur un marché où nous passions, « tiens, tu n'en as pas, je te l'offre », un objet dont j'ignore le nom, ces petites passoires métalliques qu'on met sur le trou des éviers pour éviter que les tuyaux se bouchent, bien utiles à la vérité, mais passons, je l'ai imaginé, tous sens évanouis, tous désirs éteints, marchant dans Paris, s'acquittant d'une dette au temps, entrant chez l'Artisan Parfumeur pour me redonner le premier bouquet de roses, ou son souvenir, je l'ai imaginé retrouvant l'amour dans un flacon, oui, je t'ai imaginé, je t'ai vu respirer l'amour, nous offrir ça, tellement au-dessus de nos moyens, tellement inaccessible, ce luxe plus luxueux que tous les parfums d'Arabie, je t'ai vu, le regard froid, la pensée vide, m'achetant ce que tu ne pouvais pas m'offrir, pas me donner, pas te permettre, m'achetant de quoi masquer l'absence, m'achetant ce présent.

Intérieur nuit. Au théâtre. Jacques et Thomas en Benjamin.

Jacques est sur scène. Forte présence physique, charisme qui semble éteindre le comédien lui-même.

— Le problème que tu as, et je t'accorde qu'il est de

taille, c'est que tu dois représenter l'absence, donner corps à l'in-senti, rendre sensible le spectre. Il ne faut pas que tu incarnes Benjamin, il faut que tu le désincarnes. Tu vois ? Fais appel à ton expérience de mime, travaille une sorte de corps silencieux, de corps impuissant.

— Oui.

Thomas se replace, Jacques redescend dans la salle.

« Est-ce que je m'ennuie ? Est-ce que je m'amuse ? Est-ce que je vis en moi ? »

Le comédien se déplace lentement sur le plateau, comme s'il tâtonnait, comme s'il cherchait dans le noir un point de l'espace qui le rende à lui-même.

« J'étais sensible, quoi qu'on dise. Mais j'ai agi sur moi-même pour ne plus souffrir : je crains tellement la douleur de cœur qu'un sentiment, même heureux, qui peut m'en causer devient pour moi un objet d'alarmes. Ma sensibilité a quelque chose d'hostile. Aussi ma vie est-elle une longue suite d'inconséquences. Ballotté par un orage de pensées contraires, je cherche une direction, je ne sais pas quelle est ma volonté. Je suis saisi tous les matins d'une profonde mélancolie, d'un sentiment d'aversion pour moi-même et pour les autres. Mon caractère est des ténèbres, et personne ne peut me concevoir : on n'est connu jamais que de soi, il y a entre nous et ce qui n'est pas nous une barrière infranchissable. Du reste, les autres ne m'intéressent point. Je les ménage, mais je ne les aime pas. Moi-même, je ne m'intéresse guère.

Je ne suis pas tout à fait un être réel. Je ne souffre ni ne jouis, et je me tâte quelquefois pour savoir si je vis encore. »

Arrêtez, sinon je vais penser que vous êtes bête ! Ou que vous vous vengez de ma vision d'Orphée.

Je me doute bien que vous ne voulez pas faire un film *d'époque*, un film *en costumes* ! Moi non plus, imaginez-vous ! D'autant que ça a déjà été fait. Mais là, il n'y en aura aucun : toutes les scènes avec Benjamin sont des répétitions, les acteurs portent des vêtements ordinaires. Et de toute façon, la mise en scène de Jacques n'est pas une reconstitution historique : il s'inspire de ce qu'il sait, des patients qu'il a eus, de ce que tout le monde peut voir autour de soi, éprouver en soi : que l'amour est impossible, en tout cas difficile et rare — pas les histoires d'amour, qui sont innombrables, mais le sentiment qui leur donne leur nom, le sentiment dans son étendue et sa durée, le sentiment d'amour.

Alors pourquoi Benjamin Constant, me demandez-vous ? Si c'est tellement moderne, tellement actuel, pourquoi aller chercher un homme du XVIIIe siècle, avec la langue et les jabots de son temps ?

Mais parce qu'il est le premier, non pas peut-être à l'avoir dit, mais à l'avoir analysé jusqu'à l'obsession, à en avoir souffert jusqu'au vertige, à l'avoir formulé jusqu'au ressassement : ce drame qu'est l'autre, cette folie qui est la nôtre — le décalage atroce, comme en une langue étrangère, de la demande et de la réponse.

Ne vous arrêtez donc pas au préjugé qui vous ferait croire démodées ces histoires du XVIIIe siècle. Vous ne voulez pas faire un film en costumes ! Mais dans la littérature il n'y a pas de costumes, tout le monde est nu. Dans la littérature, il n'y a pas d'époque, tout a lieu ici et maintenant. Ça se passe entre lui et moi, qu'est-ce que vous croyez ?

Quand je lis : « Personne n'a été plus aimé que moi, plus loué, plus caressé que moi, et jamais homme ne fut moins heureux », la phrase s'enfonce en moi et me blesse à mort. C'est en date de 1805, Benjamin a trente-huit ans, l'âge d'Arnaud. Quand je lis : « Oh ! Que je voudrais croire ce que je ne crois pas ! », je l'entends, je sais que c'est foutu, et ça me tue. Dans la vie vécue, pourtant, aucune femme n'est morte pour lui, aucune de ses maîtresses ne s'est suicidée. Mme de Staël, après lui, a même eu un enfant avec Prosper de Barante, son meilleur ami ! S'il a écrit une fin plus noire que la réalité, si Ellénore meurt dans le roman, c'est qu'il ne confond pas les événements et la vérité : il sait qu'à un moment il les a tuées, qu'il a fait mourir quelque chose en elles, qu'il les a fait mourir en lui. Benjamin Constant est un assassin sans crime. Bien des gens n'ont de vivant que l'apparence, il y a tant de meurtres sans cadavre — les gens meurent sans disparaître, leur mort a lieu de leur vivant et s'y prolonge ni vue ni connue. Benjamin, pour en être un souvent lui-même, connaît et reconnaît ces morts-en-dedans, il sait ce qui les mine et les ronge, les lentes blessures et les coups mortels, il est la plaie et le couteau, il sait ce qui tue — lui, l'autre —, l'affreux et peut-être indescriptible ratage de l'amour. Il montre ce qu'il voit, il le donne à voir : ce qui, venant d'un homme, peut tuer une femme, même lorsqu'elle n'en meurt pas. Mais sa conscience sait aussi qu'on est presque autant détruit de ne pas aimer que de ne pas être aimé. Toute sa mélancolie tient dans cette impossibilité, dans ce clivage mortel. « Oh ! Que je voudrais croire ce que je ne crois pas ! » C'est précisément l'impossible projet de votre film : représenter cette phrase-là, qui correspond aux deux images superposées dont je vous ai parlé au début : croire ce qu'on ne croit pas, éprouver ce qu'on ne ressent pas, aimer ce qu'on hait. Plus concrètement, c'est l'histoire d'un paralytique qui essaie de se lever, un infirme du sentiment qui, dans les premiers instants de la rencontre, soulevé par l'espoir amoureux, s'imagine qu'il va y arriver, qu'il va marcher, que ça va marcher. Filmer l'effort d'aimer, ça pourrait être beau, tant d'énergie déployée pour rien. L'impuissance, c'est aussi le sujet. Il semble me dire : je ne peux pas, j'ai essayé, j'aurais bien voulu, je ne peux pas — l'amour me fait trop mal. Et ça, étrangement, ça me sauve. Il me transmet son impuissance non pas comme une fatalité, mais comme un savoir, il me la donne pour que je la comprenne, que je la transforme, que je la dépasse, il me la donne pour que je la pardonne. En témoignant de son expérience, il me la confie comme un objet qui nous lie désormais. C'est une course de relais, la littérature : quelqu'un vous passe le témoin. Le lecteur est ce coureur immobile, vous le voyez, main tendue derrière lui, concentré, qui attend qu'on lui passe le mot ? Et comme c'est beau, le moment du passage, quand il détale à son tour vers l'avenir, le poing serré sur le passé ! Pour certains, la littérature est un divertissement. Ils se trompent seulement de mot : la littérature est un passe-temps. La mort est à l'œuvre, bien sûr, il s'agit aussi d'un testament — d'ailleurs c'est le même mot : testimoniale, testamentaire, voilà ce qu'est l'œuvre — la trace écrite d'une volonté de transmettre. Et vous voudriez que je refuse le legs ? Que je n'accuse pas réception ? Benjamin mourait en écrivant *Adolphe*, j'en suis sûre, il était plus mort que vif, et j'étais là, déjà, j'étais là, dans mes habits d'aujourd'hui ; à un moment il s'est levé de derrière le bureau où il était assis, il m'a souri, je lui revenais de loin, je lui revenais comme dans un miroir ancien, j'avais une tête qui lui revenait — il m'a dit (et tout de suite j'ai aimé sa voix), il m'a dit : « Je suis destiné à vous éclairer en me consumant. » Entre lui et moi, il n'y a pas une vitre épaisse de deux siècles, mais une fenêtre ouverte par laquelle il me laisse entrer, ou bien ce miroir où nous nous rencontrons, que sa lumière éclaire. Il me laisse pénétrer, lui qui se disait impénétrable. En ne m'aimant pas, il me tuait. En me confiant sa douleur de ne pas m'aimer, il me sauve, c'est de l'amour, soudain, cet aveu, c'est de l'amour pour moi qu'il laisse en partant. Je suis Ellénore, moi lectrice, je suis vivante, et, vivante, je le sauve aussi, lui, de cette faute, de ce défaut — ce défaut d'amour. La littérature est le lieu de l'amour, c'est là que ça se passe quand ça n'arrive pas ailleurs — l'amour n'est peut-être rien d'autre que d'arriver à partager avec quelqu'un son impossibilité. Quel livre aurait dû lire l'Ellénore d'Adolphe pour ne pas mourir ? Pascal ? La Rochefoucauld ? Épictète ? Il doit y avoir un livre qui vous sauve la vie, qui vous sauve la mise, au moins un moment, qui donne un sens à ce qui n'en a pas. Il faut le trouver, il faut le chercher, espérer qu'il a déjà été écrit. Pour moi, à l'époque, ça a été *Adolphe*. Il est là dans mes pages comme je suis dans les siennes. Alors ne me dites pas qu'on n'est plus au XVIIIe siècle. Ne me dites plus jamais ça.

Oui, je suis d'accord. Mais votre message m'a laissée stupéfaite. Un casting ! Je ne croyais pas que les choses étaient si avancées, à vrai dire je n'avais jamais envisagé le concret, la *réalisation* au sens strict. Et nous voilà au pied du mur.

Brun, entre trente-cinq et quarante ans, mais tout dépend de l'actrice principale, en fait. Je vois quelqu'un dans le style de Daniel Auteuil à l'époque où il jouait dans *Un cœur en hiver* — sur le même sujet, au fond, sauf que le film de Sautet n'est pas dialectique, le personnage, si je me souviens bien, est d'emblée et définitivement étranger à l'amour. Mais Auteuil peut avoir presque simultanément ce regard d'enfant ravi et d'astre éteint, l'un perçant l'autre, cette façon de désenchanter le monde en un battement de cils, de tordre le désir, de le mettre à mal.

Pourquoi êtes-vous si discret sur tout ? Je ne sais même pas où vous êtes, si vous serez là, si vous avez trouvé un financement, si vous tournerez en France, où, quand. Vous ne me dites rien. Pourquoi ?

Enfin, n'oubliez pas de me donner l'adresse — pour l'instant, je n'ai que la date et l'heure !

Vous trouvez que je me statufie, que je fais d'Hélène une femme de marbre. C'est sûrement juste, je ne me rends pas compte, sur ce point les apparences sont tellement contre moi ! Mais ne vous inquiétez pas, son corps à elle se déglingue aussi, vous faites bien de me le rappeler.

Arnaud avait toujours plus ou moins mal partout, quand moi-même je me suis mise à saigner. Ça a commencé comme des règles plus abondantes que d'habitude, mais au moment de cesser elles reprenaient de plus belle, je n'avais plus de cycles, ça ne tournait plus rond, la lune m'avait rayée de sa liste, je saignais, je n'arrêtais pas de saigner. Au début, je ne l'ai pas dit à Arnaud parce que j'avais peur qu'il me croie en plein retour d'âge (c'était idiot, il ne sait même pas ce que c'est), incapable d'avoir encore un enfant, incapable d'être aimée, invalide — et surtout, j'avais peur que ce soit vrai. Pourtant, les hémorragies s'aggravant, j'ai dû être hospitalisée. Il m'a dit tout de suite qu'il ne viendrait pas, qu'il ne m'accompagnerait même pas, il ne supportait pas l'hôpital, rien que l'odeur lui en était intolérable, il y était allé si souvent voir sa mère. Mais il penserait à moi, il m'appellerait s'il avait le temps, il me souhaitait bon courage.

J'y ai passé deux jours. C'était la date anniversaire de la mort de Philippe, et j'ai revécu cette journée, les bruits feutrés de la clinique, les murs blancs, le dénuement, la sensation qu'il n'y a plus de chair autour de la vie, qu'on est sur l'os. Le lendemain, le médecin est entré, il s'est assis au bord du lit, il a posé son dossier sur le drap, on a fait tous les examens, on a tout vérifié, vos analyses sont clean, a-t-il dit. Pas de problème hormonal, pas de fibrome, pas de cancer évidemment. Enfin bref, a-t-il conclu : vous n'avez rien.

Alors — peut-être aussi à cause d'une vague ressemblance avec le médecin —, j'ai pensé à un de mes cousins avec qui on s'était enfermés dans les cabinets, Claude et moi, pour échanger nos secrets, autrefois, et qui était ressorti presque aussitôt sans tenir parole, hurlant en traversant l'appartement comme une fusée et ma mémoire comme un météore — il courait en zigzag comme si on le poursuivait avec un grand couteau : « Elles n'ont rien, elles n'ont rien. » Hélène est là, les mains bien à plat sur la couverture, le visage creusé, la tête sur l'oreiller, souriant d'un air fatigué comme une accouchée, pas de bébé en route, pas de livre en cours, pas de message sur son répondeur, le diagnostic est exact : elle n'a rien. Elle est sans voix, sans amour, sans attraits, sans projet, elle n'est plus guère qu'un corps exsangue, un sac de mots, un réservoir à phrases qui dit à sa façon brutale ce que tout explique depuis des mois à sa cervelle absurde et sourde, qu'il va falloir faire sans.

Dans le plan suivant, Jacques vient lui rendre visite. Elle est très faible, il l'aide à se lever pour prendre une douche, elle s'adosse au mur de la salle de bains et l'attire contre elle, elle veut juste l'embrasser pour se sentir vivre mais il prend sa main et la pose sur sa braguette, il démarre au quart de tour. Ils sont ensemble, nus sous le jet d'eau, il y a du sang sur le rideau, ça vous rappelle quelque chose, sauf que l'arme est un sexe triomphant qui rend la vie et la blessure une source vive, elle lui en veut pourtant, elle lui en veut d'y aller en force comme si elle était inaltérable, elle lui en veut de cacher sa peur à lui, sa peur de manquer du corps des femmes, de la cacher sous une telle assurance, une telle puissance, une telle présence, elle lui en veut d'être tellement là, tellement physiquement là, qu'on soit tellement obligé d'éprouver sa vie, d'en tenir compte, d'accepter, de faire avec, qu'on ne puisse pas faire autrement.

(Corbeille)

Je vous hais. Vous êtes pervers comme lui — est-ce un trait distinctif de tous les cinéastes, un gage de qualité : la manipulation comme art suprême de l'illusion ? Je vous raconte tout benoîtement, et vous, vous tirez les ficelles sans le moindre scrupule. « Il n'est de réel que représenté » : ah ! ça vous va bien de citer Guy Debord ! C'est plus *fashion* que Benjamin Constant ! Vous m'avez fait tenir un rôle, hier — vous croyez que je ne le sais pas, vous me prenez pour une imbécile ? Quand je pense que j'ai cru à votre histoire de casting ! Quelle gourde je fais ! Vous n'avez pas besoin de moi pour choisir vos acteurs. Vous vous êtes vengé, c'est tout. Vous savez faire souffrir. Étiez-vous là en personne, derrière le miroir sans tain du studio — est-ce qu'on y tourne des pornos, d'habitude ? Du peep-show ? Étiez-vous là, vous qui êtes censé être si loin, « de l'autre côté des mers », *hotmail.com* ? Étiez-vous là tout yeux, ou bien vous contenterez-vous d'une vidéo pour vous repasser la scène ?

Je suis arrivée à l'heure, vous l'aurez remarqué : c'est important pour le personnage d'Hélène, ce côté bonne élève. On m'a reçue très gracieusement, avec beaucoup de déférence, comme si j'appartenais à la famille d'un défunt, voilà ce que je me suis dit. L'employée des pompes funèbres — pardon, la directrice du casting — m'a installée sur une chaise juste en contrebas de la caméra, à peine décalée de son axe — étais-je bien dans le vôtre, droit dans votre viseur, vous êtes-vous repu des variations de mon visage, de ma détresse ? Mais à ce moment je ne me posais pas encore ces questions, je me croyais libre et importante, j'entendais respirer l'opérateur à deux pas de moi, je sentais s'affairer *l'équipe*, comme vous dites. Tout le monde avait l'air détendu, ce n'était qu'un exercice banal, un casting ordinaire pour un tournage encore lointain.

Le premier comédien est entré. Je savais quelle consigne il avait eue — qu'on lui avait donné à lire la première page de *L'Homme de ma mort*, et qu'il devait la jouer, être le captif soudain d'une apparition, le témoin subjugué d'une révélation. Mais j'ignorais qu'il avait lu aussi la dernière page, et qu'il allait enchaîner ainsi, sans transition, les deux images. J'ignorais qu'il serait remplacé aussitôt par un autre, tout aussi brun, tout aussi beau, qui jouerait à son tour Dr. Jekyll et Mr. Hyde, puis par un autre encore, qui répéterait le motif — une vraie frise grotesque, une chorégraphie sacrilège. À la fin, on se serait cru dans un clip, un gag publicitaire (je ne sais pas ce qu'on vendait : son âme au diable ?). Il y en avait qui ressemblaient terriblement à Arnaud, c'est effrayant, finalement, à quel point il y a peu de visages dans le monde. Je les ai regardés défiler, guirlande clignotante, déesse, déchet, déesse, déchet, je les ai laissés m'envoyer jusqu'à la racine des cheveux l'onde démultipliée du courant alternatif, c'étaient de bons acteurs, la plupart, bien choisis, fins, rodés, qui allaient chercher au fond d'eux-mêmes le souvenir physique du coup de foudre et le sentiment du rien, ils l'avaient vécu, ils connaissaient, ils avaient accès à l'interrupteur qui allume et éteint la lumière en eux, la lampe de leurs yeux, ils jouaient aussi bien l'ébloui de la crèche que le ténébreux du bocal, je ne sais plus quand exactement la nausée m'a saisie, au douze ou treizième peut-être, quand le mécanique a commencé à remplacer le vivant et que j'ai vu le temps en accéléré et que j'ai compris que ça n'avait aucun sens — je m'évertuais à en trouver un, mais il n'y en avait pas, ça n'allait dans aucune direction, ça ne signifiait rien : un pur mouvement répétitif, un cycle de naissance et de mort, sans plus de justification que de naître le 25 octobre 1767 et de mourir le 8 décembre 1830, ou de naître et mourir le 7 février 1994 ou de naître le 15 décembre et de mourir le 16, et de s'appeler Benjamin, Philippe ou Claire : c'est, ce n'est pas. *On*, *off*.

Et puis ce que j'ai vu aussi, c'est qu'on peut tout jouer : tout est jouable, tout est joué. Ah, ça vous fait bicher, vous autres cinéastes, de constater de visu que tout le monde simule. C'est ce qui vous fait jouir : de voir les autres faire semblant, faire comme vous. Les autres n'existent pas, de toute façon : ils ne sont que des écrans où projeter votre désir, puis votre vide. Ça défile : simple changement de « bobine », n'est-ce pas ? Le secret, lui, reste entier. Quand je regarde les films d'Arnaud, maintenant, les scènes érotiques, j'imagine l'envers du décor, ce qu'on ne voit pas derrière l'image : la répétition laborieuse des plans, la remise en place des corps nus, les « coupez ! », les « on la refait », tout ce bricolage de voyeur cynique qui oblige les autres à mimer ce que lui-même n'éprouve plus, et qui tire son plaisir de voir les autres faire semblant d'en avoir. Au fond, ce doit être assez facile, après ça, pour un comédien, de mettre le néant dans ses yeux, d'avoir ce regard vide des acteurs pornos dès que la lumière s'éteint. Était-il vraiment nécessaire que je voie tous ces hommes, leurs yeux comme des portes qui se ferment en enfilade dans les mauvais rêves, que je m'y cogne à nouveau jusqu'à la douleur ? Avez-vous un tel besoin, parmi ces illusions d'équipe, de famille et d'amour que déploie le cinéma et qu'on remballe ensuite jusqu'au prochain tournage, aviez-vous tellement besoin d'une chose vraie ? Est-ce donc si lourd de travailler la mort ? Êtes-vous donc si seul ?

Le casting s'est bien passé. Il y en a deux qui sont nettement sortis du lot, ils viennent tous les deux du théâtre, tant mieux. Peut-être vous a-t-on déjà transmis les images ? Je sais que mon avis vous importait surtout quant au personnage d'Arnaud ; mais pour Hélène, avez-vous une idée ? Quelle scène allez-vous lui faire jouer, pour la choisir ? La même ?

Il faut une actrice qui sache pleurer.

Dernière scène. J'ai réécrit le texte de *L'Homme de ma mort* en fonction de ce que j'ai vu pendant le casting, mais rien de changé sur le fond, c'est le dernier regard.

Intérieur nuit. L'étage du café de la Mairie, un jour creux.

La scène est muette.

Ils sont assis l'un en face de l'autre. Gros plan sur son visage à lui. Le regard doit être l'exact négatif du premier. Il n'exprime donc pas l'indifférence, mais la force destructrice de la haine : « Oh ! Comme je ne te désire pas », voilà ce que disent ses yeux. C'est une passion aussi violente qu'au début, et en un sens, c'est la même.

Les yeux sont obscurs, presque noirs.

Elle, je me demande si c'est la peine qu'on la voie autrement que de dos, dans le miroir derrière elle. Elle est effacée, elle est défaite. On peut montrer seulement ses mains sur la table — leurs mains.

Ce qu'il lui reproche, ce n'est pas d'être laide, d'être bête, d'être grosse, d'être vieille, d'être décevante, d'être gaie, d'être triste, non : ce qu'il lui reproche, c'est d'être. L'existence est son défaut, dont le visage, l'alimentation, la respiration, le langage, le sexe ne sont que les preuves matérielles. Sa vie entière le blesse. Ce défaut ne peut par conséquent pas être corrigé, il peut seulement être affecté du signe moins, pour inverser la formule. Ce que désire Arnaud, en face d'elle, ce n'est pas lui parler, lui expliquer, la regarder, lui faire des reproches. Ce qu'il désire juste, là tout de suite, c'est la retrancher du monde où lui-même voit, vit et pense : c'est la supprimer. Il lui en veut à mort.

Dans le premier plan, il la veut. Dans le dernier, il la veut morte. Si l'acteur est très bon, les deux se mêleront.

À la fin, la lumière s'éteint, bruit du disjoncteur, le garçon croit que l'étage est vide, on reste dans le noir. Le mot FIN.

Pas de musique.

Ou bien elle part, elle le laisse, il reste seul dans le café désert, avec les tasses vides. Il se reflète dans la glace au-dessus de la banquette. On le voit se voir seul, puis c'est filmé depuis le miroir : le tout dernier regard, il l'échange avec lui-même — il ne se juge pas, il ne s'apitoie pas, il se constate.

« *Naguère, j'étais impatienté qu'un œil ami observât mes démarches, que le bonheur d'un autre y fût attaché. Personne maintenant ne les observait ; elles n'intéressaient personne ; nul ne me disputait mon temps ni mes heures. J'étais étranger pour tout le monde.* »

# III

Je ne sais pas si c'est une bonne idée : le dernier regard répond au premier, la boucle est bouclée, pourquoi continuer au-delà ? Si on suit séparément l'un ou l'autre des personnages, si on les revoit séparés, on commence un autre film, enfin, il me semble. Mais sinon, oui, bien sûr que j'ai une autre fin à vous proposer, et même plusieurs, ce n'est pas ce qui manque. D'ailleurs, si vous regardez bien, vous en avez déjà quatre ou cinq à votre disposition. C'est un film sur la fin, je vous l'ai dit dès le début. C'est même son originalité, à mon avis : ça commence, et presque aussitôt ça finit. Une ouverture intense, puis une lente agonie, une fin traînante. Ou plutôt, des fins. Car l'histoire n'en finit pas de finir. On ne meurt pas qu'une fois. Chaque plan est une variation sur la mort, chaque image est en deuil d'elle-même.

Donc, si vous voulez, je vous raconte les autres fins, et vous choisirez. Je veux dire : vous les tournerez toutes, sinon, pas de long métrage ! Mais vous choisirez, parmi elles, la toute fin, la fin des fins, the end. Je ne le ferai pas à votre place, je ne peux pas : pour moi, il n'y a pas de mot de la fin, pas de fin mot de l'histoire — le mystère demeure, à peine exprimé. Pour vous, c'est différent : au cinéma, même chez Hitchcock, à un moment il faut que les *soupçons* s'annulent ou se confirment, qu'un sens soit dévoilé, qu'on comprenne, qu'on sache. Alors vous choisirez, comment dire : la mort de la fin.

Il y a le voyage à Casablanca, par exemple. Ça pourrait finir là, dans le blanc cassé de la ville : quelque chose s'y est achevé, c'est certain, ou bien est-ce moi que ce voyage a achevée ? Dans tous les cas, c'est une ville intéressante pour un cinéaste, non ? Les beaux immeubles mêlés à la crasse, l'amour et la haine qu'ils ont pour nous, là-bas, et pour eux-mêmes.

Ce séjour était programmé de longue date. J'étais invitée par le Centre culturel français pour une lecture autour de mon dernier livre. Initialement, Arnaud devait m'accompagner, nous avions même prévu d'emporter une caméra vidéo afin de filmer la ville où j'avais vécu vingt ans plus tôt, et où je n'étais encore jamais retournée ; mais quand le départ s'est précisé, il n'était plus question qu'il vienne avec moi, le café de la Mairie a été notre terminal.

Je croyais que ce retour me laisserait indifférente. J'ai toujours pensé que les lieux ne contiennent que la douleur qu'on y apporte, laquelle serait donc partout la même. C'était sans compter la douleur qu'on y laisse, et qu'on retrouve alors plus violente, comme un enfant après une absence.

J'ai habité trois ans à Casablanca. J'avais vingt-trois ans à mon arrivée, je venais de me marier. On se prenait pour Humphrey Bogart et Ingrid Bergman, mon mari et moi : il trouvait que j'avais les mêmes joues qu'elle, et lui portait volontiers le chapeau sur l'œil. « Je me présente, disait-il d'une voix de basse en me tendant la main : *un vrai beau gars.* » C'est à Casablanca que j'ai commencé à écrire — avec lui d'abord, ensuite pour lui. Je lui lisais tout, on en parlait pendant des heures, enlacés, on se racontait des histoires, j'écrivais pour qu'il m'aime. Et vingt ans après, j'y revenais seule, ayant gagné le procès qu'il m'avait intenté pour atteinte à sa vie privée dans mon dernier roman. Je débarquais maintenant sans lui dans notre commune jeunesse. Il aurait bien aimé que je cesse d'écrire, il en avait assez, ça faisait trop d'histoires. Il serait content, je me disais, il serait content de savoir que les mots m'ont quittée.

Comme j'avais l'après-midi libre, j'ai voulu revoir la maison où nous avions vécu. J'ai pris un taxi et je lui ai demandé de me conduire jusqu'au boulevard Moulay Youssef. Il fallait traverser presque toute la ville. Le chauffeur avait mis la radio, je regardais les plaques des rues, les pancartes routières, les panneaux publicitaires, je m'imbibais de noms plus encore que d'images, Ben Saïd, Oulmès, Tahiti-Plage, Miami Beach, le Cabestan, la Mer, Oliveri, ma Bretagne, la corniche, Kemissa, Kenitra, le Dawliz, le CCF, la FOL, le CAF, la Criée, le port, la route de Mohammedia, la place des Nations unies, le Hyatt Regency, le marché central, les Habbous, la grande mosquée, Aïn Diab, Aïn Sebaa, rue Ibn Toumert, boulevard Moulay Abdallah, Anfa, l'Oasis, le phare d'El Hank, ça me revenait, j'avais des souvenirs de mots, à part Quick et McDo, ils n'avaient pas changé. Le taxi a remonté lentement le boulevard, j'ai reconnu le carrefour où j'attendais le bus, la boulangerie, la poste. C'étaient les mêmes filles en blouses roses qui sortaient de l'école, et les mêmes immeubles étaient toujours en chantier, faute d'argent pour les terminer, les poutres neuves avaient seulement rouillé par endroits, la mer n'était pas loin. Arrivée au 98, pourtant, je n'ai pas retrouvé la maison, ni le petit jardin, ni le palmier : il y avait à la place un café moderne, avec une enseigne à néon bleu Bagdad Café. Rien n'avait bougé sur des kilomètres, sauf là — cette maison-là. Elle avait disparu, remplacée par un titre de film. « Tu es née ici ? » a dit le chauffeur. Je suis remontée dans la voiture, on roulait plus vite maintenant, la ville était emportée dans le mouvement, elle se rembobinait dans le soir tombant. J'étais assise dans ce taxi, les yeux fixés sur l'écran de la vitre, comme dans une salle obscure où on regarde avec passion des choses qui ne sont pas là. Je n'étais pas Ingrid Bergman, et le chauffeur n'était pas précisément un vrai beau gars. Mon passé ? Un nom de film dans un nom de film. Casablanca n'était rien d'autre que le cinéma qu'on s'était fait.

L'attaché culturel m'a présentée chaleureusement au public — nous fait l'honneur et le plaisir de revenir dans cette ville où elle a vécu, comme le savent ses fidèles lecteurs, et enseigné au lycée Chawqui, tout à côté, c'était il y a — il s'est tourné vers moi — vingt ans, c'est bien ça, vingt ans et des poussières ? — oui, ai-je dit, il a enchaîné, j'ai mis les mains sur mes yeux pour faire le noir une seconde, y puiser de quoi faire le vide, me mettre en pilotage automatique, oui ça faisait vingt ans et des poussières — surtout des poussières. J'ai commencé à parler, j'ai raconté comment j'écrivais mes livres, j'ai expliqué en quoi consistait le dernier, *Encore et toujours*, « en fait il s'agit d'une sorte d'essai libre sur le thème de la répétition, j'étudie ce qui me fascine dans la reprise du motif en poésie ou en musique, dans le refrain ou la variation, la rime ou le rythme, le plaisir dont j'attends le retour. Mais en même temps, la répétition dans la vie a quelque chose de profondément mortifère : Freud en fait la base de la pulsion de mort, de la névrose. J'ai commencé à m'intéresser à cette question quand j'ai perdu mon fils Philippe, parce que ma mère a elle-même perdu un enfant, une petite fille nommée Claire, presque dans les mêmes conditions, quand j'avais un an. Je me suis dit que cette répétition ne pouvait être entièrement due au hasard, et ». À cet instant, j'ai éprouvé de nouveau la souffrance que le début de l'exposé avait allégée, parce que les phrases que je prononçais, je me souvenais les avoir dites à Arnaud au Café Français, la première fois, je moulinais des mots creux, je tournais à vide. Puis j'ai répondu aux questions, les gens voulaient savoir si j'aimais toujours le Maroc et si j'avais eu d'autres enfants après la mort de Philippe, ils voulaient aussi savoir si je croyais à l'amour — on n'avait pas l'impression, à me lire. À la fin, il y avait un petit cocktail, j'ai continué à discuter, un gobelet de vin à la main, un jeune homme m'a demandé mon adresse, il avait envie de me lire, et de pouvoir m'écrire ensuite, il a déchiré en deux un petit bout de feuille. Alors des centaines d'aiguilles se sont enfoncées dans ma poitrine et ont dessiné le visage d'Arnaud, ce n'était pas une douleur atroce mais lancinante, les aiguilles pénétraient lentement, avec une régularité méthodique, on avait le temps de souffrir et de s'habituer. Le jeune homme parlait toujours, inconscient de l'opération qui s'effectuait en sa présence et que j'avais reconnue — ce tracé intime et minutieux, plus durable qu'une impression rétinienne, plus net qu'un souvenir, cette médaille ciselée par le désir et martelée par le regret que j'allais désormais porter toujours, à côté de mon petit camée secret, ce dessin que gravent en nous les corps perdus, qui ne s'imprime ni dans les yeux ni dans la mémoire, mais — tatouage énigmatique, Arnaud, Philippe — dans la peau.

J'avais remarqué pendant le débat une femme entièrement voilée, assise au fond, muette, ce qui m'avait étonnée parce que le Centre culturel français n'était fréquenté autrefois que par des étudiants progressistes et des bourgeois éclairés. Au moment où j'allais partir, elle s'est approchée de moi et m'a dit bonjour madame en m'appelant par le nom de mon mari, j'ai souri, ses yeux étaient vieux mais sa voix très jeune, vous êtes une ancienne élève ? Oui. Je suis Kenza — tu ne te rappelles pas ? Celle qui voulait toujours t'embrasser… Oui, je me souvenais, en fait je ne me souvenais pas d'elle précisément mais de toute la classe, parce que ça n'arrive jamais d'être aimée par une classe entière, sauf cette année-là — au lycée de jeunes filles du boulevard Zerktouni, dans cette classe de première dont toutes les élèves m'accueillaient par des cris de joie dès qu'elles m'apercevaient du fond du couloir, et rivalisaient de charme pour me conquérir comme un homme — la joie qu'elles montraient de me voir là pour elles, venue de France avec ma langue qu'elles voulaient apprendre et mes cheveux qu'elles voulaient toucher, comment l'aurais-je oubliée, comment l'avais-je oubliée ? Ma sœur travaille ici, à la cafétéria, je t'ai reconnue sur l'affiche en venant la chercher l'autre jour, elle t'invite à manger, sa maison n'est pas loin. Non non merci, tu es gentille mais je dois rentrer à l'hôtel maintenant, je suis contente de t'avoir revue, dis bonjour à tes camar — je disais n'importe quoi, elle avait au moins trente-cinq ans, j'avançais vers la porte en enfilant mon manteau, elle devait être mariée à un intégriste, je t'en prie, a-t-elle dit. Je ne sais pas pourquoi, j'ai entendu sa voix comme on s'aperçoit dans un miroir, alors j'ai dit d'accord, mais pas longtemps.

C'étaient deux pièces sans rien dedans, avec une théière sur un kanoun et des banquettes pour dormir. Sa sœur était timide et semblait épuisée, elle avait un petit garçon de trois ans qui avait l'air hyperactif, il n'y avait pas trace d'homme. Kenza m'a dit : pardon, elle a ôté son voile et je me suis mise à pleurer.

Son frère avait promis d'épouser une fille, et puis il avait changé d'avis, alors le frère de cette fille, pour se venger de lui, l'avait vitriolée elle, en pleine rue, elle ne l'avait jamais vu avant. Elle n'entendait plus de l'oreille droite, et elle n'avait pas trouvé de mari, évidemment, mais sinon ça allait. On a bu le thé, on a parlé du lycée. Le petit garçon s'appelait Omar, il portait une salopette bleue et des chaussures neuves qui crissaient, il courait dans tous les sens en criant, et toutes les cinq minutes il s'arrêtait devant sa mère, écartait son vêtement avec un geste d'homme qui ouvre un frigo, en sortait un sein et le tétait d'autorité pendant cinq secondes. La sœur a croisé mon regard, ça ne coûte pas cher, m'a-t-elle dit, j'ai pensé que si, qu'à la fin ça coûte très cher, qu'à la fin on paie. Je me suis levée, on s'est embrassées, on s'est dit adieu comme si dieu existait.

À l'hôtel, les lampes étaient allumées dans ma chambre, on m'avait fait porter les restes des petits fours du cocktail. J'étais au huitième étage d'une grande tour moderne, parmi le bruit d'une ville énorme et sans secours qui priait dans des haut-parleurs. J'ai allumé la télévision, sur la chaîne internationale on parlait du Rwanda. Un homme s'expliquait devant le tribunal Gacaca, il était habillé en rose layette, il avait tué son frère, je reconnais avoir tué mon frère, disait-il, avec un gourdin. Il était déjà par terre, mais il respirait encore. Pourquoi l'as-tu tué ? On m'a dit : tue ton frère. Mais ton frère était tutsi comme toi. Tu devais mourir comme lui… Oui, mais ils m'ont dit : il faut tuer ton frère. Qui, ils ? Les autres. Une femme était là, elle avait perdu deux cent soixante-quatorze membres de sa famille entre avril et juin 1994. Au Rwanda, quand on se rencontre, on ne se dit pas « bonjour », mais « muraho ? » — vous vivez ? Un jeune homme plaidait coupable, on était trois, on sortait du café, on cherchait des bananes, on est allés chez Anna, on l'a tuée comme ça, quand on tue, c'est irrémédiable, quelque chose est perdu pour la vie, deux de ses sœurs et un cousin faisaient partie du jury, le président du tribunal était son frère, précisait une voix *off*, il demandait pardon aux familles, à l'État, aux Rwandais, il avait l'air embêté, on le libérait, il allait voir les autres inculpés qui devaient passer en procès eux aussi, ne mens pas, disait-il, dis que oui, tu as volé le manioc, les gens t'ont vu de toute façon, mais que le propriétaire était déjà mort, surtout n'oublie pas, tu dis bien qu'il était déjà mort, les autres répétaient, alors je dis qu'il était déjà mort. Les enfants Ngarambe avaient été retrouvés avec des couteaux enfoncés dans le crâne, le vieux Gahutu n'avait absolument rien à voir avec tout ça, il était juste sorti de chez lui avec un balai pour chasser un serpent, on t'a vu, disait le président, des témoins t'ont vu collaborer à plusieurs attaques, et même on t'a vu tirer des flèches sur des cadavres, le vieux avait le regard buté dans sa chemise rose bonbon, le déni et le défi lui mangeaient les yeux, l'amnésie et l'ignominie étaient indécidables, il n'avait rien fait. Une femme témoignait, elle avait tué à coups de machette les trois enfants de sa voisine, elle ne se souvenait plus comment elle avait fait, elle les aimait bien, ils venaient souvent la voir, elle avait eu peur, simplement, pourquoi elle ne les avait pas plutôt cachés, elle ne savait pas, elle se tenait un peu voûtée, les mains ballantes, face à la caméra, elle avait un vêtement bleu et une figure humaine, non, elle ne pouvait pas dire pourquoi.

Oui, nous nous sommes revus. C'était seulement deux ou trois semaines après la rupture. Il m'a appelée pour savoir comment j'allais, et Lise. Je lui ai dit qu'elle l'avait réclamé plusieurs fois, que peut-être il devrait lui envoyer un mot pour lui expliquer, il a dit qu'il le ferait. Il avait une voix qu'on pourrait, comparée à celle dont mon répondeur a conservé la trace, qualifier de guillerette. Il a dit que je lui manquais, qu'il voulait qu'on se revoie, qu'on ne reste pas « fâchés » car, a-t-il ajouté, « je t'aime beaucoup ». Il me parlait avec une gentillesse excessive, une affection condescendante, il ne m'aimait plus et compatissait à mon terrible deuil, au cruel échec de toutes mes espérances, il m'assurait de son soutien dans le drame affreux qui me frappait, il serait présent pour m'aider à supporter son absence, il voulait me consoler de sa perte, on pourrait prendre un café demain, si tu te sens le courage, ça me ferait plaisir. J'ai dit oui parce que je n'ai pas réussi à dire non.

Il était habillé avec soin et parfumé de frais, il m'a accueillie en me tapotant l'épaule dans le café anonyme où nous avions rendez-vous. Son regard avait retrouvé de la vivacité et se promenait avec aisance sur les gens et les choses. Il avait beaucoup pensé à moi ces quinze pénibles derniers jours, et il espérait que nous allions parvenir à construire quelque chose ensemble. — Quoi, par exemple ? ai-je demandé. — Je ne sais pas..., une amitié amoureuse. — Qui consisterait en quoi ? — Je ne sais pas, a-t-il dit avec un sourire paternel et patient, on va trouver. Se téléphoner, rester en contact... — Faire l'amour... J'étais si humiliée que l'ironie restait ma seule arme. Le petit médaillon casablancais me déchirait la poitrine, cilice. Il s'est reculé sur son dossier, non, en fait ce que je voudrais, c'est que tu sois ma sœur. Ta bonne sœur, ai-je pensé, mais je ne l'ai pas dit, pas de mots, surtout pas de mots sur le vide qui me donnait le vertige au bord du gouffre où il voulait me pousser. Tu l'as bien cherché, pensais-je : pourquoi es-tu revenue sur les lieux du crime ?

Il faudra qu'un jour je me demande sérieusement pourquoi dans ma vie, plusieurs fois, des hommes m'ont demandé d'être leur sœur, et pourquoi je l'ai toujours si mal pris. Le fait est que j'éprouve ce souhait comme meurtrier : il s'agit d'effacer en moi ce qui me constitue face à eux, c'est-à-dire mon sexe étranger, pour supprimer en eux le désir et la peur, ces deux étreintes, et faire de moi un être indésirable et familier, un corps idéal puisque impossible, une femme sans sexe, sans formes, sans chair, me dépouiller de tous mes sens, me rendre à la fois insensible et insignifiante, littéralement *neutralisée* — une bonne sœur ou une sœur musulmane, voilée, sage comme une image, indifférente à eux, une nonne avec qui deviser un moment dans le cloître avant de retourner dehors chercher en vain une femme valide, une femme légitime — une femme possible.

— Tu sais, a-t-il dit avec le même sourire de consolation, j'ai relu mon journal, et je me suis rendu compte que j'avais été heureux, au début.

Je n'ai pas répondu, j'aurais préféré qu'il s'en souvienne.

Nous nous sommes quittés assez vite. « Je serai toujours là pour toi au téléphone », m'a-t-il dit d'un air de pitié en prenant la serveuse à témoin. *Long distance call*, ai-je pensé. Et je suis allée m'acheter son parfum. Je n'aurai pas trop de toute la mort pour me passer des corps.

J'ai lu chez Jacques, l'autre jour, un article effrayant. Le titre était : « En transit ». L'épigraphe citait Hegel : « Toute conscience désire la mort de l'autre. » L'auteur — un psychanalyste — comparait certaines passions amoureuses au processus alimentaire. C'était assez jargonneux, je n'ai pas tout compris, il était question de stade oral et sadico-anal, de cannibalisme et de mélancolie, mais en gros il développait l'idée suivante : l'objet d'amour, au début, est un fruit, un mets appétissant qu'on savoure et dont on se régale : on le mange des yeux, on boit ses paroles, on le goûte. Puis s'amorce l'opération de digestion, par laquelle l'objet aimé, soumis à la dévoration, est peu à peu dissous et décomposé, réduit à une bouillie dont le corps se nourrit un moment, mais dont il doit absolument se débarrasser dans un délai raisonnable, faute de quoi il tomberait lui-même malade. L'expulsion est donc inévitable et souhaitée comme un soulagement, on rejette l'objet devenu inutile et méprisable, et l'on part en quête d'un autre fruit, car on veut continuer à vivre. « Ce processus, écrit à peu près l'auteur, peut être confronté, dans nos sociétés modernes, au besoin effréné de consommation. La péremption est si rapide que chacun s'y trouve constamment menacé de devenir un déchet. On constate une évidente *fécalisation* du monde : jouir et jeter se succèdent à un rythme de plus en plus effréné. »

J'ai pensé que ces deux verbes pourraient servir de légende à mes deux photos fantômes : Jouir — Jeter. Ce qu'il y dévore des yeux, ce qui lui sort par les yeux : Déesse — Déchet. C'est comme si nous voulions prendre de vitesse le mécanisme même de la vie, avaler le monde en rejetant beaucoup de déchets avant d'en devenir un nous-mêmes, d'être nous-mêmes expulsés de l'existence et digérés par la terre, consommés, consumés. Je me souviens pourquoi j'avais envie que la scène du cimetière se passe à Sète : à cause des vers de Valéry dans *Le Cimetière marin* :

*Comme le fruit se fond en jouissance*
*Comme en délice il change son absence*
*Dans une bouche où sa forme se meurt*
*Je hume ici ma future fumée*
*Et le ciel chante à l'âme consumée*
*Le changement des rives en rumeur*

C'est tout de même plus beau que la « fécalisation », n'est-ce pas ? La différence essentielle entre le poète et le psychanalyste, c'est que pour le premier la mort est naturelle, soumise au mouvement éternel du temps, tandis que pour le second, elle est imposée et accélérée par autrui. Pour le premier, nous mourons. Pour le second, on nous tue — la mort, c'est l'autre.

Pourquoi est-ce que vous voulez que ça finisse bien ?! C'est la meilleure, celle-là ! Vous pointez à Hollywood, maintenant ? Vous fabriquez les vessies qui seront nos lanternes ? Le canevas s'appelle *L'Homme de ma mort*, je vous rappelle.

Qu'est-ce que vous voulez ? Qu'ils se retrouvent des mois ou des années après, qu'ils fassent le point, qu'ils s'avouent s'aimer encore ? Ou bien elle est dans un café, un soir, à la Bastille, ou elle dîne dans un restaurant italien avec sa mère, sa fille, et le garçon lui apporte un petit mot avec un numéro de portable, c'est un homme qui est tombé amoureux d'elle, il était sur le côté, il a flashé sur son profil, elle l'appelle, elle le rencontre, il est jeune, il est beau, splendide, doux, tendre, drôle, le courant passe immédiatement, ils font l'amour comme des dieux, c'est l'homme de sa vie ?

Que le film reste ouvert ? Alors qu'il est construit sur le moule de l'histoire elle-même, en entonnoir ! Alors que tout se réduit inexorablement, qu'il y a de moins en moins de lumière, de moins en moins d'air, que les personnages sont enterrés vivants dans l'amour ! Alors que la focale se rétrécit jusqu'à la pointe d'un cône aveuglant qui perce l'œil, qui fait le noir ! Vous voulez ouvrir un horizon là où le ciel est d'encre ? Mais qui sera le hunier ? À qui allez-vous faire crier « Terre ! » ?

À Jacques. À l'œuvre d'art. À la vie, dites-vous. Si si, je suis d'accord : Jacques peut tout à fait fermer le ban en ouvrant l'horizon. C'est même son rôle, à dire vrai, sa fonction, son métier. D'ailleurs, il est négligé, dans le film, presque sacrifié. Je ne lui rends pas assez justice.

Et puis vous avez raison : dans la vraie vie de Constant, aucune femme n'est morte. Mme de Staël a écrit des livres, lui aussi. C'est ça, la vraie fin : ils se quittent et ils racontent l'histoire. Hélène fait un roman, Arnaud tourne un film, the show must go on. Chacun à leur manière, ils tournent la page. Ou bien le contraire, tiens, pourquoi pas : Hélène écrirait un scénario et Arnaud publierait ses carnets intimes.

Mais c'est la construction qui est bancale, non ? On finirait sur autre chose que le visage fermé d'Arnaud, on éclairerait tout, d'un coup de projecteur on remettrait du soleil ?

Sortir de la tombe. Ressusciter *in fine*. Ce serait le plan. Je vois le topo : on développe le négatif. On po-si-tive. On su-blime.

Bon. Si vous y tenez. Voyons voir.

Extérieur jour. Boulevard Arago. Il a plu, le bitume est tout luisant, beaux reflets d'argent dans les flaques, ciel blanc.

Hélène marche sur le trottoir, tête baissée. Elle pleure et ne retient pas ses larmes, qui coulent comme de la pluie, ses cheveux sont collés à son visage. On aura pu la voir, le plan d'avant, se repassant sa ritournelle dans des sanglots convulsifs, *quand d'un petit baiser tu ne veux m'apaiser*, ou respirant le parfum d'Arnaud à même le flacon comme une alcoolique, ou regardant à la télé, abrutie de chagrin, une émission d'Hubert Reeves sur l'univers. Signes prodigues d'une passion qui ne passe pas, qui s'entretient, qui dévore les forces ou les consacre tout entières à l'inertie du désespoir. C'est l'automne, par terre il y a des feuilles molles et détrempées, on voit que deux saisons se sont écoulées depuis leur rupture, ou bien on le lit sur un cartouche : Six mois plus tard.

J'étais sortie dans l'idée d'aller voir Jacques, de prendre un thé avec lui entre deux séances ou de rester dans sa salle d'attente, ou bien j'étais sortie pour marcher, simplement, comme Arnaud, pour sentir mon corps marcher. L'angoisse était si grande qu'elle m'empêchait de penser, je me disais que mettre un pied devant l'autre remettrait peut-être aussi mon esprit en marche, mais la douleur faisait le vide dans ma tête, de grosses roches compactes occupaient ma poitrine, pesant sur mes poumons, me nouant le ventre comme si j'avais mangé des pierres — toute la collection de Lise. Le boulevard était presque désert, quelques passants se dispersaient sous des parapluies. Je marchais dans un univers en expansion, dont les galaxies s'éloignaient les unes des autres jusqu'à se perdre de vue pour des millions d'années, certaines étaient mortes depuis des siècles et l'on n'en savait rien. Sur plusieurs arbres du boulevard, il y avait une petite pancarte fixée au tronc par un fil de fer : Attention, danger. Cet arbre va être abattu. C'étaient de grands et vieux marronniers comme il y en avait dans la cour de l'école, autrefois, on prenait les feuilles et on les dépeçait délicatement pour n'en garder que les nervures — un squelette de feuille. Qu'allaient-ils mettre à la place, comment allaient-ils combler le vide ? Je marchais dans l'allée, et j'arrivais en vue des murs de la Santé, quand j'ai entendu une voix crier. Je ne comprenais pas ce qu'elle disait, j'étais encore trop loin. Il devait s'agir d'un prisonnier communiquant avec quelqu'un de l'extérieur, j'avais vu plusieurs fois, passant par là, des gens tête levée en direction de la façade, hommes ou femmes criant je t'aime ou maman va bien, à l'occasion vous devriez filmer cette scène, elle est belle et émouvante, avec un rien d'irréel aussi, on dirait des cris perdus dans la tempête, un naufrage. Mais en approchant, j'ai vu qu'il n'y avait absolument personne sur les trottoirs autour des murailles. La voix venait de la prison, pourtant, sans qu'on puisse savoir de derrière quels barreaux elle s'échappait. C'était une voix jeune et enjouée, pas du tout la voix d'un homme enfermé dans son malheur ou coffré dans sa folie, non, une voix d'homme gai, joueuse et claire, qui se libérait dans l'air gris en y dessinant son corps — une voix joyeuse et sensuelle, une voix puissante.

Ce que dit cette voix n'est pas encore tout à fait distinct quand on s'aperçoit, cessant de suivre Hélène de trois quarts dos marchant le long de la Santé parmi les arbres à abattre, quand on s'aperçoit, par un plan serré sur son visage défait de larmes qui d'un coup se met à sourire comme une fleur qui s'ouvre en accéléré dans un documentaire scientifique, quand on s'aperçoit que ce n'est pas Hélène mais une femme qui lui ressemble — les sourcils épais, le port de tête, la couleur des cheveux —, une femme plus jeune qui sourit à travers ses larmes, elle avance maintenant face à une caméra qui recule à mesure sur des rails, Arnaud est posté à l'angle de l'impasse qui mène au parloir, on voit son visage grave et beau, creusé, tendu, une voiture passe dans un bruit de flaque, coupez, dit-il, coupez. L'actrice cesse de sourire, toute l'équipe se remet en branle, ça traverse le champ de droite et de gauche, ça se prend la tête dans les mains, ça se penche sur l'œilleton, ça boit un café, ça enlève le rimmel qui a coulé sur la joue, ça discute, ça hésite, on la refait, dit Arnaud.

Son visage défait de larmes d'un coup s'est ouvert, elle a levé la tête vers le mur, l'homme était toujours invisible mais sa voix lui parvenait maintenant bien distincte, elle a ralenti parce qu'elle voulait l'entendre encore, elle a fermé les yeux pour mieux voir au-dedans, nuit américaine, « taxi ! criait-il de sa voix claire et chaude, taxi ! taxi ! ».

Intérieur jour. Une chambre d'hôtel avec vue sur la plage — c'est la plage où Tati a tourné *Les Vacances de M. Hulot*. Il fait beau. À l'extrême gauche du cadre de la fenêtre, la statue dégingandée du héros avec son petit chapeau.

Hélène est assise à un petit bureau de style Empire, elle écrit à la main sur une feuille, une voix *off* — sa voix — dit les phrases qu'elle relit maintenant, concentrée, ou bien on les voit tracées sur le papier : « taxi ! criait-il de sa voix claire et chaude, taxi ! taxi ! ». Pour une fois, elle a l'air satisfaite, elle aime cette métaphore de l'écriture : la liberté, ce n'est pas d'être dans un taxi, c'est de l'appeler. La liberté, c'est le mot « taxi ».

Jacques est allongé sur le lit derrière elle, il lit *Le Cahier rouge* en prenant des notes au crayon. Hélène le rejoint, se couche sur lui de tout son long, on dirait que vous allez mieux, dit-il. Vous êtes contente ? Vous vous y êtes remise ? Elle fait mmm dans son cou. Est-ce que vous me trouvez impossible ? dit-elle. Il lui caresse le dos, les fesses. Non, je vous trouve tout à fait possible. Et même souhaitable. Ils rient. Vous avez fini ? Alors je suis d'avis d'aller prendre un verre pendant qu'il fait encore soleil.

Extérieur jour, la terrasse de l'hôtel, qui donne sur la mer. Les mêmes. Une bouteille de blanc entamée. Des olives, des cacahouètes.

— Mais vous, vous savez pourquoi ça ne marche pas, l'amour ?

Jacques a allumé sa cigarette avec le mégot de la précédente, comme il fait souvent. On l'aura vu, le plan d'avant, sous prétexte d'aller au tabac du coin, parler brièvement dans son mobile, colloque chiant, collègues parano, comment va le petit ?

— Ah ! non, ne me rendez pas triste alors que je suis si bien !

— Non, je veux dire : pas nous. Mais en général… Vous n'en voyez pas tous les jours, vous, des Benjamins inconstants ?

— Et des benjamines…

— Oui ?

Il a expiré lentement une fumée claire, seul nuage dans le ciel. Il s'était installé à sa droite, pour qu'elle ne voie pas sa tache de naissance.

— Vous savez ce que racontait Lacan, à la fin de sa vie, quand il était en confiance avec ses amis — sa vision de l'amour ? « Elle et lui ont rendez-vous au bal masqué de l'Opéra. Ils doivent se retrouver à minuit pile sous l'horloge du foyer. Au douzième coup, elle enlève son masque : ô surprise, ce n'est pas elle ! Il enlève à son tour son masque : ô stupeur, ce n'est pas lui non plus ! »

Elle avance et rétracte les lèvres sans émettre un seul son. Effet de poisson. Son visage se rembrunit dans le contre-jour, sfumato.

— Les rendez-vous sont toujours manqués, c'est ça que ça veut dire ? Il n'y a pas de vraie rencontre, alors ? C'est une illusion, un jeu de masques… Il n'y a personne, alors, dans l'amour ?

— Oui. Enfin, non : plus exactement, il n'y a que personne — persona.

— *Persona*… Bergman…

Jacques m'a regardée en coin, depuis Arnaud il déteste parler de cinéma. J'ai continué. Le chien battu de mon angoisse faisait des ronds concentriques autour de notre table, il ne savait pas où se mettre.

— On est des personnages, alors, et c'est tout ?

— Mais regardez, quand vous allez au théâtre, ou quand vous jouez un rôle, votre sœur, par exemple : vous savez bien que ça va finir, que le rideau va tomber, que les lumières vont s'éteindre, que les costumes pendront bientôt sur des cintres dans l'obscurité des souvenirs. Est-ce que ça vous empêche d'y croire pendant le temps où ça se joue ? Est-ce que ça vous empêche d'en être heureuse, d'en profiter, d'en jouir ?

J'étais furieuse, soudain, humiliée. Je caressais nerveusement le chien qui se frottait contre moi.

— Je déteste cette idée. Quelle image sinistre : une représentation ! Et…

— Mais qu'on peut rejouer. Jacques a posé sa main sur la mienne, et de l'autre nous a resservi du vin. Qu'on peut rejouer toujours. Sans relâche. Il a serré ma main que j'essayais de dégager.

— Oui. Enfin, vous faites souvent relâche, avec moi. Il est vrai que vous menez plusieurs spectacles de front !

Il a ri de bon cœur, je lui ai laissé ma main, le chien est parti en courant vers la plage. Un bébé est passé devant nous avec ses parents, il marchait tout juste mais sans peur, il courait presque, il échappait.

— Ne croyez pas ça : je suis toujours dans la peau du personnage, même ailleurs, même loin, je repasse mon texte, *je vous aime, je vous aime, je vous aime*, c'est mon rôle préféré, les scènes avec vous.

Il s'est tu, puis, après un petit silence, il a dit :

— J'ai été malheureux, vous savez.

— Pourquoi est-ce que vous n'avez jamais voulu me faire d'enfant ?

C'est dit sans se regarder — en regardant la mer.

— Ce n'est pas parce qu'on n'en a pas eu que je n'en ai pas voulu.

— Vous jouez sur les mots, c'est tout ce que vous savez faire.

La plage était assez étendue, ponctuée de rochers qui fabriquaient de petites criques, mais à un endroit la masse rocheuse était plus haute et, le rivage s'incurvant, on ne voyait plus rien. Le point qu'elle fixait se trouvait là, dans la courbe où le chien avait disparu (je n'aurai plus jamais d'enfant).

Ils restent sans parler. Leurs mains ne se quittent pas.

— Le soleil ne va pas tarder à se coucher. On va sur la plage ?

— Oui.

Ils s'éloignent de l'hôtel, enlacés, sous l'œil de M. Hulot coulé dans le bronze au milieu d'un groupe de Japonais, il a l'air tout chose, les vacances ne sont plus ce qu'elles étaient. Ils marchent jusqu'à une petite crique derrière les rochers, où ils s'asseyent parmi les algues et les puces de mer, l'air est doux. Hélène est pensive, elle pense à Arnaud, le camée n'est pas enfoncé dans sa chair mais il est là, il fait toujours mal, Jacques ne le sait pas, il croit que c'est de l'histoire ancienne, il s'en doute peut-être, la double vie que déroulent parallèlement le film de la boîte crânienne et le reportage en live, il connaît, c'est sa routine, mais justement, les cordonniers sont souvent les plus mal chaussés, et s'il s'en doute il ne le dit pas, ils ne se disent pas tout, ils savent se taire ensemble, partager le silence même en s'y séparant, c'est leur secret. Le soleil est tout rouge sur l'horizon, c'est une illusion, vous savez, quand nous le regardons se coucher il est déjà couché.

Au bout d'un moment, elle prend la parole, le ton est légèrement emphatique au début, c'est une chose que Jacques admire chez elle mais il le cache, cette façon de sortir par cœur des tirades ou des sonnets, d'avoir son bagage avec soi, tant de mots dans le corps :

*Ne pensons pas, rêvons. Laissons faire à leur guise*
*Le bonheur qui s'enfuit et l'amour qui s'épuise,*
*Et nos cheveux frôlés par l'aile des hiboux.*
*Oublions d'espérer. Discrète et contenue,*
*Que l'âme de chacun de nous deux continue*
*Ce calme et cette mort sereine du soleil.*

— Qu'est-ce que c'est ?

— « Circonspection », de Paul Verlaine.

Jacques se tourne vers elle, la pousse à l'épaule du bout des doigts, la renverse sous lui, glisse la main entre ses jambes, je vais vous en donner, moi, de la circonspection, elle rit, elle se débat faussement, non parce que c'est bien gentil M. Hulot mais il s'est trompé de plage, ici on joue *Tant qu'il y aura des hommes*.

Terminer sur la jouissance : ce serait une bonne façon de finir, un happy end au vrai sens du terme, quand l'image s'arrête pour de bon, et les mots avec, et les phrases, et la douleur, et les souvenirs, et la pensée, qu'à peine un cri résonne ou le silence, qu'il n'y a plus de séparation entre l'ombre et la lumière, le grand jamais et l'éternel amour, elle et lui, ça se mélange, ça se fond, elle arrive au noir.

L'idée m'en est venue l'autre jour, quand vous m'avez demandé s'ils s'étaient revus. Moi aussi, j'ai eu envie de savoir s'il y avait une fin à laquelle je n'avais pas songé, une autre façon de finir. J'ai pensé qu'ils pourraient se revoir, mais longtemps après.

Intérieur jour. Le même café qu'au début, à la Bastille. La même table. Le même patron, le même garçon.

Arnaud est vêtu comme dans la première scène. Elle non : pas de recherche particulière, peu de séduction (ou bien on l'a vue se préparant longuement, chez elle, hésitant entre différents vêtements élégants ou suggestifs, les passant puis les ôtant devant la psyché de sa chambre, essayant diverses coiffures aussi, chignon chic Grace Kelly, cheveux lâchés Faye Dunaway, carré lissé Catherine Deneuve, se maquillant avec soin, les yeux, la bouche — et finalement elle arrive, on voit qu'elle a tout effacé, elle est en jean et T-shirt informe, queue-de-cheval, lèvres pâles). Il est déjà là, à cette table où elle a regardé aussitôt en entrant.

Elle est soulagée de ne pas le trouver beau, de ne pas retrouver sa beauté d'autrefois, ni même celle de la photo parue deux jours plus tôt dans *Le Monde*, il vient de sortir un nouveau film, une histoire d'enfant battu qui devient lui-même un père infanticide, elle n'ira pas le voir. Il a les traits tordus, tortueux, torturés, le visage semble fait de plusieurs lignes se coupant à angle aigu, comme s'il ne savait pas où fuir, quelle issue se donner. Ses cheveux sont tout blancs, maintenant.

Vous savez, je ne vais pas pouvoir écrire ce dialogue : il est pourtant très frais dans ma mémoire, la scène s'est passée cet après-midi. Mais justement : je vais attendre qu'elle soit moins douloureuse, moins brutale pour moi. L'idée directrice, je vous la donne, elle est simple : cet homme et cette femme, Arnaud et Hélène, ont rompu il y a deux ans — pas dix ans, pas deux siècles : deux ans —, ils se revoient, et elle s'aperçoit très vite — et le spectateur avec elle — qu'il ne se souvient de rien, d'elle et lui : par exemple, il écorche plusieurs fois le nom de sa fille, qu'il appelle Élise au lieu de Lise, il s'étonne qu'elle connaisse si bien *Elle et lui*, alors qu'ils l'ont vu ensemble, et que cela avait donné lieu à une discussion dont elle a encore, pour sa part, chaque réplique en mémoire. Gros plan sur son visage à lui, où se peint un intérêt mondain, teinté d'un étonnement lointain :

— Ah ! oui, toi aussi tu as vu ce mélo ? Tu as aimé ?

Elle hoche la tête (*oui j'ai aimé, j'ai follement aimé*), elle ne le reprend pas, elle ne secoue pas ses souvenirs, elle ne le brusque pas, elle le traite comme on traiterait un malade acariâtre et injuste à qui on n'ose pas faire de reproches parce qu'on sait qu'il va mourir. Elle voit bien que ce n'est pas volontaire, cette amnésie n'est pas diplomatique — si un jour il voit notre film, il n'en reviendra pas, j'en suis sûre, il dira que j'invente, que je brode outrageusement, alors que non, je n'ai fait qu'enregistrer, c'est la boîte noire qui reste du crash, rien d'autre, ce devrait être le cinéaste, logiquement, la boîte noire, camera obscura, mais non, c'est l'écrivain, c'est lui qui retient tout dans son crâne tatoué à l'encre noire, tout fait impression, je n'y peux rien.

Tandis qu'ici, rien, sauf le café, la table où ils se sont vus seuls la première fois, il a choisi de s'asseoir là, c'est tout ce qu'il sait : où ça commence. C'est la même chose dans ses films : la première scène est souvent la plus réussie. Mais on n'est pas au cinéma, le spectacle est vivant, on ne peut pas rejouer le premier rendez-vous, dans le studio de la vie on ne fait qu'une prise. On pense qu'ils ne se reverront jamais, et cependant il a décidé de jouer la fin comme si c'était le début.

Et c'est le début pourtant, d'un seul coup et pour une fraction de seconde, c'est le début. Elle est une inconnue assise en face de lui, et dans les efforts de conversation qu'il déploie, soudain elle est jalouse d'elle-même, de cette femme qu'il est en train de séduire en elle, et qu'il pourrait aimer, qui sait, s'il osait lui prendre la main, s'il osait seulement — s'il se risquait.

Il a plaisanté sur le fait que son répondeur avait coupé avant la fin le message qu'elle avait laissé chez lui pour fixer le rendez-vous — elle ne parlait pas assez fort, ce répondeur n'en faisait qu'à sa tête, il l'avait acheté deux ans plus tôt, ou trois ? en tout cas mieux valait être prévenue, il n'enregistrait que les voix de rogomme. Prévenue, elle l'était : ce problème technique a fait l'objet de plusieurs discussions entre eux autrefois, et même de quelques plaisanteries, au début, « mon répondeur est jaloux, il a décidé de faire comme si tu n'existais pas », c'était presque devenu un gimmick, « mon répondeur a coupé, disait-il, alors j'ai pensé que c'était toi ». Mais il ne se rappelait rien — les anecdotes, les mots, le grain des choses, tout était passé à la trappe. Le temps avait disparu dans le trou du souffleur. Son passé était un film dans lequel il ne se souvenait pas qu'elle avait joué.

« Tu as lu la *Recherche*, finalement ? » a-t-elle dit tout à trac, il a levé un sourcil interrogatif, non, je l'ai chez moi, mais je ne l'ai pas encore lu, pourquoi ?

J'étais là, cachant ma bouche derrière ma tasse, mon dépit se muait lentement en détresse, je venais de passer deux ans avec son effigie gravée dans ma poitrine, je m'étais promenée avec cette médaille comme un cilice invisible, et lui non : au point de rupture les routes avaient divergé aussitôt, aucun parallèle, aucune symétrie. Tout ce qui s'imprimait en moi s'était gommé en lui — comment dit Benjamin ? « Elle avait disparu de ma mémoire affective. » Pas de traces — ellipse, éclipse. Le temps avait duré différemment en nous. Je le regardais, sa beauté revenait, je me disais : il se souvient de m'avoir aimée, mais il ne se souvient pas de moi, je me disais, cette fois c'est la fin, tu as voulu voir : tu vois, je me disais : il se souvient d'avoir aimé, mais il ne se souvient pas que c'est moi. Il m'aime encore, peut-être, mais je suis de trop — il m'aime sans moi. Il y a des gens comme ça, ils préfèrent oublier : le passé ne s'est pas passé ; l'amour les tue, même en souvenir. Il parlait, il revenait du festival de Vancouver, il y était déjà allé quelques années plus tôt, en 2002, ou 2003 — en octobre 2003, me suis-je retenue de dire, il m'avait envoyé de là-bas une lettre d'amour, et Lise ne se séparait jamais du sac à dos qu'il lui en avait rapporté, *Vancouver International Film Festival,* il parlait, racontant sa vie avec l'aisance d'un criminel qui s'est bidonné un alibi en béton dans le seul but de taire l'essentiel, il parlait pour ne rien dire — un amant qui ne dit rien, quelle parole a-t-il donnée ? Il a évoqué ses lectures, sa carrière, ses films, je n'écoutais plus, je le regardais, des pans d'histoire s'abattaient derrière lui comme des décors de studio, parois sans poids ni relief, planches sans salut dans un vent de plâtre et un bruit sourd, façades — sa conversation était calme, posée, factuelle, contrastant avec la torture de ses traits et la tendresse tragique dont son regard était par instants transpercé. Je ne relançais pas, j'étais trop lâche ou triste pour ferrailler, mettre des coups d'épée dans l'eau — oui, c'est ainsi que je me représentais les choses, assise en face de lui : un coup d'épée dans l'eau, une surface ouverte ou déchirée par l'amour, puis refermée, lisse, comme si rien n'avait eu lieu. Un amant qui n'aime plus, a-t-il aimé ? Quand on ne s'aime plus, était-ce de l'amour ? Je me sentais comme un corps qui s'est jeté à la mer.

— Tu vas bien ? a-t-il dit soudain.

— Moyen (rougeur subite, affolement de l'espérance : lirait-il encore dans mes yeux ?).

— Moyen + ou moyen — ?

J'ai souri faiblement :

— Moyen —.

Il a eu l'air compréhensif :

— Tu peux… tu peux partir, si tu veux.

J'ai regardé la pendule.

— De toute façon, il faut que je parte : c'est bientôt l'heure de l'école.

Je me suis levée, lui aussi. J'ai remis mon imperméable, lui son blouson, je suis sortie, il m'a attrapée par le bras, je me suis retournée, *oui ?*

— Je vais te laisser, a-t-il dit, je vais par là.

— Bon. Eh bien, au revoir (adieu, ai-je pensé, au diable, ne jamais te revoir).

— Je pars demain à Carvin, a-t-il dit.

— Tu vas voir tes parents ?

— Oui. Enfin, mon père.

— ?

— Ah oui, j'ai oublié de te dire : ma mère est morte la semaine dernière.

*Les deux messages qui suivent sont les derniers de cet échange poursuivi durant des mois. L'un m'a été adressé par mon correspondant le 3 février à 12 h 15 heure locale, après plusieurs jours de silence réciproque, et, chose extraordinaire mais vraie, je lui ai envoyé l'autre à 0 h 15 heure de Paris, de sorte qu'au même moment, à deux endroits du monde, sans nous répondre nous avons, au sens strict, littéralement correspondu, prouvant par là, si besoin était de le montrer, qu'il n'y a pas d'heure pour les fantômes, et que les esprits se rencontrent.*

*N.-B. : On s'apercevra en lisant que mon correspondant me tutoie — il l'a fait assez vite, mais moi je n'y suis jamais arrivée.*

Intérieur nuit. Une salle de bains vieillotte, aux murs écaillés.

Elle est debout devant le lavabo, en chemise de nuit, elle se regarde dans la glace de l'armoire à pharmacie, puis l'ouvre, prend des boîtes de médicaments sur l'étagère, referme. Elle met de l'eau dans le verre à dents, qu'elle pose sur le bord. Elle ôte le savon de sa petite coupelle, qu'elle nettoie sous le robinet et sèche avec une serviette. Puis elle expulse un par un de leur blister les cachets blancs, le geste est méthodique et familier, répété boîte après boîte au-dessus de la coupelle. Gros plan sur sa main qui prend un premier cachet et le porte à la bouche, puis un autre, sans hésitation ni hâte, puis encore un autre. Son regard remonte lentement jusqu'au miroir, où on le voit lui, par la porte entrouverte, qui regarde. Ils se tiennent du regard dans la glace, le défi est sensible mais pas appuyé, elle continue à avaler un par un les cachets, sans le quitter des yeux — le plan dure le temps qu'il faut.

Plan suivant (à voir). Lui, regard caméra, voix neutre :

« Elle entrait par effraction, elle me piratait, elle m'envahissait. Avec elle, je ne pouvais pas ne pas penser. Je ne savais pas où fuir, où la fuir en moi. Elle creusait trop loin dans mon corps. Je n'avais le cœur à rien, qu'à elle. Ma vie était perdue dans la sienne.

Je ne voulais pas qu'elle meure. Je ne voulais pas qu'elle vive. Je ne voulais pas qu'elle parte. Je ne voulais pas qu'elle reste.

Elle voulait pénétrer à l'intérieur de moi. Et moi, je ne le souhaitais pas, non, je ne le souhaitais pas. »

Ce n'est pas la fin. Je me range à ton avis (c'est mon cadeau !) : on finit sur Benjamin. Entends-le par ma voix : c'est lui qui parle, mais c'est ma voix (j'ai un peu envie de jouer le rôle). Pourtant, et puisque le contraire est toujours vrai, je ne reprends pas à mon compte sa dernière phrase. Moi, je suis heureux de notre rencontre, je la crois bonne et chanceuse.

Je te dis au revoir — au voir, plutôt. Je ne sais pas quand le film se fera, il y a encore tant d'obstacles à surmonter, qui ne sont pas tous au-dehors. De ton côté, tu devrais publier ces messages — les miens, non, je m'en tiens aux images, mais toi, je crois que tu tiens ton roman. Il faut écrire ce que personne n'entend, et montrer ce que personne ne voit. Faisons-le. Promis juré ? Ce sera notre serment.

Je t'embrasse. Un baiser de cinéma, of course. Cary Grant dans *Les Enchaînés*, par exemple — ça te va ?

Intérieur nuit. Au théâtre.

Benjamin arrive du fond du plateau, jusqu'à l'avant-scène. Un rond de lumière sur lui, noir autour.

— On me demande quelquefois ce que j'aurais pu faire pour causer moins de douleur et permettre à l'amour d'exister, au lieu de le détruire, et celle qui m'en témoignait. Des amis croient me délivrer d'en répondre par l'excuse de la malchance : c'est, disent-ils, que l'objet élu ne me convenait pas, que cette femme avait quelque chose d'insupportable pour moi, et qu'il me faut seulement, sans regret et sans honte, attendre de croiser enfin celle que je vais aimer et qui va me combler. Ils louent la clarté de mon intelligence, la finesse de mes analyses, et ne doutent pas que ces qualités soient un jour reconnues par une femme capable, sans la blesser ni en être blessée, de compléter mon âme.

Ces amis se trompent, sauf sur un point : j'ai assez d'esprit, en effet, pour mesurer toute l'étendue de ma misère, et les abîmes de mon cœur. Toute la raison dont je dispose me dispense une unique leçon : c'est que cet esprit, dont on est si fier, ne sert ni à trouver le bonheur ni à en donner. La force du sentiment est un don qu'il faut demander au ciel, et la métaphysique la plus ingénieuse ne justifie pas l'homme qui, faute de le posséder, a déchiré le cœur qui l'aimait. Je hais cette faiblesse qui s'en prend toujours aux autres de sa propre impuissance, et qui ne voit pas que le mal n'est point dans ses alentours, mais qu'il est en elle. Je hais cette fatuité qui, toujours déçue de ses conquêtes et les chargeant de tous les torts, plane indestructible au-dessus des ruines. On peut, comme le font mes amis, alléguer mille causes à l'échec de l'amour dans ma vie. Les circonstances sont pourtant bien peu de chose, le caractère est tout : c'est en vain qu'on brise avec les objets et les êtres extérieurs ; on ne saurait briser avec soi-même. On change de situation, on s'éprend d'une autre femme, mais on transporte dans chacune le tourment dont on espérait se délivrer, et comme on ne se corrige pas en se déplaçant, l'on se trouve seulement avoir ajouté des remords aux regrets et des fautes aux souffrances.

Les hommes, plus forts ou plus distraits du sentiment par des occupations impérieuses, plus habitués à servir de centre à ce qui les entoure, n'ont pas au même degré que les femmes la noble et dangereuse faculté de vivre dans un autre et pour un autre. Mais chez quelques-uns, cette faculté est à peu près nulle. De tels hommes, pourtant, ne sont pas des monstres. Même lorsqu'ils s'enveloppent dans une indifférence factice et relèguent dans une feinte insouciance la souffrance qu'ils causent, la nature par éclairs revient en eux, et la douleur monte alors comme des larmes : ils sentent que dans leur cœur, qu'ils ne croyaient pas de la partie, se sont enfoncées les racines du sentiment qu'ils ont inspiré. Ils entreprennent de les en arracher, et ils y réussissent ; mais ils sortent de ce travail en ayant frappé de mort une partie de leur âme. Ils savent qu'un être qui souffre parce qu'il aime est sacré, et ils souffrent de ne pas éprouver cette souffrance, de ne point ressentir plus d'un instant ces mouvements infinis du cœur, et d'être ainsi dans le monde comme un rocher immobile au milieu des vagues.

Les choses pourraient-elles en aller autrement ? Je l'ignore. Un infirme marchera-t-il jamais ? Je connais l'étonnement douloureux avec lequel une femme s'aperçoit qu'elle n'est plus aimée, l'effroi qui la saisit quand elle se voit délaissée par celui qui jurait de l'adorer toujours ; je connais cette estime refoulée soudain sur elle-même, et qui ne sait plus où se placer, cette défiance qui succède à une si entière confiance et qui, forcée de se diriger contre l'être qu'elle élevait au-dessus de tout, s'étend par là même au reste du monde. Que lui dire quand elle se demande quel mot, quel geste a manqué au bonheur ? Que lui répondre lorsqu'elle cherche encore des moyens d'y parvenir, et qu'elle attend de moi un signe que je ne ferai pas ?

Lumière est ce que je touche, charbon tout ce que je quitte. Il n'y a rien qui puisse être fait pour le bonheur de la vie avec des hommes tels que moi : ce qu'il faut, c'est ne pas les rencontrer.

Maintenant je vais vous dire comment ça a vraiment fini — la vraie fin. Je sais bien que vous n'en voulez pas, c'est pourquoi je n'en ai pas parlé plus tôt, il s'agit de votre film, après tout, pas du mien. Vous, vous êtes comme Jacques, vous croyez à l'art et à l'esprit, vous croyez qu'ils vous élèvent au-dessus du corps souffrant, vous croyez à la *su-bli-ma-tion*, comme dit l'autre. Vous êtes comme Arnaud, vous vous faites votre cinéma, vous courez après la beauté qui vous donnera le succès, vous vous dites que le succès vous apportera l'amour en retour, la femme qui rendra justice à votre espoir et comblera votre désir. Comme si réussir son œuvre empêchait de rater sa vie ! Ah ! si vous étiez votre propre scénariste, je ne dis pas, ce serait différent ! Vous feriez comme dans je ne sais plus quel navet financé par le Pentagone contre le Viet-cong, où l'on voit le soleil se coucher à l'est ! Vous seriez libre d'inventer à votre vie une trame hollywoodienne, de celles où l'on gagne les guerres qu'on a perdues. Vous ne seriez jamais seul, ni triste, ni vieux, ni vaincu, ni mort.

Regardez Benjamin. Même lui ! Lui que le sentiment du néant ne quittait guère, quel acharnement au travail, à l'écriture, à la pensée ! Regardez-le se démener en politique, pour imposer au monde la liberté individuelle qu'il n'a pu acheter pour lui qu'au prix de la solitude. « J'étais libre, en effet, je n'étais plus aimé », dit-il. Vous le voyez, le 12 décembre 1830, au temple de la rue Saint-Antoine ? Il y a des milliers de gens dans la rue pour suivre son cortège jusqu'au cimetière du Père-Lachaise : le gouvernement de Louis-Philippe offre des funérailles nationales au député Constant. Quatre jours plus tôt, il s'était effondré dans une maison de jeu où il avait ses habitudes, il y avait des années qu'il n'était plus amoureux de personne et que jouer sa fortune dispersait sa mélancolie dans le rouge et le noir. Il était tombé sur le carreau de ce tripot, sa béquille n'avait pas suffi à le retenir. Mme de Staël était morte en 1817, quelques mois plus tard il s'était cassé la jambe dans un sentier abrupt et ne s'en était jamais remis, il boitait, ça ne marchait plus très fort, sans elle. Il aurait sûrement préféré mourir autrement, en juin 1822 il s'est même battu en duel, assis sur une chaise ! Mais voilà... Il n'aimait plus et n'était plus aimé. Tous les jours depuis des années, il notait dans son journal : « travaillé ; travaillé ; travaillé ».

Moi, j'en ai assez de travailler. Ce que je veux, c'est vivre. Sentir la vie circuler dans mon propre corps plutôt que de m'ingénier à la faire passer dans des phrases sans y parvenir vraiment. Qu'espère-t-on, à écrire un livre ? Se statufier dans le marbre comme d'autres vous coulent dans le béton ? Transfuser son sang dans la nervure des feuilles, en faire un sang d'encre ? Et quand, la joie ? Et quand, le bonheur ? Quand le sentiment, après une page qu'on croit réussie, de tenir entre ses bras un corps vivant ?

Jamais. Les œuvres d'art sont des salles d'attente où on ne vient jamais vous chercher. On n'en part pas parce que dehors on croit que c'est pire, on a peur, c'est tout. Dehors, la mort est sûre. Et quand elle finit par vous emporter malgré vous, alors — dans le meilleur des cas — quelqu'un ouvre la porte et devine à quelque signe que vous avez été là — odeur de tabac, empreinte sur le dossier d'une chaise, trace de doigts sur la vitre, témoins fugaces. Mais vous n'y êtes plus. C'est ça que je veux dire : vous n'y êtes plus. Il n'y a que votre ombre, que vous avez laissée là pour une proie que vous n'avez jamais attrapée, et qui a disparu avec vous, maintenant vous pouvez toujours courir — ou plutôt non, vous ne pouvez plus, justement, ni même marcher, non, c'est fini, vous ne marchez plus. La littérature est l'art de ce qu'on ne saisit pas, de ce qu'on ne sait pas, de ce qu'on ne saura jamais. On écrit qu'on ne sait pas, on écrit qu'on ne vit pas, qu'on attend de vivre. On écrit que ça ne marche pas. Et moi je n'en peux plus de ne pas pouvoir, je ne supporte pas l'infirmité, je n'y consens pas. J'en ai assez de ne plus avoir de corps, d'être séparée de tous les corps. L'écriture sépare, elle ne relie à rien qu'à la quête infinie d'un savoir impossible. Écrire, c'est passer à côté. Même dans la course du temps, on se passe le relais sans se toucher. Alors, qu'on ne me parle pas de la sublimation : je déteste ce mot — quand Jacques l'emploie, j'ai envie de mordre. Où est le sublime ? On s'élève au-dessus de ce qu'on n'a pas réussi à toucher, à atteindre, à pénétrer, on s'en détourne pour effacer l'échec de l'amour, c'est tout. Mais le corps prostré préfère galoper, vous pouvez me croire. Et la main qui écrit préfère la caresse.

Arnaud, je sais que je le manque quand je vous le raconte, comme vous le manquerez quand vous le filmerez : ce sera toujours un autre que lui. Je le trahis puisque je le traduis, puisque je mets des mots sur son corps, puisque la matière de sa vie n'est pas là. Je trahis sa chaleur, sa délicatesse, sa gentillesse, je trahis son sourire, je trahis la nuance de ses yeux, je trahis la vérité. L'imposture est totale.

Je le trompe aussi parce que je parle de lui, simplement. Lui m'a trahie en reprenant sa parole, moi je le trahis en prenant la parole — je trahis sa confiance. Il a crié « coupez » et moi j'ai continué à jouer. Il voulait que le silence se fasse, que tout soit recouvert de ce qui avait été vécu, il voulait oublier, et moi je voulais raconter, déterrer, me souvenir. La trahison est mutuelle : il m'a trahie comme un serment, et je le trahis comme un secret.

Mais tant pis ! Tout est permis ! Donc je vous raconte. Je voulais la garder pour moi, cette fin-là, le dernier regard au café de la Mairie n'en est qu'une métaphore, mais il faut faire comme Benjamin, il faut aller au fond de l'horreur, quand on se connaît. Cela dit, j'aime bien la fin sur la plage de M. Hulot, je les vois bien, Hélène et Jacques, je les ai dans le cadre, ils se parlent, ils se désirent, que demande le peuple ? et Verlaine en guise de chabadabada, c'est une belle fin, et juste, pas mensongère, c'est une fin qui a eu lieu, je ne peux pas dire le contraire, je me souviens du sable et de l'ivresse, et du plaisir comme rarement, de cet éternel recommencement de la fin qu'est le plaisir. Vous vous rappelez la phrase du pasteur dans *Saraband*, le dernier Bergman ? « Pour qu'un couple marche, il faut deux choses : une franche camaraderie et un solide érotisme. » Il n'y a vraiment que les protestants pour oser un prosaïsme pareil, cette sortie de l'amour, et les psychanalystes, peut-être, pour tenter ce dégagement, ce désengagement, sympathie et sensation, appétit et détachement, quoi d'autre, quoi de possible ? Rien. Et sympathie, c'est déjà beaucoup : moi, souffrir avec vous ? Comme vous y allez ! La communauté d'âmes, vous n'y songez pas ! À dégager, l'âme ! Dégagez-moi de cette âme où je me perds, tirez-moi de là, virez-moi cette psyché : je veux qu'on me désincarcère. Ou alors discrète, l'âme, contenue, secrète : une âme modeste, juste et bonne, juste bonne à animer le corps — une âme musicale, qui lui donne son rythme. Si c'était ça, aimer, s'en tenir là, tout songe tu, mais dans l'étonnement, sinon dans une douleur de jambe coupée, dans le saisissement de cette distance infranchissable où se tient l'autre, s'en tenir là, à ce va-et-vient toujours inachevé de mots et de gestes, savoir que s'ils se tiennent à part, elle et lui, quelquefois aussi ils s'appartiennent.

Mais ce n'est pas comme ça que ça a fini.

Ce jour-là, donc, j'avais rendez-vous avec ma sœur à la Salpêtrière (oui, chez les grandes hystériques, je ne l'invente pas). Claude animait un atelier-théâtre pour des psychotiques. C'est un hôpital étrange, la

Salpêtrière, on dirait une ville, il y a des rues avec des noms, nous devions nous retrouver rue Charcot à midi. J'étais revenue de Casablanca la veille, et je n'avais pas vu Claude depuis quelque temps. « Oh ! s'est-elle écriée avant même de me dire bonjour, mais comme tu as pleuré ! » Les larmes me sont montées aux yeux aussitôt, parce que j'avais cette tête-là depuis des semaines et qu'elle était la première à s'en apercevoir, à part Lise qui, le matin même, était entrée dans ma chambre les bras chargés de morceaux de carton déchiré et m'avait dit, avec la cruauté gentille des enfants : « Maman, viens m'aider, je crois qu'il faut démolir la cabane. » Arnaud ne me regardait plus, j'étais transparente, je pleurais ma disparition, rinçant à grande eau mon visage comme pour l'effacer un peu plus. Claude m'a emmenée dans un restaurant indien à deux pas de l'hôpital où elle devait retourner l'après-midi. — Qu'est-ce qui se passe ? a-t-elle dit en posant son portable sur la table. Ce n'est quand même pas le petit Arnaud qui te met encore dans un état pareil ? ! — Si, ai-je bégayé. C'est l'enfer depuis des semaines. Il me torture, il me méprise, il… — Mais au lit, c'est comment ? — Y a plus de lit, y a plus rien. Claude a soulevé voluptueusement sa chevelure à l'intention du serveur : bon, alors je ne vois pas le problème : tu le jettes, et puis c'est tout. La règle est simple : quand tu fais entrer un mec dans le club, il doit être membre actif — et même membre bienfaiteur. Sinon… (Elle a lancé une œillade au garçon — à bon entendeur). C'est un pervers, de toute façon, je l'ai vu au premier coup d'œil, ils nous mettent sur un piédestal pour mieux nous annihiler ensuite, je connais l'histoire. C'est le genre de type, si tu avais un cancer du poumon, il se remettrait à fumer.

J'ai ri malgré moi, parce que l'image touchait juste : Arnaud est un kamikaze, il partage votre mort avec vous.

On a commandé du poulet au curry. Claude a vérifié que son portable marchait.

— Non mais sans rire, Lélé, qu'est-ce que t'attends pour te casser ? T'as une tête de déterrée. Barre-toi, n'attends pas que ce soit lui qui le fasse !

— Mmm, ai-je dit (cassée, je l'étais déjà, et barrée aussi — bien barrée !). Et toi, avec…, ai-je continué pour faire diversion — je lui ai laissé le soin de finir la phrase, car je ne savais plus, j'en étais restée au pompier du théâtre Hébertot, à moins que le comédien de…

— Christian ? Je l'ai largué. Ce mec est une véritable ordure.

— Mais tu étais très amoureuse, non ?

Elle s'est regardée dans le miroir du restaurant, les yeux fixes, comme si elle en scrutait l'autre côté.

— Oui, j'ai cru l'être.

— C'est celui qui t'avait dit que tu étais la musique, l'autre fois, chez maman, non ?

— Je suis peut-être la musique, mais lui, en tout cas, c'est du pipeau.

On a ri, ça fait plaisir, a dit le garçon en dévorant ma sœur des yeux, deux belles filles qui rient. Claude lui a fait son sourire feux de la rampe.

— Bon, mais raconte un peu, toi. Tu as une mine affreuse.

J'ai haussé les épaules. L'angoisse qu'avait desserrée le rire se vissait à nouveau dans ma gorge, j'avais perdu cinq kilos, je ne pouvais plus rien avaler.

— Tu ne changeras donc jamais, a dit Claude. Déjà petite, tu aimais te charger du poids du monde. Je me souviens, chaque fois que maman piquait sa crise de nerfs, tu étais là à essayer de la consoler, allez, maman, calme-toi, ça va aller, maman, quand elle criait qu'elle allait se foutre par la fenêtre, tu la raisonnais, tu l'apaisais pendant que moi je me bouchais les oreilles. Tu as toujours été comme ça : mère Teresa. Il faut arrêter, je t'assure.

Le soir, j'avais rendez-vous avec Arnaud au théâtre, il était déjà dans le hall, sa silhouette, ses yeux dont la lumière n'a pas changé à ma vue, son corps neutralisé par la foule, il a embrassé le vide autour de mes joues, bonjour, bonsoir, ça s'est bien passé, Casablanca ? oui, et toi, qu'est-ce que tu as fait ? Oh ! J'ai vaguement assisté à une audition pour le rôle d'Eurydice, je te l'ai dit, non ? Non. Et tu as trouvé ton bonheur ? Il a soupiré, non, il n'avait pas trouvé, il allait continuer à chercher.

Nous étions assez près de la scène, et les corps des acteurs ont pu soulever une partie de ma douleur, la prendre sur eux. Le bras d'Arnaud était posé sur l'accoudoir, je ne savais pas quoi faire de moi, où me mettre. À l'entracte, on est allés boire un verre, on s'est assis dans le foyer, on devrait se quitter, non, ai-je dit, on devrait arrêter. Pourquoi ? a-t-il demandé. Je me suis levée à la première sonnerie, il m'a ramenée jusqu'à la salle en me tenant le bras avec douceur.

— *Tu es coupable de ne plus aimer ta femme ?*

*Peut-être, mais l'homme n'est pas maître de ses sentiments, toi, tu ne voulais pas cesser de l'aimer...*

— *Et ainsi de suite, et ainsi de suite... Il a aimé, il a cessé d'aimer, il n'est pas maître de ses sentiments — tout ça, ce sont des lieux communs, des phrases toutes faites, qui ne sont d'aucun secours.*

La comédienne qui jouait Sacha était belle, son visage irradiait, je souffrais de sa beauté. Arnaud a posé sa main sur mon épaule, ça va ? Oui, ça va.

— *Les hommes sont pris par leurs affaires, c'est pourquoi l'amour, pour eux, reste au troisième plan... Alors que pour nous, l'amour, c'est la vie. Je t'aime, ça signifie que je rêve à la façon dont je te guérirai de ta tristesse, dont j'irai avec toi jusqu'au bout du monde... Toi, tu gravis une montagne, moi, je gravis la montagne ; toi, tu tombes dans un ravin, moi, je tombe dans un ravin.*

Ivanov se suicide à la fin, *il y a une fin à tout !* je ne m'en souvenais plus, *écartez-vous ! Laissez-moi !* — il se tire une balle dans la tête et le noir se fait dans la salle, c'est la fin de la représentation. J'ai pensé à la corde qu'avait achetée Arnaud, il finirait comme ça, disait-il, mais c'était peut-être moi, l'idée terrible m'en effleurait soudain, c'était moi, c'était moi qui ne guérirais pas. Je ne l'avais jamais vue, cette corde, après tout, c'était peut-être juste une image.

Je me suis levée sans attendre les rappels, il m'a suivie. On a marché un peu sur le trottoir longeant le cimetière, l'air me faisait du bien, j'avais mal au cœur, Arnaud me tenait toujours par le bras, sous le coude, comme un convalescent qu'on aide à marcher, on va chez toi ?

On s'est allongés sur mon lit, j'avais la tête qui tournait, je ne le touchais pas, tout encombrée par mon désir — son corps me manquait tellement depuis des semaines que j'avais commencé à y renoncer — et puis l'angoisse, c'était donc si simple, il suffisait de dire non pour que l'autre dise oui. Il a pris ma main et l'a posée sur son sexe qui bandait puissamment sous la fermeture éclair, j'ai retenu toutes mes larmes derrière mes yeux, on s'est déshabillés mutuellement, son corps sous mes mains, il s'est redressé sur le lit, assis nu appuyé au mur, il a guidé ma bouche, je l'ai pris, je l'ai sucé longuement, comme c'était bon ! il gardait les yeux fermés, immobile, une main dans mes cheveux, répétant mon prénom d'une voix d'extase, la caméra le saisit à ce moment-là, quand il rouvre les yeux, elle capte l'éclat extraordinaire de son regard, la musique de l'*Orfeo* de Monteverdi monte *crescendo*, et l'élargissement du contrechamp nous découvre l'objet de son ravissement, une jeune fille qui chante un air d'Eurydice, elle est sur une scène, elle est brune, diaphane, gracieuse, ses sourcils sont très dessinés, redis-moi son nom, dit-il à la directrice du casting sans quitter la fille des yeux, Hélène, répond celle-ci, Hélène quelque chose, oui, Hélène, c'est bien ça, Hélène, murmure-t-il pour lui-même, mais peut-être y a-t-il autre chose dans ses yeux, un autre sentiment, à saisir en amont ou en aval de l'éblouissement, ou bien au centre même de l'éblouissement, comme la pupille au milieu de l'œil, un point lumineux dont le noir est dense, profond, impénétrable, on ne le voit pas tout de suite mais il est là, au cœur même de la fascination on voit la peur, on la voit maintenant qu'on est tout près, on en saisit mieux le sens, il n'est pas seulement captivé, il est capturé, c'est un ravissement médusé, une sidération, une terreur éblouie, c'est le visage qu'a le détective quand il enquête sur la mort de Laura et que d'un seul coup elle ouvre la porte, elle était morte et elle revient.

Il a joui d'elle dans ma bouche, je n'en savais rien bien sûr, l'existence du monde extérieur avait cessé d'opérer tandis que je buvais son lait jusqu'à la dernière goutte, en d'autres circonstances je l'aurais peut-être deviné, mais le mécanisme ultrasensible de l'intuition amoureuse était ce soir-là perturbé par le malaise qui se précisait dans mes entrailles, je l'ai su un an plus tard, en lisant une interview de lui dans le journal, ce film n'aurait pas pu se faire sans Hélène, expliquait-il, tout est parti de sa beauté, il racontait l'audition, l'admiration qui l'avait saisi, il était allé lui parler aussitôt, très anxieux à l'idée qu'elle puisse dire non, il répétait son prénom, il avait écrit le film pour elle, pour Hélène, j'étais debout dans le métro, je me suis pliée en deux comme un figurant qui reçoit un éclat d'obus, le journal est tombé par terre, il y a un film comme ça, je ne sais plus de qui, où le personnage tombe amoureux d'une fille parce qu'elle porte la même robe que sa femme à leur première rencontre, ça troue le ventre, que l'amour ne soit qu'un déplacement d'objets qu'on fait glisser de A à B comme un curseur — un prénom, une ligne de sourcils, une robe —, on change d'amour comme de chemise, tout l'être s'enfuit par ce trou, on perd son sens parmi les spectres, on perd son nom comme écrit à la craie, rayé de la carte, on se vide de sa substance, c'est innommable, on est recyclé ou réduit à rien — *incredible shrinking woman* — à ce fantôme qu'on est pour l'autre quand on se croit vivant.

À ce moment du film, on peut choisir un angle humoristique, une fin drôle et tendre — c'est une possibilité qu'offre encore l'histoire, à ce moment-là, bien qu'il ne s'agisse pas précisément d'une comédie romantique. L'héroïne, alors que le héros sombre dans le sommeil post coïtum, fait le rapprochement entre ses haut-le-cœur et le poulet qu'elle a mangé le jour même, dont la conversation de sa sœur et la quantité massive de curry n'ont pas complètement masqué à sa langue ni à sa conscience le goût pourri. Cette compréhension a posteriori est suivie presque aussitôt d'une confirmation symptomatique : elle est prise d'une débâcle intestinale qui la précipite vers les toilettes opportunément situées à l'autre bout de l'appartement, où, dans des sueurs froides et des frissons mortels, elle se vide.

À ce moment-là, il arriverait en appelant son prénom, encore engourdi et surpris de son absence, dans la chambre de sa fille où elle s'est réfugiée pour cuver sa honte et ne pas le réveiller, elle dirait « je suis malade, excuse-moi », il la regarderait d'un air soucieux puis progressivement amusé, « t'es vraiment une chieuse, mon amour », dirait-il en la prenant dans ses bras, ou bien « tu t'emmerdes tant que ça, avec moi ? » en s'agenouillant au pied du lit comme pour un pardon, c'est un peu limite, bien sûr, on sort de la mélancolie par la colique, on ne fait pas dans la dentelle, mais bon, en même temps c'est assez beau, cette façon de revenir dans l'amour en cassant le miroir, de se voir simplement comme on est, de s'accepter tel, matière à rien, commun des mortels, et d'en rire — que l'amour soit le partage heureux d'une présence éphémère et menacée, le corps vivant, le corps pas encore perdu.

Mais ça s'est passé autrement, ça s'est mal fini, Ellénore meurt, à la fin — bien que ce ne soit pas un mélo non plus, c'est indémêlable, au fond. Vous savez, quand Benjamin Constant lut pour la première fois *Adolphe* en public, dans un salon — c'était en 1816 —, Victor de Broglie raconte qu'il y eut d'abord une grande crise de larmes, suivie peu après d'un immense fou rire qui secoua longuement tout l'auditoire — c'était touchant et ridicule à la fois, cette histoire à la gomme, le miroir de maladresse et de lâcheté qu'elle tendait, les gens ne savaient pas s'il fallait en rire ou en pleurer.

Il est arrivé dans la chambre de Lise où je m'étais réfugiée en priant le ciel pour qu'il ne se réveille pas, qu'il n'entende pas les bruits que je faisais, il est entré l'air contrarié, « je suis malade, excuse-moi, j'ai mangé un truc pourri à midi », une odeur pestilentielle se dégageait des toilettes, et je m'affolais aux larmes en moi-même parce qu'il allait falloir que j'y retourne, « va te recoucher, ai-je dit, ça va passer, je te rejoins », il s'était rhabillé, il a promené son regard dans la pièce, les morceaux de sa cabane étaient empilés dans un coin, « meson du bonheur » pendait accroché à un bout de chatterton avec le dessin des trois mousquetaires, j'ai vu qu'il les voyait et que ça le faisait souffrir, son regard est devenu dur, écoute, a-t-il dit, tu vois bien que ça ne marche pas, qu'on n'y arrive pas… — Mais non, je… — Mais si, d'ailleurs tu me l'as dit toi-même tout à l'heure, tu as envie d'arrêter, et tu en donnes tous les signes, on dirait, mon sperme te dégoûte, on en est là. — Mais non, pas du tout, je t'assure, c'est le poulet, d'ailleurs je n'ai pas vomi, j'ai juste… (et c'était vrai, j'avais fait très attention de ne pas vomir), j'ai adoré au contraire… — Tais-toi, c'est inutile, je vois bien que je te dégoûte, que je te donne la nausée… J'avais envie de hurler, j'en voulais à mort à ma sœur et à son restaurant de merde. — Tu dis ce que tu voudrais que je dise, c'est moi qui te dégoûte, je le sais bien, et ça ne date pas d'aujourd'hui, il y a des mois que tu me traites comme de la merde, alors… Il a haussé les sourcils avec une ironie cruelle, a pincé les lèvres et le nez, ses yeux me fixaient comme un rebut, j'avais mal partout, la cabane se déchirait au-dedans, pardon, Arnaud, pardon — je puais, je suais, je souffrais, j'aurais voulu me mettre à genoux —, pitié, Arnaud, pardonne-moi d'exister, je suis repartie aux toilettes en gargouillant, je me liquéfiais, je me liquidais, dans la glace au-dessus du lavabo, mon visage était gris comme s'il y avait de la terre dessus, je suis revenue, sa figure avait l'air d'une pierre tombale dressée dans la pénombre, je me suis recouchée parmi les ours en peluche, il était assis au bout du lit, la bouche crispée et humiliante, sa beauté m'a serré le cœur, *tu n'auras jamais d'enfant avec cet homme, vous n'aurez rien fait ensemble, rien fait, rien partagé, rien désiré*, je lui en voulais d'avoir le temps avec lui quand ce n'était même pas la peine que je me batte contre ; il s'est tourné vers moi, un regard pareil, ça ne pardonne pas, il a mis son pouce et son index sur ses paupières comme s'il fermait les yeux à son cadavre, j'ai fermé les miens aussi pour faire le noir et trouver un miracle, mais rien, rien de rien, qu'une odeur de charogne, chacun pour soi et dieu pas là — *non possumus*. — Il y a une chose que tu dois savoir, a-t-il dit en fixant un point indifférent de mon visage, une chose que je ne t'ai jamais dite — la jalousie m'a tordu les tripes, il m'avait trompée, il m'avait menti, il m'avait trahie ? —, c'est que, tu vois, la première fois, dans cette fête, si tu ne t'étais pas plantée devant moi avec un tel sourire (que je n'ai plus beaucoup revu, entre parenthèses), eh bien, je ne t'aurais pas remarquée, j'en suis sûr, je pense que je ne t'aurais même pas vue.

Toute énergie a quitté mon corps, quelque chose avait crevé à l'intérieur, la cabane était par terre et il bazardait tout, saccage total, aucun tableau à remettre droit. « *Elle voulut pleurer, il n'y avait plus de larmes, elle voulut parler, il n'y avait plus de voix.* » On s'est regardés encore, le miroir était tout rongé de vert-de-gris, mon image n'y était plus, je me suis vue mourir dans ses yeux. Ça s'est passé comme ça. L'amour, c'est vivre dans l'imagination de quelqu'un, alors je suis morte, je suis morte en lui.

Vous auriez préféré une autre fin, je sais bien, je vous entends de l'autre côté du miroir, dire « ça y est, on avait eu les histoires de cul, et maintenant la merde ; après le porno, le scato », ça ne vous emballe pas, cette mise à sac, le *saccus merdae*, l'amour qui se décompose, vous trouvez ça nul, vous n'aimez pas le sordide et l'ordure, vous n'aimez pas les fins tristes. Mais je n'y peux rien, je suis désolée, ça a fini comme ça, je ne peux pas refaire le film. Et non seulement ça a fini comme ça, mais ça finit comme ça, pourquoi se raconter des histoires, ça finit toujours comme ça, intérieur nuit.

# ÉPILOGUE

Il y avait déjà quelque temps que notre échange électronique avait cessé et que, répondant à la suggestion de mon correspondant, dont j'étais sans nouvelles, j'avais montré ce travail à mon éditeur, qui avait accepté de le publier. J'étais en train de corriger le premier jeu d'épreuves, et la relecture m'en était très pénible parce que je m'apercevais, en reprenant la continuité de mes messages, qu'ils étaient pour la plupart assez froids, et que j'avais répondu à l'ardente curiosité de mon cinéaste par une grande sécheresse. Il me semblait, au fur et à mesure que je tournais les pages, lire une langue gelée, que n'irriguaient ni sang ni larmes, une langue immobile et raide comme un cadavre : rien n'avait pu la mouvoir, aucune émotion. Les mots sortent d'un corps et vont dans un autre, on écrit dans ce mouvement, l'écriture est ce mouvement qui cherche à toucher les corps, elle les anime, elle les émeut, elle les bouge, mais il y a une chose qu'elle ne peut pas faire, qui lui est impossible — et combien de fois devrais-je en refaire l'épreuve ? — : elle ne peut pas les ressusciter. On essaie, on s'efforce, on se croit plus malin que les autres. On apprend tard que c'est impossible. C'est de ça qu'on meurt, pour finir : qu'est-ce que la mort, sinon ne pas pouvoir ? Ce n'était donc pas un roman qu'on allait lire, avec ses péripéties, ses espoirs, ses rythmes, mais une histoire où rien n'advenait, où rien ne devenait, un récit où tout était toujours déjà mort et qui ne donnait l'impression du mouvement, quelquefois, qu'à la manière de ces charognes qui grouillent de vers. On verrait peut-être un film un jour, mais je n'avais encore sous les yeux qu'une image immobile, une toile sans vie, une nature morte dont les objets étaient des gens, peinte en couleurs froides, et où les sourires mêmes ne détournaient pas longtemps du crâne nu, de la mouche sombre jamais loin. J'avais laissé l'ombre au tableau, et elle avait tout envahi, déposant partout son glacis. Il n'y avait donc pas eu vraiment de correspondance entre lui et moi : j'avais écrit noir sur noir, en alphabet désastre, ce ne serait pas *Sunset Boulevard* mais *Impasse de la Nuit* — on n'oubliait jamais que c'étaient des morts qui parlaient. Je sentais que cette langue-là venait d'une région de moi-même où je n'étais jamais allée auparavant pour aucun de mes livres, une sorte de banquise intérieure dont la fonte m'aurait peut-être entraînée dans le vide, mais qui, tout en me protégeant physiquement d'un danger que j'ignorais, avait pu glacer jusqu'aux os mon interlocuteur. Son dernier message aurait dû pourtant me toucher, cette dernière scène terrible où un homme regarde passivement une femme se donner la mort ; or, si elle m'avait certes intriguée, je n'avais pas cherché très longtemps à en percer l'énigme. Comme il m'enjoignait de ne plus lui écrire, j'avais conclu qu'il s'agissait d'une sorte de vampire comme le sont souvent les artistes, qui, après avoir manipulé à sa guise mon histoire et celle d'Arnaud, me jetait, devenue inutile. Mais il me semblait maintenant évident, en relisant, qu'il racontait là, comme j'en avais eu le pressentiment, et comme je l'avais fait moi-même, un épisode transposé de sa propre vie. C'était invérifiable. Dans l'un de ses messages, il m'avait cité un jour cette réplique de Fritz Lang : « Est-ce que vous mentez quand vous filmez une scène ? — Je ne sais pas. » Qui était donc cette femme avalant des cachets devant sa glace ? Dans le film, ce pouvait être Hélène, ou bien la mère d'Arnaud. Mais pour lui, qui était-ce ? Sa mère, sa femme — la femme de sa vie ? Avait-il causé la mort d'une femme, dans la réalité ? Cela expliquerait pourquoi *L'Homme de ma mort* l'avait fasciné, et pourquoi il avait pris contact avec moi. Cela éclairerait aussi la haine de lui-même qui semblait lui avoir inspiré son ultime message : « Ce qu'il faut, c'est ne pas les rencontrer. » Bien que n'ayant plus sous les yeux ses propres mots, je comprenais soudain qu'il avait dû me demander une chose que je ne lui avais pas donnée, un geste que je n'avais pas fait. Sans doute avions-nous mis en commun quelque chose, un travail, une pensée, la recherche d'un sens, nous avions communiqué, mais jamais communié, presque jamais, nous avions rejoué les scènes, endossé et peut-être échangé les rôles, nous avions été Adolphe et Ellénore, Hélène et Arnaud, séparés par une vitre transparente mais infranchissable, nous n'avions pas pu nous toucher. Il était resté pour moi une sorte d'abstraction, un homme fantôme, l'ombre d'un autre. Et cependant, lui m'avait remise dans le courant, je le sentais au-delà du froid qui enserrait mes pages, il m'avait permis, comme dit Kafka, de donner un coup de hache dans une mer gelée. Je lui envoyai donc, malgré sa défense, un court message où, sous prétexte de lui demander si le film avançait, je le priais de me pardonner la violence et l'amertume de ce que parfois j'avais pu lui écrire, je lui disais que finalement il avait raison : il fallait une fin heureuse. J'espérais qu'il n'était pas trop tard. Je reçus deux jours plus tard, en provenance de son adresse e-mail mais d'une personne inconnue, un message m'informant qu'il était hospitalisé depuis un mois après une tentative de suicide, et qu'il était encore plongé dans une grave « dépression mélancolique » qui ne lui permettrait pas avant longtemps de me répondre.

Cette semaine-là, ma fille était chez son père et je devais passer le week-end avec Jacques. Sa famille était partie à la campagne, mais il préférait ne pas découcher, en cas de coup de fil vérificateur : j'allai donc chez lui. Je lui appris la nouvelle. Il me consola, me dit que je n'y étais pour rien : il connaissait bien la question, lui-même n'avait pas pu empêcher un patient de se suicider un jour, le passage à l'acte enfonçait ses racines dans une autre terre que le présent, c'est toujours le passé qui vous explose à la gueule, dit-il.

J'avais très peu reparlé d'Arnaud à Jacques : il était jaloux de cet amour sans en avoir jamais soupçonné ni l'intensité ni surtout le prolongement depuis deux ans, il avait été soulagé de notre rupture et était très tendre, depuis. C'était lui qui m'avait donné l'idée du titre en me racontant l'anecdote de Lacan, le bal masqué, mais je ne lui avais pas demandé de lire les épreuves, et visiblement il ne pensait plus du tout à cette histoire.

— Qu'est-ce que c'est, dans le fond, la mélancolie ? C'est la dépression ? Vous en voyez souvent, vous, sur votre divan, des mélancoliques ?

Jacques a allumé une cigarette :

— J'en vois tout le temps.

— C'est le mal du siècle ?

— Oui, enfin, ça fait des siècles que c'est le mal du siècle. Mais disons que, depuis que Dieu est mort, ça va particulièrement mal. Il nous en aura fait voir, celui-là, avec sa disparition !

— Mais comment vous définiriez ça ?

— La mélancolie ? C'est le sentiment d'avoir perdu, et c'est la peur de perdre. C'est être en deuil de tout, tout le temps, même au moment où les choses arrivent, si bien qu'on ne peut pas les vivre.

Il s'est levé, est allé prendre un livre sur une étagère.

— Je n'ai pas grand-chose ici, l'essentiel est à mon bureau, mais en gros..., *épisode dépressif caractérisé surtout par l'intensité de la douleur morale : tristesse profonde, anesthésie affective, hypocondrie* (je hochais la tête, je pensais à Arnaud tout autant qu'à mon correspondant), *sentiment de culpabilité, disposition hostile face au monde extérieur, qui réduit considérablement la capacité d'amour*, j'avais remarqué, *la circonstance déclenchante est la perte. Le mélancolique a perdu un objet d'amour — même si cet objet n'est pas réellement mort, il est ressenti comme définitive-*

*ment perdu. Il s'agit généralement de la mère, quand celle-ci n'a pas offert à son enfant des gratifications narcissiques suffisantes. Toutes les relations ultérieures du sujet sont conditionnées par cette intense déception initiale et placées dès lors sous le signe de l'ambivalence, amour et haine s'opposant constamment,* constamment, oui *: forte fixation à l'objet, puis prompt et massif désinvestissement affectif,* prompt et massif. *Tout un travail psychique s'effectue dans l'inconscient, consistant en combats singuliers de l'amour et de la haine, jusqu'à ce que l'amour préfère prendre la fuite. La haine dirigée contre l'objet peut conduire au meurtre ou bien se retourner contre le Moi, entraînant parfois le suicide du sujet, à moins que ses capacités créatrices ne le mènent sur les chemins de l'Art.* Voilà. Votre cinéaste, je ne sais pas, mais Benjamin Constant serait une bonne illustration de cette mélancolie dont il se plaint tellement dans son journal — avec la culpabilité en plus, puisque sa mère est morte en lui donnant la vie. Et maintenant, vous allez me goûter ce chablis 1er cru.

Ce que j'aime, chez Jacques, c'est le plaisir infini de nos conversations ; il dit que contrairement à beaucoup d'hommes pour qui, les premières fois, la conversation n'est qu'un moyen d'arriver au sexe, lui fait l'amour pour pouvoir parler ; ce n'est pas très différent, d'ailleurs : quand on se parle, c'est comme si nos corps se touchaient, se risquaient, se reconnaissaient, à la fois proches et séparés, inquiets et confiants. Nous avons continué tard dans la nuit, en buvant beaucoup, et en faisant l'amour.

J'étais allongée à côté de lui dans le noir, il dormait ; je n'arrivais même pas à fermer les yeux, je sentais m'envahir l'angoisse familière, comme si quelque chose m'échappait depuis toujours, que j'allais bien finir par découvrir, à force de concentration, dans les lignes obscures du plafond. Je me sentais comme un lecteur de roman policier à qui on a arraché son livre avant la fin et qui veut absolument savoir — savoir quoi ? Je ne savais pas. Je finis par me lever et marchai sans bruit jusqu'à la bibliothèque. C'était encore une de ces crises de boulimie où, comme d'autres vont en cachette se rassasier dans la cuisine, il me fallait trouver pour mon esprit une nourriture solide, me gaver de mots explicatifs qui colmatent les brèches par où le sens risquait sinon de s'échapper, me plâtrer de philosophie ou combler de poésie les trous de l'être. Je recherchai donc à la lumière d'une petite lampe le livre dont Jacques m'avait lu un extrait. C'était un dictionnaire de psychanalyse, que je feuilletai compulsivement. Je lus pendant près d'une heure différents articles, plus ou moins digestes, mais qui calmaient tous mon angoisse par leur assurance rationnelle, je relus entièrement l'article **Mélancolie** avec la passion pénétrante que je mettais encore parfois à contempler la photo d'Arnaud, et j'allais me recoucher apaisée quand, au moment précis de refermer le dictionnaire, mes yeux tombèrent sur le titre de l'article suivant, page de droite : **Mère morte (complexe de la)**. Est-ce le calembour, ou je ne sais quelle fascination pour ces deux mots accolés, mère morte, malgré la fatigue je me remis à lire, comme on pousse une porte. *À l'origine de ce complexe se trouve une dépression infantile souvent non remémorable par le sujet lui-même : la mère, pour une raison ou pour une autre, s'est déprimée. Le cas le plus grave est celui de la mort d'un enfant en bas âge qui, provoquant la tristesse de la mère, a suscité un désintérêt pour ses autres enfants. Ce qui se produit alors est un changement brutal de l'imago maternelle. Plus le sujet est petit, plus cette mutation est grave, car le bébé n'a pas les moyens de la comprendre : il s'est senti aimé, et soudain tout s'écroule. Tout se termine d'un coup comme pour les civilisations disparues dont les historiens cherchent en vain la cause de la mort en faisant l'hypothèse d'une secousse sismique qui aurait détruit le palais, le temple, les édifices et les habitations, dont il ne reste plus que des ruines. Cette transformation soudaine, au moment du deuil de la mère qui désinvestit brutalement son enfant, est vécue par lui comme une catastrophe. Ce désastre prend la forme d'un noyau froid. Le traumatisme narcissique et la désillusion anticipée qu'il constitue entraînent, outre la perte d'amour, une perte du sens, car le bébé ne dispose d'aucune explication pour rendre compte de ce qui s'est produit. Il ne peut l'imputer qu'à une faute qu'il aurait commise, et qui serait liée à sa manière d'être ; en fait, il lui devient interdit d'être.*

*La quête d'un sens perdu structure le développement précoce des qualités intellectuelles et fantasmatiques. Pour surmonter son désarroi, l'enfant vit désormais dans la contrainte de penser. Il a fait la cruelle expérience de sa dépendance aux variations d'humeur de sa mère. Il consacre dès lors tous ses ef-*

*forts à la deviner, à la distraire, à l'intéresser, à la faire rire et sourire, à lui rendre goût à la vie, ce qui donne souvent lieu à des sublimations artistiques. Il s'épuise à ranimer la mère morte. En même temps, s'opère un désinvestissement en miroir : le sujet ne peut haïr sa mère, dont la perte lui serait insupportable, mais il enfouit toute trace de l'amour perdu : son regard, sa voix, son odeur, sa caresse. Reste un trou, un vide.*

*C'est donc la vie amoureuse qui rencontre les plus graves perturbations : arrêté dans sa capacité d'aimer, habité par un noyau froid, le sujet qui est sous l'emprise d'une mère morte ne peut rien partager. Il ressent une rage impuissante d'établir le contact, au sens strict, avec l'objet d'amour. « Jamais je n'ai été aimé » devient sa devise. À chaque nouvelle rencontre, il croit intacte sa propre réserve d'amour. Mais en réalité, tout son amour est hypothéqué par la mère morte. Le sujet est riche, mais il ne peut rien donner, malgré sa générosité, parce qu'il ne dispose pas de sa richesse. La mère demeure l'objet d'une folle passion, c'est elle qui détient l'amour inaccessible.*

Alors j'ai vu le plan manquant du film, il a surgi, remplaçant le blanc de ma mémoire, j'ai reconnu la phrase absente du livre, la pièce qui trouait la mosaïque, j'ai su qui m'avait fait la promesse et ne l'avait pas tenue, j'ai vu le traîneau brûlé par l'oubli. Sur l'écran du mur blanc comme une page, nue comme l'enfant qui vient de naître, j'ai vu la scène coupée au montage de la pellicule du temps, j'en ai recollé les chutes — elle se déroulait parmi des ombres dégradées, avec la lenteur hypnotique de ces souvenirs que le cinéma nous invente. Alors j'ai pris une feuille, et je l'ai écrite, pour mémoire, craignant qu'elle ne s'efface comme un rêve au réveil — j'ai récrit l'histoire.

C'est ma chambre d'enfant, les rideaux sont tirés, pénombre, intérieur jour.

Je suis couchée dans mon lit à barreaux, celui dans lequel ma fille dormira plus tard, je n'ai guère plus d'un an. Je gazouille en regardant jouer le soleil. Je vois la scène : la porte s'ouvre. Plongée sur le visage de l'enfant qui s'illumine, tous ses traits rient au bruit des pas, contre-plongée sur le visage de la mère, elle est vêtue d'un corsage clair, elle est jeune, gaie, lumineuse, ses yeux brillent d'un extraordinaire éclat, elle reste un moment au-dessus du lit en répétant joyeusement Lélé, Hélène, le champ-contrechamp saisit l'échange des regards, l'amour qui traverse.

Plan suivant. Intérieur jour. On est en décembre, il neige, ma sœur Claire vient de mourir, je ne le sais pas. Je ne parle pas, je ne marche pas, je ne comprends pas. La même chambre, la même enfant. Mais le visage de la mère est triste, morne, mort-né. Elle porte une robe noire, elle ne dit presque rien, et quand elle parle, les mots ont l'air de ne pas venir d'elle, on dirait du play-back, qu'est-ce qu'il y a, qu'est-ce qui s'est passé ? Monte alors *crescendo* la mélodie de Gounod, *Ô ma belle rebelle, lorsque tu m'es cruelle / Quand la cuisante ardeur qui me brûle le cœur / Fait que je te demande à sa brûlure grande / Un rafraîchissement d'un baiser seulement/ Ô ma belle rebelle lorsque tu m'es cruelle / Quand d'un petit baiser tu ne veux m'apaiser / En amoureuse ardeur tu plonges tout mon cœur* — on voit l'enfant scrutant l'ombre des yeux, qu'est-ce que tu as, qu'est-ce que j'ai fait, pourquoi tu ne m'aimes plus ?

Il y a un angle mort dans la vie, on ne le sait pas tout de suite, on conduit au jugé, en regardant devant, ça roule. On se trompe : le danger n'est pas devant, il n'est pas derrière non plus, il est là, il est en train d'arriver à notre hauteur, quelque chose nous menace, qu'on ne voit pas, on ne pense même pas à regarder, alors qu'il suffirait de se pencher un peu vers son rétroviseur. Mais à quoi bon ? La circulation est fluide, on a le volant bien en main, qu'est-ce qui pourrait donc nous tuer ?

Peu de gens s'intéressent de près à l'angle mort, jusqu'à l'obsession et à la douleur : il y a les analystes, et il y a les écrivains. Ils s'intéressent à la mort dans la vie — non pas au sens philosophique et stoïcien d'« apprendre à mourir », non, ce n'est pas la mort lointaine qui les préoccupe, c'est la mort maintenant, la mort imminente : ce qui est mort dans ce qui prétend vivre, ce qui tue dans ce qui croit aimer. Il faut de la détermination et de la hardiesse pour affronter la réalité sous cet angle-là, ce n'est pas de gaieté de cœur, on est seul, tout le monde ne risque pas le coup. Si vous vous décidez, le psychanalyste peut faire la route avec vous, c'est vrai, en voiture Simone, mais il n'est pas dans le véhicule — il n'est pas assis à côté de vous, bien qu'il occupe souvent la place du mort. Il est derrière vous, vous ne le voyez pas, et c'est normal, il est dans l'angle mort, il est l'angle mort. Votre rétroviseur reflète des formes et des couleurs, images fuyantes aussitôt dérobées, mais il y a ce lieu faussement vide, cette trompeuse transparence où se joue de nous le visible invisible, ce blanc de la réflexion qui dérobe au regard la réponse à la seule question qui se pose vraiment — la question de vie ou de mort.

L'écrivain est plus seul encore dans son voyage. Il promène son miroir le long du chemin, il se demande où le poser pour mieux montrer le monde, où se tenir soi-même, dans quel axe, dans quelle posture, comment régler la succession des heures sur la surface polie, répartir l'ombre et la lumière, parfois il a des doutes sur son miroir, il se regarde dedans, et les autres avec — est-il déformant, trop concave, trop convexe, ne faudrait-il pas en choisir un plus grand, plus petit, moins lisse, piqueté, dépoli, coloré ? Au-delà de ces affres, il peut encadrer là, pour finir, un beau reflet des choses, une image exacte et juste du monde traversé, avec parfois ses fêlures quand il n'a pas cherché à masquer les éclats de gravillons. Mais tout n'est pas dans le cadre, quelque chose est là qu'on ne voit pas et qui pourtant nous *double*, le romancier le sait lorsque malgré tout il cesse le voyage, ça l'épuise de traîner ce miroir, de scruter ce rétroviseur, alors il arrête, il coupe le contact, il éteint les feux, tout le monde descend. Il arrête, il signe, mais il sait bien ce qui manque, ce qui reste hors champ quoique réel, ce qu'il n'a pas su montrer, pas su décrire, pas su dire, ce qui reste hors chant, ce pour quoi il n'a trouvé ni les mots ni les images, ce qu'il n'a pas su réfléchir dans son miroir de poche, sa glace à deux sous, ce qui demeure là mais sans visage, il n'a pas pu mettre un visage dessus, donner forme, ça s'est perdu dans le point de fuite, évanoui dans le coin biseauté, pfft, si on s'en souvient c'est comme une mémoire de l'eau.

Le désespoir d'écrire est là, dans ce bout d'image qui manque, cette page blanche ou cette phrase absente qui seule justifierait le trajet, en donnerait le sens. On écrit en présence de ce vide frémissant, on se penche dessus, on brode autour de ce point aveugle et avcuglant, on tisse sans la voir une figure dans le tapis, ça crève les yeux pourtant, on fonce pied au plancher sur une voie qui paraît libre, roulez jeunesse ! « Moi, voyez-vous, disent-ils, j'envisage les personnages (la vie, l'histoire, l'action) sous l'angle humoristique (tragique, intime, historique, épique) », alors qu'il n'y a vraiment qu'un seul angle qui vaille, quand on écrit, c'est l'angle mort.

J'étais là, nue et transie dans cet appartement étranger, et le regard braqué sur mon bout de miroir, le dictionnaire encore sur les genoux, je récrivais tout comme on relit un livre dont on connaît la fin, des détails me sautaient au visage, des interprétations nouvelles, une autre histoire sous l'histoire, une préhistoire, une couche géologique affleurante, un avant-monde, d'autres traits flottaient sous le visage d'Arnaud, son beau masque ; ces formes n'étaient pas des souvenirs, elles étaient plus anciennes, comme les fossiles de Lise imprimés dans la pierre bien avant la mémoire. Je revenais dans un lieu morne et glacé où quelque chose s'était perdu, j'étais revenante au pays des ombres, j'entendais sans comprendre des sons étouffés, des échos exténués, on ne parlait pas ma langue maternelle, les visages étaient des prisons, battants froids, qu'était-il arrivé, quel drame ? De qui portions-nous le deuil, nous tous, sinon de nous ? Car ils étaient là aussi, Arnaud, Benjamin et mon cinéaste, ils m'accompagnaient, quelle équipe on faisait, cherchant les mots d'une histoire sans paroles et les images d'un film invisible, cinéma disparu dans l'urne cinéraire, nous étions là, ramassés dans le cadre, serrés ensemble dans les jupes du passé, le cilice de la peur gravé sur la poitrine telle une médaille de baptême, nous remontions la rue des Archives, nous avancions dans une jungle obscure et menaçante, dans la couleur fauve des souvenirs, avec au ventre le désir et l'effroi de revoir nos fantômes, nos reines défuntes et cruelles, nos belles rebelles.

Je sais que c'est difficile de relire cette histoire, le conte d'Elle et Lui, comme celle de deux enfants traînant chacun sa mère morte, charriant un cadavre impossible à enfouir, un ballot d'images, un petit baluchon de mots, des hardes. C'est difficile d'admettre ça, cette image ridicule et grotesque : qu'au bal masqué de l'amour, cavalier, cavalière, on danse toujours avec sa mère — sa mère elle-même cachée sous le loup noir du temps. C'est difficile parce qu'on se croit libre et que notre mère ne ressemble pas tellement à Cary Grant, on n'est pas une marionnette dans le carnaval des passions, on ne fait pas le guignol dans une mascarade de spectres. C'est difficile aussi parce que ça finit mal, on n'est pas Gerda et Kay, on ne reconstitue pas le puzzle où s'écrit le mot éternité. Ce livre n'en est qu'une tentative, ces mails sont les pièces d'une mosaïque où manquera toujours une tesselle, un bout de lettre ou de serment, un fragment de ciel perdu dans du bleu, comme le film n'est qu'un désir impossible de faire revenir une morte, un monde fini, un paradis pas pris — n'est qu'un fantôme. Une image s'y dessine, n'empêche, une figure à double face dans un drôle de casting, une sorte d'avant-après concocté par le sort, Janus bifrons, visage invu dans l'angle mort, celui d'une mère heureuse puis malheureuse, aimante puis oublieuse, vivante et morte, et dans le miroir de ses yeux, les miens s'y reflétant, cherchant dans l'interstice du plan où est passé l'amour, fouaillant le noir et le silence en attendant lumière et parole, les choses données puis refusées, les yeux, la voix, baisers, caresses, attendant, attendant — plan fixe comme une idée, et tremblé —, attendant que ça revienne.

« Je t'ai trouvée », disait Arnaud — mais on ne trouve pas l'amour, on le retrouve, et si on le retrouve, c'est qu'on l'avait perdu. On a peur, quand on le rencontre, parce qu'on connaît la fin. Le flash n'est qu'un flash-back, le passé rallume la rampe, on est ébloui ; on avance pourtant, on y va quand on a le cran, l'impossible nous fait de grands gestes et nous attire, on le reconnaît drapé dans son suaire de brouillard, oh, je sais qui vous êtes, mais on avance, on s'avance, c'est beau ce courage, c'est le plus beau travelling du monde, on y va, on marche, on n'est plus dans le secret, jamais on ne retournera dans la cachette, mais plus on avance, plus on oublie, le présent est une lame de fond qui emporte ce qu'elle a fait surgir, les vieux bouts d'épave, les débris du naufrage, on s'approche, on se rapproche, on oublie que c'est perdu d'avance.

Voilà ce que je me disais, le regard toujours fixé sur la moire du temps, saisissant sous cet angle ma passion hypnotique, le discret martyre que racontait mon livre d'heures. Peut-être n'aime-t-on jamais que pour ramener sa mère ; peut-être ne pense-t-on jamais que pour comprendre sa mère ; peut-être n'écrit-on jamais que pour toucher sa mère, ou la charmer, ou la quitter enfin. J'apercevais dans mes gestes et mes mots cet effort trouble, cette ambition, ce dépit, ce chagrin — toute cette peine perdue, et dans ceux d'Arnaud leur image, sa douloureuse énigme.

Dans notre conte, il n'y a pas de grandes personnes. Ce sont des enfants qui s'aiment, et ce sont des fantômes qui se rencontrent.

Je me suis recouchée, Jacques s'est tourné vers moi, m'a prise dans ses bras, je vous aime, Camille, a-t-il dit d'une voix nette, presque catégorique malgré le sommeil, je vous aime — oh, laissons-le m'appeler Camille, pour une fois. Mais qu'est-ce que vous avez fait encore ? Vous êtes toute gelée, a-t-il demandé en emmêlant ses pieds aux miens. On est restés longtemps enlacés sans rien dire, l'angoisse me quittait dans ses bras. J'ai embrassé ses cheveux. — On restera toujours comme ça, n'est-ce pas ? — Non, je ne crois pas. — Pourquoi ? — Parce que j'ai la jambe droite complètement ankylosée, a-t-il dit.

On s'est rendormis, j'ai plongé dans un demi-sommeil épais de songes. Alors j'ai vu Benjamin Constant et Mme de Staël, elle portait une robe Empire et lui un jabot sur son habit, car ils arrivaient du temps, ce qui ne les empêchait pas de descendre très gracieusement d'un taxi en bas de la rue Saint-Jacques, ils voulaient continuer à pied, ils avaient envie de marcher. Quelqu'un jouait de l'accordéon pas loin, un de ces airs gais qui donnent envie de pleurer. Mme de Staël s'est approchée de moi, aucune peur n'effleurait son visage lumineux, « leurs aspirations n'étaient point les mêmes, m'a-t-elle dit en désignant le couple qu'elle formait avec Benjamin, leurs opinions s'accordaient rarement, et dans le fond de leur âme néanmoins, il y avait des mystères semblables ». Benjamin s'est avancé à son tour en boitant un peu, la mélancolie était douce sur ses traits : « Oui, a-t-il ajouté avec un léger sourire, je ne pouvais vivre ni avec elle ni sans elle : son âme criait dans la mienne. »

Alors, tandis qu'ils remontaient main dans la main la rue Saint-Jacques, et n'étaient bientôt plus qu'un point mouvant dans un grouillement de lumière (ils étaient beaux et tendres, comment avaient-ils pu se jouer si longtemps l'un à l'autre le prince du Mal et la reine des Glaces ?), j'ai pensé à toi, à tes yeux dans le miroir le premier soir, où flottaient le reflet des miens, et leurs fantômes vif-argent. J'ai pensé, si pouvait cesser ma folle rancœur à l'idée de ne plus revoir ce regard sous lequel je croyais vivre toujours, si pouvait s'adoucir la douleur aigre du serment trahi, de la parole reprise, j'ai pensé qu'il me fallait te perdre une bonne fois, te lâcher, oui, te lâcher des yeux, te perdre de vue, desserrer sur toi le poing de ma douleur sans savoir si, comme l'oiseau, tu allais t'écraser ou t'envoler, te laisser tomber, voilà, être sans tes yeux, sans tes mains, sans ta voix, les éteindre en moi un par un comme des cierges, me donner à moi-même une leçon de ténèbres, tes yeux, tes mains, ta voix, les souffler, les fondre au noir — oh ! Ils sont tout en haut maintenant, le taxi les a dépassés, ils sont loin à présent, tu les vois encore ? Est-ce que c'est eux ? La lumière est éblouissante, on dirait des enfants qui font jouer un rayon dans un miroir, est-ce que tu les vois toujours, dis-moi ? — et qu'alors seulement peut-être, oui, je pourrais croire ce que je ne crois pas, croire ma mémoire comme au début j'ai cru mes yeux — que nous avons réuni les deux morceaux du papier déchiré le premier soir pour y écrire nos noms, et que, même s'ils n'étaient pas les pièces manquantes du mot « éternité », nous avons quelquefois, dans cet espace tout quadrillé d'abscisses et d'ordonnées, les yeux ardents sous nos masques flous, dansé ensemble au bal d'antan, partagé nos mystères jumeaux, échangé en silence nos secrets indicibles, nos visages invisibles, nos corps donnés, qu'on a fait l'impossible, et qu'alors, au fond, peut-être on s'est aimés, toi et moi.

Sauf exception, les textes attribués au personnage de Benjamin Constant sont des montages de citations extraites d'*Adolphe*, de *Cécile*, du *Cahier rouge*, des journaux intimes et de la correspondance de l'écrivain avec Mme Récamier, Anna Lindsay et Prosper de Barante.

La phrase attribuée à Mme de Staël dans la dernière page est tirée de son roman *Corinne*.

Ce livre comprend aussi des citations, parfois modifiées, d'Antonioni, Baudelaire, Bergman, A. Cavalier, A. Cohen, Cocteau, Chloé Delaume, Marguerite Duras, J.-L. Godard, A. Green, Hugo, F. Lang, Lichtenberg, Nietzsche, Tchekhov, Todorov, L. de Vilmorin et du *Dictionnaire international de la psychanalyse*.

## DU MÊME AUTEUR

*Aux Éditions Gallimard*

TISSÉS PAR MILLE, 2008

*Aux Éditions P.O.L*

INDEX, 1991 (Folio n° 3741)

ROMANCE, 1992 (Folio n° 3537)

LES TRAVAUX D'HERCULE, 1994 (Folio n° 3390)

PHILIPPE, 1995 (Folio n° 4713)

L'AVENIR, 1998 (Folio n° 3445)

QUELQUES-UNS, 1999

DANS CES BRAS-LÀ, 2000. Prix Femina (Folio n° 3740)

L'AMOUR, ROMAN, 2002 (Folio n° 4075)

LE GRAIN DES MOTS, 2003

NI TOI NI MOI, 2006 (Folio n° 4684)

*Aux Éditions Léo Scheer*

CET ABSENT-LÀ. Figures de Rémi Vinet, 2004 (Folio n° 4376)

*Chez d'autres éditeurs*

LES CINQ DOIGTS DE LA MAIN, théâtre, ouvrage collectif, *Actes Sud*, coll. Heyoka, 2006

# COLLECTION FOLIO

*Dernières parutions*

4595. Alessandro Baricco — *Homère, Iliade.*
4596. Michel Embareck — *Le temps des citrons.*
4597. David Shahar — *La moustache du pape* et autres nouvelles.
4598. Mark Twain — *Un majestueux fossile littéraire* et autres nouvelles.
4599. André Velter — *Zingaro suite équestre* (nouvelle édition)
4600. Tite-Live — *Les Origines de Rome.*
4601. Jerome Charyn — *C'était Broadway.*
4602. Raphaël Confiant — *La Vierge du Grand Retour.*
4603. Didier Daeninckx — *Itinéraire d'un salaud ordinaire.*
4604. Patrick Declerck — *Le sang nouveau est arrivé. L'horreur SDF.*
4605. Carlos Fuentes — *Le Siège de l'Aigle.*
4606. Pierre Guyotat — *Coma.*
4607. Kenzaburô Ôé — *Le faste des morts.*
4608. J.-B. Pontalis — *Frère du précédent.*
4609. Antonio Tabucchi — *Petites équivoques sans importance.*
4610. Gonzague Saint Bris — *La Fayette.*
4611. Alessandro Piperno — *Avec les pires intentions.*
4612. Philippe Labro — *Franz et Clara.*
4613. Antonio Tabucchi — *L'ange noir.*
4614. Jeanne Herry — *80 étés.*
4615. Philip Pullman — *Les Royaumes du Nord. À la croisée des mondes, I.*
4616. Philip Pullman — *La Tour des Anges . À la croisée des mondes, II.*
4617. Philip Pullman — *Le Miroir d'Ambre. À la croisée des mondes, III.*

| | |
|---|---|
| 4618. Stéphane Audeguy | *Petit éloge de la douceur.* |
| 4619. Éric Fottorino | *Petit éloge de la bicyclette.* |
| 4620. Valentine Goby | *Petit éloge des grandes villes.* |
| 4621. Gaëlle Obiégly | *Petit éloge de la jalousie.* |
| 4622. Pierre Pelot | *Petit éloge de l'enfance.* |
| 4623. Henry Fielding | *Histoire de Tom Jones.* |
| 4624. Samina Ali | *Jours de pluie à Madras.* |
| 4625. Julian Barnes | *Un homme dans sa cuisine.* |
| 4626. Franz Bartelt | *Le bar des habitudes.* |
| 4627. René Belletto | *Sur la terre comme au ciel.* |
| 4628. Thomas Bernhard | *Les mange-pas-cher.* |
| 4629. Marie Ferranti | *Lucie de Syracuse.* |
| 4630. David McNeil | *Tangage et roulis.* |
| 4631. Gilbert Sinoué | *La reine crucifiée* |
| 4632. Ted Stanger | *Sacrés Français ! Un Américain nous regarde.* |
| 4633. Brina Svit | *Un cœur de trop.* |
| 4634. Denis Tillinac | *Le venin de la mélancolie.* |
| 4635. Urs Widmer | *Le livre de mon père.* |
| 4636. Thomas Gunzig | *Kuru.* |
| 4637. Philip Roth | *Le complot contre l'Amérique.* |
| 4638. Bruno Tessarech | *La femme de l'analyste.* |
| 4639. Benjamin Constant | *Le Cahier rouge.* |
| 4640. Carlos Fuentes | *La Desdichada.* |
| 4641. Richard Wright | *L'homme qui a vu l'inondation* suivi de *Là-bas, près de la rivière.* |
| 4642. Saint-Simon | *La Mort de Louis XIV.* |
| 4643. Yves Bichet | *La part animale.* |
| 4644. Javier Marías | *Ce que dit le majordome.* |
| 4645. Yves Pagès | *Petites natures mortes au travail.* |
| 4646. Grisélidis Réal | *Le noir est une couleur.* |
| 4647. Pierre Senges | *La réfutation majeure.* |
| 4648. Gabrielle Wittkop | *Chaque jour est un arbre qui tombe.* |
| 4649. Salim Bachi | *Tuez-les tous.* |
| 4650. Michel Tournier | *Les vertes lectures.* |
| 4651. Virginia Woolf | *Les Années.* |
| 4652. Mircea Eliade | *Le temps d'un centenaire* suivi de *Dayan.* |
| 4653. Anonyme | *Une femme à Berlin. Journal 20 avril-22 juin 1945.* |

4654. Stéphane Audeguy — *Fils unique.*
4655. François Bizot — *Le saut du Varan.*
4656. Pierre Charras — *Bonne nuit, doux prince.*
4657. Paula Fox — *Personnages désespérés.*
4658. Angela Huth — *Un fils exemplaire.*
4659. Kazuo Ishiguro — *Auprès de moi toujours.*
4660. Luc Lang — *La fin des paysages.*
4661. Ian McEwan — *Samedi.*
4662. Olivier et Patrick Poivre d'Arvor — *Disparaître.*
4663. Michel Schneider — *Marilyn dernières séances.*
4664. Abbé Prévost — *Manon Lescaut.*
4665. Cicéron — *« Le bonheur dépend de l'âme seule ».* Tusculanes, *livre V.*
4666. Collectif — *Le pavillon des Parfums-Réunis.* et autres nouvelles chinoises des Ming.
4667. Thomas Day — *L'automate de Nuremberg.*
4668. Lafcadio Hearn — *Ma première journée en Orient* suivi de *Kizuki le sanctuaire le plus ancien du Japon.*
4669. Simone de Beauvoir — *La femme indépendante.*
4670. Rudyard Kipling — *Une vie gaspillée* et autres nouvelles.
4671. D. H. Lawrence — *L'épine dans la chair* et autres nouvelles.
4672. Luigi Pirandello — *Eau amère.* et autres nouvelles.
4673. Jules Verne — *Les révoltés de la Bounty* suivi de *maître Zacharius.*
4674. Anne Wiazemsky — *L'île.*
4675. Pierre Assouline — *Rosebud.*
4676. François-Marie Banier — *Les femmes du métro Pompe.*
4677. René Belletto — *Régis Mille l'éventreur.*
4678. Louis de Bernières — *Des oiseaux sans ailes.*
4679. Karen Blixen — *Le festin de Babette.*
4680. Jean Clair — *Journal atrabilaire.*
4681. Alain Finkielkraut — *Ce que peut la littérature.*
4682. Franz-Olivier Giesbert — *La souille.*
4683. Alain Jaubert — *Lumière de l'image.*
4684. Camille Laurens — *Ni toi ni moi.*

4685. Jonathan Littell *Les Bienveillantes.*
4686. François Weyergans *La démence du boxeur.* (à paraître)
4687. Frances Mayes *Saveurs vagabondes.*
4688. Claude Arnaud *Babel 1990.*
4689. Philippe Claudel *Chronique monégasque* et autres textes.
4690. Alain Rey *Les mots de saison.*
4691. Thierry Taittinger *Un enfant du rock.*
4692. Anton Tchékhov *Récit d'un inconnu* et autres nouvelles.
4693. Marc Dugain *Une exécution ordinaire.*
4694. Antoine Audouard *Un pont d'oiseaux.*
4695. Gérard de Cortanze *Laura.*
4696. Philippe Delerm *Dickens, barbe à papa.*
4697. Anonyme *Le Coran.*
4698. Marguerite Duras *Cahiers de la guerre* et autres textes.
4699. Nicole Krauss *L'histoire de l'amour.*
4700. Richard Millet *Dévorations.*
4701. Amos Oz *Soudain dans la forêt profonde.*
4702. Boualem Sansal *Poste restante : Alger.*
4703. Bernhard Schlink *Le retour.*
4704. Christine Angot *Rendez-vous.*
4705. Éric Faye *Le syndicat des pauvres types.*
4706. Jérôme Garcin *Les sœurs de Prague.*
4707. Denis Diderot *Salons.*
4708. Isabelle de Charrière *Sir Walter Finch et son fils William.*
4709. Madame d'Aulnoy *La Princesse Belle Étoile et le prince Chéri.*
4710. Isabelle Eberhardt *Amours nomades.*
4711. Flora Tristan *Promenades dans Londres.* (extraits)
4712. Mario Vargas Llosa *Tours et détours de la vilaine fille.*
4713. Camille Laurens *Philippe.*
4714. John Cheever *The Wapshot.*
4715. Paule Constant *La bête à chagrin.*
4716. Erri De Luca *Pas ici, pas maintenant.*
4717. Éric Fottorino *Nordeste.*

| | |
|---|---|
| 4718. Pierre Guyotat | *Ashby* suivi de *Sur un cheval.* |
| 4719. Régis Jauffret | *Microfictions.* |
| 4720. Javier Marías | *Un cœur si blanc.* |
| 4721. Irène Némirovsky | *Chaleur du sang.* |
| 4722. Anne Wiazemsky | *Jeune fille.* |
| 4723. Julie Wolkenstein | *Happy End.* |
| 4724. Lian Hearn | *Le vol du héron. Le Clan des Otori, IV.* |
| 4725. Madame d'Aulnoy | *Contes de fées.* |
| 4726. Collectif | *Mai 68, Le Débat.* |
| 4727. Antoine Bello | *Les falsificateurs.* |
| 4728. Jeanne Benameur | *Présent ?* |
| 4729. Olivier Cadiot | *Retour définitif et durable de l'être aimé.* |
| 4730. Arnaud Cathrine | *La disparition de Richard Taylor.* |
| 4731. Maryse Condé | *Victoire, les saveurs et les mots.* |
| 4732. Penelope Fitzgerald | *L'affaire Lolita.* |
| 4733. Jean-Paul Kauffmann | *La maison du retour.* |
| 4734. Dominique Mainard | *Le ciel des chevaux.* |
| 4735. Marie Ndiaye | *Mon cœur à l'étroit.* |
| 4736. Jean-Christophe Rufin | *Le parfum d'Adam.* |
| 4737. Joseph Conrad | *Le retour.* |
| 4738. Roald Dahl | *Le chien de Claude.* |
| 4739. Fédor Dostoïevski | *La femme d'un autre et le mari sous le lit.* |
| 4740. Ernest Hemingway | *La capitale du monde* suivi de *l'heure triomphale de François Macomber.* |
| 4741. H.P Lovecraft | *Celui qui chuchotait dans les ténèbres.* |
| 4742. Gérard de Nerval | *Pandora* et autres nouvelles. |
| 4743. Juan Carlos Onetti | *À une tombe anonyme.* |
| 4744. R.L. Stevenson | *La Chaussée des Merry Men.* |
| 4745. H.D. Thoreau | *« Je vivais seul, dans les bois ».* |
| 4746. Michel Tournier | *L'aire du Muguet,* suivi de *La jeune fille et la mort.* |

*Composition Nord Compo*
*Impression Maury-Imprimeur*
*45330 Malesherbes*
*le 21 juillet 2008.*
*Dépôt légal : juillet 2008.*
*1er dépôt légal dans la collection : janvier 2008.*
*Numéro d'imprimeur : 139635.*

ISBN 978-2-07-034938-8. / Imprimé en France.